テメレア戦記2

翡翠の玉座

ナオミ・ノヴィク　那波かおり＝訳

下

This translation published by arrangement with Del Rey,
an imprint of Random House,
a division of Penguin Random House LLC,
through Japan UNI Agency, Inc., Tokyo

Cover illustration © Dominic Harman

テメレア戦記2　翡翠の玉座　下　目次

第二部

9　大嵐の夜に……11

10　大海蛇襲来……53

第三部……83

11　河をのぼる……85

12 純白のドラゴン……118
13 高貴なる竜の一族……149
14 突然の襲撃……195
15 インペリアル種の雌ドラゴン……235
16 金と極彩色の舞台……260
17 月を見あげて……284
付録……299
謝辞……309
文庫新版 訳者あとがき……310

主な登場人物と竜

テメレア

中国産の稀少なセレスチャル種の大型ドラゴン。中国皇帝からナポレオンに贈られた卵を英国艦が奪取し、洋上で卵から孵《かえ》った。厳しい訓練をへて、英国航空隊ドラゴン戦隊所属となる。ローレンスと結んだ〝終生の契《ちぎ》り〟はなにがあっても揺るがない。読書好きで、好奇心と食欲が旺盛、戦闘力も抜群。その咆吼《ほうこう》、〝神の風〟はすさまじい破壊力を持つ。中国名はロン・ティエン・シエン（龍天翔）。

ウィリアム（ウィル）・ローレンス

テメレアを担うキャプテン。英国海軍の軍人としてナポレオン戦争を戦ってきたが、艦長を務めるリライアント号がフランス艦を拿捕《だほ》したことから運命が一転する。テメレアの担い手となり国家への忠誠心から航空隊に転属するが、いつしかテメレアがかけがえのない存在に。規律を重んじる生真面目な性格で、テメレアの自由奔放さをはらはらしながら見守っている。

英国の人々

ジェーン・ローランド……エクシディウムを担う豪放な女性キャプテン。ローレンスの恋人

トム・ライリー……アリージャンス号艦長。元ローレンスの腹心の部下

ジョン・グランビー……テメレアの搭乗クルーの副キャプテン。叩きあげの航空隊育ち

ウィロビー……テメレアの地上クルー。ハーネス担当

ディグビー……テメレアの搭乗クルー。見張り担当

エミリー・ローランド……テメレア・チームの見習い生。ジェーンの娘

ダイアー……テメレア・チームの見習い生

ケインズ……テメレアを担当する竜医

バークリー……マクシムスを担うキャプテン。ローレンスの訓練同期生

キャサリン・ハーコート……リリーを担う若き女性キャプテン

ジェームズ……逓信使。ヴォラティルスを担うキャプテン

レントン空将……ドーヴァー基地の司令官。オヴェルサリアの担い手

バーラム卿……海軍大臣

アーサー・ハモンド……英国政府代理として中国に同行する外交官

ジョージ・ストートン……マカオに駐留する東インド会社の英国商館長

英国のドラゴンたち

エクシディウム……ジェーンが担う竜。ロングウィング種

マクシムス……バークリーが担う、テメレアと訓練同期生の竜。リーガル・コッパー種

リリー……ハーコートが担う竜。ロングウィング種

オヴェルサリア……ドーヴァー基地ドラゴン戦隊のリーダー。アングルウィング種

ヴォラティルス（ヴォリー）……グレーリング種の逓信竜

中国の人々

ヨンシン皇子……テメレアを取り返しにきた中国使節団の代表、皇帝の兄

スン・カイ……若き外交使節

リウ・バオ……年配の外交使節

フォン・リー……ヨンシン皇子の従者

ジャオ・ウェイ……北京でのテメレアたちの世話役兼通訳係

ミエンニン皇太子……中国皇帝の皇位継承者、ヨンシン皇子の甥

ミエンカイ皇子……ミエンニン皇太子の弟

中国のドラゴンたち

ロン・ティエン・チエン……テメレアの母。セレスチャル種

ロン・ティエン・リエン……ヨンシン皇子の純白のドラゴン。セレスチャル種

ロン・チン・メイ……テメレアの中国語教師。インペリアル種

第二部

9　大嵐の夜に

「僭越《せんえつ》ながら申しあげますが……」ベアード将軍は、その前置きのわりには遠慮を感じさせない口調で言った。「冬の季節風がおさまったばかりのこの時期、インドに向かって吹く風は、まったく予想がつきません。出航しても、おそらく、ここまで吹き戻されることでしょう。カレドン卿《きょう》がこちらに到着されるのを待たれたほうがよろしい。ことに、ピット首相があのようなことになったばかりですから」

ベアードは若い男だったが、むっつりとして生真面目で、いかにも頑固そうな口もとをしていた。軍服の立ち襟《えり》が顎《あご》を押しあげ、首を異様に長く見せている。新しい総督のカレドン卿がまだ英国から到着しないため、目下《もっか》はベアードがケープタウン植民地の暫定《ざんてい》的な統治者となり、この要塞《ようさい》のような城に住んでいるのだ。城は、山頂が平らな〝テーブル山〟のふもとに広がるケープタウンの街の中心にある。中庭に陽光があふれ、敷地内できびきびと訓練を行う軍隊の銃剣が日差しにきらめいている。浜からあがってくるときローレンスたちに涼を与えた風が、ここでは城壁によってほとんどさえぎられていた。

「六月まで、ここで待つわけにはいきません」ハモンドが答えた。「出航して、洋上で遅れが出たとしてもかまいません。先を急ぐ努力をしているとヨンシン皇子《おうじ》に見せつけるほうが、怠《なま》けていると思われるよりもましなのです。皇子からはすでに、中国まであとどれくらいかかるのか、この先どんな土地に寄港するのか、などの質問が出はじめています」

「わたしとしては、物資の補給がすみしだい、出港するのがいちばんよいと思っています」今度はライリー艦長が言い、紅茶のカップを置いて召使いにうなずき、お代わりを求めた。「アリージャンス号は高速艦ではありませんが、われわれがこれから遭遇《そうぐう》するどんな嵐にも耐えてみせるでしょう。それに一千ポンド賭けてもけっこうですよ」

ライリーはアリージャンス号に戻る道すがら、その発言を気にして、ローレンスに言った。「もちろん、アリージャンス号をあえて大嵐《サイクロン》のなかに放りこもうとは思いません。そういうつもりで言ったんじゃないんです。通常の悪天候、たとえばちょっとした雨天を想定したまでです」

この先の長い航海に備えて、物資の仕入れが進んでいた。家畜を購入するだけでなく、その肉を塩漬けにして積みこむ必要もあった。ここケープタウンでは、寄港先で通常受けられるはずの英国海軍からの供給は受けられない。だが、物資の不足に苦労することはなかった。英国軍がおだやかにこの地を占領したため、住民たちはそれほど抵抗を感じておらず、家畜も喜んで売ってくれた。だがローレンスは、いつも以上に物資の補給にかかりきりになった。テメレアが風邪《かぜ》を引いてから大幅に食欲を落とし、食べ物の味がしないと不満そうに訴えていたからだ。

ケープタウンに正式な航空隊基地はなかったが、ヴォリーの伝令によって、ベアード将軍は一行の到着を事前に知っており、テメレアが快適に休めるように、ドラゴン発着場近くの広い緑地を宿営として用意してくれた。テメレアはすぐにそこに飛び、竜医のケインズから念入りな診察を受けた。ケインズは、テメレアに顎を地面にぺたりとつけて思いきり口をあけるように指示してから、ランタンを手に口のなかに入り、大きさが手のひらほどもある歯のあいだを慎重に進んで、喉の奥をのぞきこんだ。

ローレンスはグランビーとともに心配しながらそれを見守った。いつもならピンク色をしている先の割れた細い舌が、いまは白いもので厚く覆《おお》われ、毒々しい赤の斑点が散っている。

「食べ物の味がしないのは、舌のせいだろう。気管の状態に異常はない」ケインズは肩をすぼめながらテメレアの顎から這《は》い出し、拍手で迎えられた。入植者や先住民の子どもたちが宿営のフェンスのまわりに集まって、サーカスでも見るように夢中で見入っていた。「ドラゴンの舌は、嗅覚の役目を果たしているからな。そのせいもあるだろう」

「これは風邪の一般的な症状とちがうのでは?」ローレンスは尋ねた。

「ドラゴンが風邪を引いて食欲を失うなんて、知りませんでした」グランビーが不安そうに口をはさんだ。「ふつうは食欲が増すものでは……」

「テメレアが、ほかのドラゴンより食べ物にうるさいだけだろう」ケインズが答える。

「風邪が早く治るように、頑張って食べろ」テメレアに向けて情け容赦《ようしゃ》なく言った。

「さあ、生の牛肉だ。全部食べてみせてくれ」

「やってみる」テメレアはため息をついたが、鼻が詰まっているので、ぐずって鼻を鳴らしているように聞こえた。「なんの味もしないのに、ずっと噛《か》みつづけるのは、うんざりするよ」それでも言いつけに従い、大きな肉塊をいくつか、つらそうに飲みくだした。だがそれからは肉片をつつきまわすだけで口にはせず、やがて後ずさって、洟《はな》をかむために掘ってある穴に頭を突っこみ、椰子《やし》の葉の山に向かって盛大な音をたてた。

ローレンスはそのようすを黙って見守ったあと、発着場からうねうねとつづく小道をたどって城に戻った。城の貴賓室に、ヨンシン皇子《おうじ》がスン・カイやリウ・バオを従えてすわっていた。ここでは、日差しをやわらげるために、厚いベルベットのカーテンではなく、薄い布地が留めつけてある。全開にした窓のそばに二名の従者《じゅうしゃ》が立ち、巨大な紙製の扇子《せんす》で室内に風を送っていた。ほかの従者は控えめに皇子のかたわらに立ち、茶碗に茶を注ぎたしている。

そんな中国人たちとは対照的に、ローレンスは暑さにまいり、ぐったりしていた。日中に動きまわったせいで上着の襟が汗で首に張りつき、ブーツは泥まみれになり、テメレアが食べ残した肉の血まで点々とついている。

通訳が部屋に入ってきて中国側と短い挨拶《あいさつ》が交わされたあと、ローレンスはヨンシン皇子にテメレアの容態を説明し、精いっぱい感じよく願い事を申し出た。「料理人をお貸しいただき、テメレアに中国式の料理をつくってもらえるとありがたいのですが。生肉のまま食べるより、強い味がすると思いますので」

ローレンスが言い終わらないうちに、ヨンシン皇子は中国語で命令を下し、ただちに料理人たちが城の厨房《ちゅうぼう》に派遣された。「ここで待つがよい」ヨンシン皇子は意外にもローレンスにそう勧めて、絹の布をかけた椅子を持ってこさせた。

「遠慮いたします、殿下。わたしは泥まみれですので」ローレンスは、淡い橙《だいだい》色の地に花模様をあしらった、椅子の美しい掛け布をちらりと見た。「このままでけっこうです」

それでも皇子がしつこく勧めつづけるので、おそるおそる座面の端に浅く腰をおろし、運ばれてきた茶碗を受け取った。スン・カイが妙に満足げな態度で、ローレンスにうなずいた。「ご家族からお便りはありましたか、キャプテン？」スン・カイは通訳を介して尋ねた。「ご家族が健《すこ》やかにお過ごしならばよいのですが」

「新しい便りは受け取っていませんが、お気遣いに感謝します」ローレンスはそう答え、それから十五分ばかり、自分への扱いが明らかに変わったことにとまどいながら、天気や出航の見込みについて雑談を交わした。

しばらくすると、パン生地の上に羊の枝肉をふたつ置き、ゼリー状の赤っぽいオレンジ色のソースをかけた料理が巨大な木皿に載って厨房から運ばれてきた。料理はそのまま台車に載せられ、宿営までつづく小道を運ばれた。テメレアの目が料理を見るなり輝いた。使われている香辛料の強烈な味と香りが、鈍った味覚や嗅覚にも届いたのだろう。テメレアはあっという間に料理をたいらげた。「そうか。やっぱり、おなかがすいてたんだ」テメレアはそう言うと、顎に垂れたソースを舐《な》め、ローレンスにもっとしっかり拭いてもらえるように頭をさげた。ローレンスはテメレアの体に悪い影響はないだろうか、と、ふと考えた。というのも、テメレアの顔を拭いてやるとき手についたソースが、焼けつくように刺激的で、皮膚に赤い痕《あと》を残したからだ。だがテメレアはいたく満足したようすで、いつも以上に水をほしがることもなく、ケインズは、テメレアがしっかり食事をとるほうが大事だろうという見解を述べた。

料理人の貸し出しの延長をわざわざ願い出るまでもなかった。ヨンシン皇子は進んでそうしたばかりか、みずから料理人を監督し、いっそう手のこんだ料理をつくらせた。皇子の侍医《じい》が呼ばれ、料理に入れるとよい薬草の名が挙げられた。召使いたちが料理の材料を仕入れるために、ケープタウンの市場に送り出され、地元の商人と唯一分かり合える単語、すなわち〝銀《シルバー》〟だけを頼りに、さまざまな材料を掻《か》き集めてきた。まさに金に糸目をつけずに集められた稀少《きしょう》な品ばかりだった。

竜医のケインズは、中国式のやり方に首をひねったものの、さほど心配してもいなかった。ローレンスはヨンシン皇子に感謝するより、むしろ、借りをつくったように感じていた。そして、そんなふうに感じる自分は誠実さを欠いているのではないかと気が咎《とが》め、料理の内容に口出しはしなかった。従者らが列をなして市場から運んでくる素材は、日に日に珍奇さを増していった。たとえば、ペンギン――。ペンギンはその腹に穀物やベリー類とペンギンの卵を詰めて調理された。内陸部への危険な狩りに喜んで出かける狩人たちは、燻製《くんせい》にされた象の肉を持ちこんだ。あるいは、ふさふさした毛の生えた、太い尾を持つ食肉用の羊。香辛料も野菜も、ますます見慣れぬものが多くなった。英国では古来ドラゴンには肉しか与えていないが、中国人は香辛料や野菜はドラゴンの体によいのだと主張した。テメレアはといえば、摩訶不思議《まかふしぎ》な料理をつぎつぎにたいらげ、食後に臭《くさ》いげっぷを出すほかは、なんの悪影響も出ていなかった。

地元の子どもたちがしょっちゅう宿営を訪れるようになった。ダイアーとエミリーがテメレアにのぼったり、そばに付き添ったりしているのを見て、危険ではないと感じたらしい。子どもたちは食材さがしを一種のゲームと見なし、新しい料理が運ばれるたびに歓声をあげ、創意工夫が足りないと感じる料理には野次さえ入れた。彼らは近隣に散らばるいくつかの村の子どもたちだった。多くの村は牧畜で暮らしていたが、山や森に食糧を求める村もあり、そういった村の子どもたちはとりわけ楽しんで食材さがしに参加し、家族の年長者が自分たちで食べるには珍奇すぎて向かないと判断したものを、毎日、宿営に運んできた。

大手柄となったのは、子どもたちが五人がかりで意気揚々《いきようよう》と宿営に運びこんだ、不恰好《ぶかっこう》に育ちすぎたキノコだった。掘り返されたばかりと見えて、その軸の根には湿った黒い土がついていた。食用キノコらしいのだが、褐色の斑点のあるかさが三つ、柄《え》で串刺しにされたように重なっている。いちばん大きなかさは、直径が二フィートもあった。ひどい悪臭を放つため、子どもたちは顔をそむけて、甲高い笑い声をあげながら、互いに押しつけ合っていた。

中国人の召使いたちは大喜びで巨大キノコを厨房に持ちこみ、子どもたちには色とりどりのリボンや貝殻をほうびに与えた。ベアード将軍がテメレアの宿営にあらわれ苦情を訴えたのは、その直後のことだ。ローレンスはベアードとともに城に向かい、建物にまだ足を踏み入れないうちから、彼の言い分に納得した。煙こそ立ちこめていなかったが、城には料理の臭いが充満していた。煮こみキャベツと、湿気の多い季節に甲板梁《ばり》に生えるべとべとの緑カビを混ぜ合わせたような、強烈な臭気だ。その臭気が鼻を突き、舌まで刺激した。厨房は城壁をはさんで街の通りに面していたが、いつもなら地元の商人でにぎわう通りが閑散としている。城の部屋べやは、臭気が立ちこめるかぎり、居住はほとんど不可能かと思われた。中国の外交使節たちは厨房から離れた別棟に滞在していたため、直接の被害を受けずにすんだが、英国陸軍の兵士たちは厨房のすぐそばに部屋があったため、食事も喉《のど》を通らなくなった。

　料理人たちは一週間ほど香辛料のきいた料理をつくりつづけていたので、嗅覚が鈍ってしまったのではないか、とローレンスは疑った。しかし、担当の料理人は、通訳を介して、ソースはまだ完成していないと抵抗し、鍋《なべ》のそばを離れようとしなかった。それをローレンスとベアードがふたりがかりで説きふせ、料理人たちをようやくその巨大な鍋から引き離した。ベアードが兵士二名に、怪しいソースの鍋を宿営まで運ぶように、表情ひとつ変えずに命令した。命令された不運な兵士たちは、鍋を太い木の枝に吊《つ》りさげて運び、ローレンスはそのあとをできるかぎり息を詰めてついていった。

ところがテメレアは、興奮して料理人たちを出迎え、その異様な臭気にうんざりするどころか大喜びした。「ぼくの好みにぴったりだと思うよ」いかにも早く食べたそうに、鍋のソースが肉にかけられるのをうなずきながら見守った。そして、ソースとともに地元産の背中にこぶのある雄牛をまるまる一頭むさぼり、鍋の底まできれいに舐め尽くした。そのあいだローレンスは、できるかぎり料理から距離を置き、おそるおそる眺めていた。

テメレアは食事がすむと、四肢を投げ出し、至福の表情でまどろみはじめた。ほとんど酩酊《めいてい》状態になり、小さなしゃっくりをはさみながら、ソースへの称賛をぶつぶつとつぶやいた。ローレンスは、テメレアがあまりに早々と寝入ったことにいささか不安を覚え、ふたたび近づいた。そっと小突《こづ》くと、テメレアはうっとりした表情で鼻先をこすりつけてきた。息がキノコに負けない強烈な臭気を放っている。ローレンスは顔をそむけて吐き気をこらえ、テメレアがふたたび眠りに落ちると、これ幸いとばかりに愛情たっぷりの前足の抱擁《ほうよう》から脱出した。

風呂に入って新しい服に着替えて、やっと人前に出られる状態になった。それでもまだ、髪にはあの臭いがまとわりついている。ローレンスはもう我慢の限界だと感じて、中国側に抗議することにした。

しかし中国側は憤慨もしなかったが、期待したほど重要な問題だともとらえなかった。それどころかリウ・バオは、キノコの顚末《てんまつ》を聞きながら、大笑いした。ヨンシン皇子は、もっとふつうの料理を用意してはもらえないかというローレンスの提案をあっさりと切り捨てた。「毎日同じ料理を出すのは、〝天の龍《ティエン・ロン》〟に無礼ではないか。料理人らがもう少し注意すればすむことだ」

ローレンスは主張を通せないまま引きさがり、これによってテメレアの食事に関する決定権を奪われてしまったのではないかと心配した。予感は当たっていた。翌日、テメレアはいつもより朝寝坊して目覚めた。元気を取り戻し、鼻もそれほど詰まっていなかった。数日のうちに、風邪の症状がすっかり消えたため、ローレンスは、もう食事の助けはいらないと中国側に申し出た。何度か穏当《おんとう》にそう伝えたが、あいかわらずテメレアのもとに料理が運ばれつづけた。もちろん、テメレアとしては、嗅覚が元どおりになっても、中国側から料理が提供されることに、なんの異議も唱えなかった。

「どんな香辛料が使われてるか、わかるようになってきた」テメレアはかぎ爪を上品に舐めながら言った。近頃は、桶から直接食べるのではなく、前足で料理をつまんで食べるのを好むようになっている。「この赤い実は花椒《ホアジャオ》だね。大好きだよ」

「テメレアは、とにかく食事を楽しんでいる」ローレンスはその晩遅く、グランビーと夜食をとりながらそう打ち明けた。「それに文句をつけたら、こっちがへそ曲がりだということになる。少なくとも、中国人たちはテメレアを心地よくさせて、旺盛《おうせい》な食欲を保たせようと頑張っている。いまさら、ありがたいがもう結構、とは言えない。テメレアが料理を気に入っているから、なおさらだ」

「言わせてもらえば、まったくよけいなお節介ですよ」グランビーはローレンスに味方して、不快そうに言った。「しかしテメレアを英国に連れ帰ったとき、ああいう食事を航空隊が用意できるものでしょうか？」

ローレンスは首を横に振った。答えようがなかった。もちろん、同じような食事を用意してやりたいとは思っている。だがそれ以前に、テメレアを英国に連れて帰れるのかどうか、それがいまはまったくわからない。

アリージャンス号はケープタウンをあとにし、潮の流れに乗って、ほぼ東に進んだ。それはライリーが、不安定な風——いまのところ南ではなく北から吹いている——に逆らって無理に海岸沿いを北上したのち、インド洋のどまんなかを突き進む航路を嫌ったためだった。ローレンスは、細長い鉤《かぎ》のように海に突き出た岬が黒みを帯びて、はるか後方の水平線に呑《の》みこまれていくのを見つめていた。英国を出てから四か月、すでに中国までの旅程の半分を消化している。

快適な港と、陸の楽しみに別れを告げると、艦全体に陰鬱《いんうつ》な空気が広がった。ヴォリーが郵便物をすべて艦に届けてくれていたので、ケープタウンに新しい手紙はなかった。ヴォリーに手紙を託しはしたが、この先もしばらく、祖国の家族から便りを受け取る見込みはないだろう。高速のフリゲート艦や商船が追い越していくなら話は別だが、一年のこんなに早い時期に、中国に向かう船はありそうにない。かくして楽しみに待つものもなくなり、そのうえいまだ、あの幽霊騒動が乗組員の心に不穏な影を落としていた。

水兵たちは迷信と結びついた恐怖に取り憑《つ》かれ、仕事に身が入らなくなっていた。出航から三日目の夜明け、ローレンスは隣の船室から壁越しに聞こえてくる声で、浅い眠りから覚めた。ライリーが真夜中の当直を務めた哀《あわ》れなベケット海尉を怒鳴りつけていた。夜半に風が向きを変えて勢いを増したことに狼狽《ろうばい》したベケットが、誤った針路を指示し、そのうえ主檣帆《メインスル》と後檣帆《ミズンスル》を巻き縮める作業を怠《おこた》ったのだ。通常ならば、このようなミスは、経験豊かな水兵たちが正しい指示が出されるまで意味ありげに咳《せき》払《ばら》いをすることによって回避される。しかし今回、水兵たちは幽霊が怖くてろくに索《さく》具《ぐ》を見ておらず、誰もベケットに警告を与えようとしなかった。そのため、アリージャンス号は針路を大きく北にはずしてしまった。

空に稲妻《いなづま》が走り、海のうねりは高さ十五フィートにもなった。淡い緑色を帯びた波の表面に石鹸《せっけん》を泡立てたように白い泡が散り、その下はガラスのように透き通っている。海水がせりあがっては鋭い頂《いただき》をつくり、巨大なしぶきを散らしながら崩《くず》れ落ちていく。ローレンスは時化《しけ》帽を目深《まぶか》にかぶり、甲板にあがった。唇が海水の塩分のせいですぐに乾いて硬くなる。テメレアは、ドラゴン甲板のまんなかで体をきつく丸めていた。ランタンの明かりに照らされて、濡れた体表がぬらぬらと光っている。

「厨房でちょっとだけ火を焚《た》いてもらえないかな」テメレアは翼の下から頭を突き出し、哀れっぽく訴えた。波しぶきを避けようとして目をぐっと細め、訴えの重要性を強調するように、小さく咳をしてみせる。テメレアの風邪は出航前に完治していたはずだ。ローレンスは、この咳は十中八九芝居だと見抜いたが、風邪がぶり返すようなことは避けたかった。海水は風呂の湯のように温かくても、南から不規則に吹きつける風は身を切るように冷たい。ローレンスの命令によって、テメレアのクルーが竜の体を覆う防水布を掻き集め、ハーネス匠《しょう》がそれを一枚に縫い合わせた。

つぎはぎの覆いにくるまると、テメレアはかなり奇妙な恰好になった。外から見えるのは鼻先だけ。体の向きを変えようとごそごそ動く姿は、生きている巨大な洗濯物のようだった。ローレンスは、テメレアが温かくて乾いた状態に保たれていれば満足できたので、艦首楼から聞こえてくる忍び笑いには取り合わなかった。竜医のケインズまで、テメレアが甘やかされて仮病をつかっていると言い、みなといっしょに笑った。天候のせいで読書は無理なので、ローレンスは防水布の下にもぐりこみ、テメレアのそばに腰をおろした。こうしていれば、嵐のあいだ、そばにいてやれる。防水布には断熱効果があり、下の厨房の熱気だけでなく、竜の体が発する熱も保っていた。ローレンスはすぐに暑くなり、上着を脱いだ。テメレアの脇腹に体をあずけてうとうとし、会話からしだいに意識が遠のいた。

「眠ってるの、ローレンス？」テメレアの尋ねる声を聞いて、ローレンスは身を起こした。眠りすぎて夜になってしまったのか、防水布が隙間《すきま》なく覆いかぶさっているだけなのか、ともかく、あたりは寝入る前より暗くなっている。

重い防水布を押しのけ、外に這い出した。海面は磨きあげたように平らかだった。艦の前方、東の水平線に黒っぽい紫色の厚い雲があり、風に吹かれてふくらんだ雲の端が、逆光となった朝日の濃い赤に染まっている。雲の奥深いところで稲妻が光り、盛りあがった雲のふちを一瞬鮮やかに照らし出した。はるか北の空では切れ切れの雲が移動しつづけ、より大きな雲に合流して弧を描き、艦のすぐ後方まで迫っていた。空のまんなかだけが、いまだ晴れている。

「荒天用の鎖《くさり》を持ってきてくれないか、ミスタ・フェローズ」ローレンスは望遠鏡をおろして言った。艦のロープ類はすべて使用中で、テメレアのために使えるものはそれしかなかった。

「空中で嵐をやり過ごしてはどうでしょう」グランビーが、ローレンスの立つ手すりのそばまで来て提案した。グランビーならそう考えても当然だった。彼は輸送艦に乗ったことはあるが、ジブラルタル海峡やイギリス海峡を航行しただけで、外洋航海の経験はほとんどない。たいがいのドラゴンは一日じゅうでも飛びつづけていられるが、それは風に乗って飛べること、前もって充分な食事と水をとっていればの話だ。もちろん、輸送艦が雷雨やスコールに見舞われた際にはドラゴンを空に飛ばすのが常《じょう》套《とう》手段だが、今回、アリージャンス号を襲おうとしているのは雷雨やスコールとは比較にならない大嵐にちがいない。

ローレンスは首を振って提案を退《しりぞ》けた。「防水布を縫い合わせておいてよかった。防水布を鎖で押さえれば、だいぶ過ごしやすくなるはずだから」そう言うだけで、グランビーはローレンスの意図を理解したようだった。

荒天用の鉄鎖は環《わ》の太さが子どもの手首ほどもあり、下から一本ずつ運ばれて、テメレアの背中にはすかいにかけられた。そして塡《う》め巻きときせ巻き〔どちらもロープを補強する細工。ロープの溝に紐を巻きつけ、その上から帆布を巻く〕で補強した太いロープが、すべての鎖の環に通され、ドラゴン甲板の四隅にある繫《つな》ぎ柱に固定された。ローレンスはロープの結び目を慎重に点検し、何か所かを結び直させてから、これでよしと言い渡した。

「鎖やロープが引っかかっているところはないかい?」ローレンスはテメレアに訊《き》い

た。「きつすぎるところは？」

「こんなにぐるぐる巻きにされちゃ、身動きできないよ」テメレアはそう言いながら、わずかに体を動かせる範囲を確かめた。巻きつけられた鎖を押し返すたびに、しっぽの先端が落ちつきなくぴくぴくと動く。「ハーネスとはぜんぜんちがうね。これはなんのため？　どうしてこんなもの、付けなくちゃいけないの？」

「ロープを引っ張らないでくれ」ローレンスは心配になってロープの具合を確認した。幸い、どこもすり切れてはいなかった。「こんな目に遭《あ》わせてすまない」ローレンスはテメレアの頭のほうに戻ってきて言った。「海がさらに荒れた場合に備えて、きみを甲板にしっかり結わえつけておかなきゃいけないんだ。そうしないときみが海に滑り落ちたり、きみの動きで艦の針路が狂ったりするかもしれない。ものすごく窮屈かい？」

「ううん、それほどでも」テメレアはそう答えたが、憂鬱《ゆううつ》そうだった。「ずっとこうしていなきゃだめなの？」

「嵐のあいだは」ローレンスは艦首の前方を見つめた。雲のかたまりはいつしか薄ぼんやりした鉛《なまり》色の空に溶けこみ、のぼったばかりの太陽を呑《の》みこんでいる。「ちょっと晴雨計を見てこよう」

ライリーの船室にある晴雨計の水銀柱がぐんと下がっていた。あたりに人けはなく、淹《い》れたてのコーヒーのほかに朝食の匂いは漂ってこなかった。ローレンスは部屋係から熱いコーヒーのカップを受け取って、立ったまま飲み、甲板に戻った。船室におりていたわずかなあいだに、うねりはさらに十フィートほど高くなっていたが、アリージャンス号は底力を出すように鉄張りの艦首で波を切り裂き、巨体で波を掻き分けて進んでいた。

甲板から下におりる昇降口に、荒天用のカバーがかけられた。ローレンスは、テメレアを固定する鎖やロープをいま一度確かめてから、グランビーに指示した。「みんなを下に行かせてくれ。わたしが最初の当直につく」防水布に潜りこみ、テメレアの頭のそばに戻って、やわらかい鼻づらを撫《な》でた。「この風雨は長くつづきそうだぞ。なにか食べておくかい?」

「きのうの夜遅くに食べたから、おなかはすいてない」覆いの奥の暗がりで、テメレアの大きく広がった瞳孔《どうこう》が黒々と輝いた。瞳孔を両脇から挟む三日月形の虹彩《こうさい》はブルーだ。テメレアが重心を変えるたび、鉄鎖がこすれ合ってくぐもった音をたて、それとは対照的な、艦の肋材《ろくざい》のきしむ甲高い音にかぶさった。「リライアント号でも嵐に遭ったけど」と、テメレアが言う。「あのときは、こんな鎖なんか巻かなくてもよかった……」

「あのとき、きみはいまよりだいぶ小さかったし、嵐も小さかったからな」ローレンスは言った。テメレアは反論こそしなかったが、喉《のど》を低くうならせて不満を表明した。それきり会話はとだえ、テメレアは押し黙ったまま、時折り、鎖のへりで爪研ぎをした。首を艦首とは逆方向に伸ばし、波しぶきを避けていた。ローレンスには、テメレアの鼻づらの向こうで、水兵たちが嵐に備えてあわただしく索具を扱い、中檣帆《トップスル》を取りこんでいるのが見えた。あたりが騒然とするなか、昇降口の格子蓋《こうしぶた》のきしむ音だけが、厚い布越しにくぐもって聞こえてきた。

午前直の二点鐘〔三十分ごとに時鐘を鳴らすので、二点鐘は午前直開始の一時間後、午前九時〕を過ぎたころから、波が立てつづけに舷檣《ブルワーク》〔波の侵入を防ぐ囲い〕を越えて、ドラゴン甲板に流れこむようになった。波はそのまま、艦首楼にも降りそそいだ。嵐がおさまるまでは火を使えないため、ドラゴン甲板の下にある厨房は冷えきっている。テメレアは甲板にぺたりと張りつき、もう不平を言わず、防水布を自分とローレンスにしっかりと引き寄せていた。覆いの奥深くまで入りこんでくる細い水流を跳ね飛ばそうとして、竜の表皮の下で筋肉がぴくぴくと細かく動く。「水兵は全員集合せよ」ライリー艦長の声が強風のなかからかすかに聞こえた。掌帆長《しょうはんちょう》が手のひらをメガホン代わりに大声で召集の命令を繰り返す。大勢の水兵が甲板に足音を響かせて、帆を縮めるなど暴風に備える準備を開始した。

三十分用の砂時計を返すごとに鳴らされる時鐘が、時間の経過を知る唯一の手立てになった。日は早々に翳《かげ》り、闇が濃さを増したのが、おそらく日没だと思われた。波とともに運ばれてきた夜光虫が、青い燐光《りんこう》を放ちながら甲板を洗い、太綱や甲板のへりを光らせた。波の頂でちらちらとまたたく光は、その高さが着実に上がりつつあることを伝えていた。

巨艦アリージャンス号をもってしても、ここまでの大波は掻き分けられず、艦はゆっくりと波の表面をのぼっていくしかなかった。のぼる角度があまりに急なため、ローレンスには艦尾まで甲板全体を見通せた。艦尾の先にあるのは、波がつくる谷底だ。艦首が波の頂を越えると、前傾した艦は宙を飛ぶように、崩れ落ちる波のはるか向こうに着水し、波の谷底で沸き立つあぶくにすさまじい勢いで突っこんだ。そのち、広い扇形のドラゴン甲板が波の底をすくいとるように浮上し、つぎの波のおもてに出た。こうして艦はまた最初からゆっくりと波をのぼりはじめる。砂時計のなかの砂の動きだけが、波と波の継ぎ目を知らせていた。

朝が訪れても、風はまだ吹き荒れていた。しかし、うねりはややおさまり、ローレンスは短い眠りから覚めた。テメレアは食事をとろうとしなかった。「なにも食べられないよ。たとえ、ここまで食べ物を持ってくることができたとしてもね」ローレンスの食事の勧めにテメレアはそう答え、ふたたび目を閉じた。眠いのではなく、疲れきっているのだ。竜の鼻孔《びこう》に海水の塩分が白くこびりついていた。

ローレンスに替《か》わって、いまはグランビーが当直についており、ふたりのクルーとともに、ローレンスとは反対側のテメレアの脇で風雨をよけていた。ローレンスはマーティンを呼び、ぼろ布を何枚か用意させた。雨は波しぶきと混じり合っていて塩気がある。だが幸いにも、艦には水の備蓄がたっぷりあった。艦首の飲料水の樽《たる》が嵐の前に満杯にされていた。艦首から艦尾まで張り渡された命綱にしがみつきながら、マーティンは慎重に樽に近づき、布を濡らして戻ってきた。ローレンスは布でそっとテメレアの鼻孔から塩をぬぐってやったが、テメレアはほとんど身動きしなかった。

空は一面に不気味な鈍色《にびいろ》で、太陽も雲の形も見えなかった。雨が激しい風とともに、断続的な土砂降《どしゃぶ》りとなって吹きつけた。艦が波の頂まであがると、丸い水平線が見渡せた。海はどこまでも荒々しかった。

フェリスが甲板にあがってくると、ローレンスはグランビーを船室におろし、乾パンと硬いチーズをかじった。いまは甲板を離れたくない。雨がしだいに激しくなり、冷たさを増した。大きな横波がアリージャンス号の舷側《げんそく》に押し寄せていた。そのなかでもひときわそびえ立つ波が前檣《フォアマスト》ほどの高さで砕け、ドラゴン甲板に崩れ落ち、テメレアを浅い眠りから目覚めさせた。

その水流が数名の飛行士の足元をすくった。飛行士たちは流されながらも、手でつかめるものはなんでもつかんで必死に耐えた。空尉候補生のポーティスがドラゴン甲板から押し流され、階段を転げ落ちそうになったが、ローレンスはすんでのところでつかまえた。だがそれからは、ポーティスが命綱をつかんで体勢を立て直すまで、彼を支えていなければならなかった。テメレアが突然、体を動かし、鎖を引っ張りはじめた。寝ぼけたままパニックを起こし、ローレンスの名を呼んでいる。鎖をつないだ繋ぎ柱の土台周辺がぎしぎしとたわみはじめた。

ローレンスは濡れた甲板を走ってテメレアのそばへ行き、安心させようと脇腹に手を置いた。「ただの波だよ。わたしは、ここにいる」はからずも、声が緊張をはらんだ。それでもテメレアは鎖の拘束に抵抗するのをやめて、喘《あえ》ぎながら甲板に身を低くした。だが鎖に通したロープが、いちばん必要だというときに、ゆるんでしまった。しかし、これほど海が荒れている状況で、地上クルーはもちろん、飛行士でさえ鎖を結び直すのは不可能だ。

アリージャンス号が、艦尾から新たな波を受け、いまにも転覆しそうなほど前に傾いた。テメレアの全体重が鎖にかかり、ますます拘束がゆるんでいく。テメレアがとっさに、かぎ爪を甲板に突き立て、滑り落ちるのを防ごうとした。樫《かし》の張り板がめりめりと裂けた。「フェリス、ここへ！　テメレアについていてくれ」ローレンスは大声で命じると、甲板を突き進んだ。波がつぎつぎに押し寄せてきた。手さぐりで命綱から命綱へと移動し、しがみつけるものをさがした。

繋ぎ柱に結びつけられたロープには海水が浸みこみ、テメレアの体が強く引いたせいで、結び目がかちかちになっていた。これをゆるめるとしたら、ロープが引っ張られていない、波が襲ってくる合間の短い時間にやるしかない。結び目をわずかに解くのもひと苦労だった。テメレアは精いっぱい平らな姿勢をとり、その場に踏ん張って作業に協力した。

　ローレンスは甲板を見まわしたが、波しぶきにさえぎられて、誰がいるかさえわからなかった。確かなものは、摩擦《まさつ》で手のひらを焼くロープとずんぐりした鉄の繋ぎ柱と、黒っぽい影となったテメレアの姿だけ。午後の当直開始から二度目の時鐘が鳴り、午後五時だとわかった。雲の果てのどこかで太陽が沈もうとしている。ローレンスは視界の隅にふたつの人影を認めた。

　ほどなく船匠《せんしょう》助手のレドウズがローレンスの隣にひざまずき、ロープの締め直しを手伝いはじめた。レドウズがロープを引き、ローレンスが結び目を締める。波が襲ってくると、互いの体と繋ぎ柱にしがみついて耐えた。こうしてようやく鎖部分を繋ぎ柱まで引き寄せることに成功し、なんとか鎖とロープのたるみを解消できた。

　風のうなりのせいで、大声を張りあげようが、そばにいる相手にさえなにも伝わらなかった。ローレンスは叫ぶ代わりに、左舷のふたつ目の繋ぎ柱を指さした。レドウズがうなずき、ふたりでそちらに向かった。ローレンスが先を行き、手すりのそばで待機した。甲板のまんなかを歩くよりも、大砲を乗り越えるほうがたやすかったからだ。波が通り過ぎた一瞬の隙《すき》を狙って、ローレンスは手すりを離し、最初のカロネード砲を乗り越えようとした。その瞬間、レドウズがなにかを叫んだ。

振り向いた瞬間、頭をめがけて落ちてくる黒い影が見えた。ローレンスは反射的に手で防ごうとした。腕に火かき棒で殴られたような衝撃が走った。倒れこみながら、カロネード砲を固定している駐退索《ブリーチング》をつかんだ。なにが起きたのかもわからないうちに、ふたたび頭上で黒い影が動いた。すくみあがっていたレドウズが、両手をあげたまま後ずさる。つぎの瞬間、舷側から大波が襲いかかり、レドウズの姿が視界から消えた。

ローレンスは大砲にしがみつき、海水に咽《む》せながら、足を踏ん張れる場所を求めて空《くう》を蹴《け》った。ブーツに海水があふれ、石のように重かった。髪がほどけて、顔にまとわりつく。視界を奪っている髪の毛を首をのけぞらせて払いのけ、空《あ》いたほうの手で、振りおろされるバールをつかんだ。そのバールの向こうに、怯《おび》えきった必死の形相のフォン・リーを認め、ローレンスは愕然《がくぜん》とした。フォン・リーがローレンスの手からバールを奪い返そうとする。双方から一本のバールをつかんだまま、もみ合った。

ローレンスは、ブーツのかかとが濡れた甲板の上で滑り、あわや四肢を開いて空中に投げ出されそうになった。

そのとき、まるで三人目の敵のように、風が争うふたりに襲いかかり、勝利をもぎとった。ロープの締め直し作業でしびれきったローレンスの指からバールが滑り落ちた。まだ立っていたフォン・リーが、突風に向かって両腕を大きく開き、後ろによろめいた。風はここぞとばかりにフォン・リーの体を手すりの向こうに吹き飛ばし、逆巻く海に放りこんだ。こうしてフォン・リーは跡形もなく波間に消え去った。

ローレンスはなんとか身を起こして、手すりの向こうを見た。フォン・リーの姿も、レドウズの姿もなかった。立ちこめる霧と波しぶきで、海面すらも見えない。もはやローレンスとフォン・リーが争ったことを証言する者はひとりもいない。ローレンスの背後でふたたび時鐘が鳴り、半時間が過ぎたことを告げた。

ローレンスはあまりの疲労で考えがまとまらず、なぜ自分がフォン・リーに殺されかけたのか、まったく理解できなかった。そこで周囲にはなにも語らず、ただレドウズとフォン・リーが海に転落したことだけを、艦長のライリーに伝えた。報告がすむと、それ以上なすべきことを思いつかず、いまにも底を尽きそうな注意力をすべて嵐に向けた。

翌朝、風が弱まった。午後の当直がはじまるころには、ライリーも天候が回復することを確信し、交代制ではあったが、水兵たちを食事をとりに下へ行かせることにした。時鐘が午後三時を告げるころには、空を厚く覆っていた雲に切れ間が生まれ、まだ雲の色じたいは黒っぽかったものの、あふれんばかりに陽光がこぼれ落ちてきた。疲れきった水兵たちも、それぞれの持ち場で、この美しい光景に心から満足した。

レドウズは水兵たちの人気者だったので、みなが彼の遭難を嘆いたが、不慮《ふりょ》の事故を悲しむよりも、ついに死人が出たかと怯える気持ちのほうが強かった。レドウズは幽霊の餌食《えじき》にされたとまことしやかにささやかれ、そのうち、レドウズと親しかった者たちが、彼の女がらみの悪行を大げさに吹聴《ふいちょう》しはじめた。フォン・リーの遭難は、たいした論評もなく忘れ去られていった。みなの考えることは同じだった。艦上での足さばきも心得ていない者が、暴風雨のさなかに甲板をほっつきまわれば、結果は目に見えている——。結局のところ、水兵たちにとって、フォン・リーはあまりなじみのない人間だったのだ。

嵐が過ぎても海はしばらく荒れつづけたが、テメレアがあまりに不機嫌《ふきげん》なので、ローレンスはこれ以上拘束しつづけることをあきらめた。クルーたちが食事から戻ってくると、すぐにテメレアの覆いから鎖をはずすように命令した。結び目が暖かい空気に触れて膨張しており、ロープを解くことができず、しかたなく斧《おの》で断ち切った。テメレアは拘束を解かれると、派手な音をたてて鎖を甲板に打ち捨て、首をぐるりと回し、歯を使って防水布を剝《は》ぎとり、ぶるぶるっと全身を震わせた。海水が筋《すじ》をつくって体表を流れ落ちた。テメレアは挑むようにローレンスに宣言した。「飛んでくる！」

そうして、ハーネスも乗り手もなしに飛び立っていき、ぽかんと口をあけたクルーたちがあとに残された。ローレンスも驚きとともにテメレアを見送ったが、はっとわれに返って、宙に振りあげた両腕をおろし、感情を隠せなかった自分を恥じた。驚いたところで、なんの役にも立たないし、驚く意味もない。テメレアは長いあいだ拘束されていたから、翼を伸ばしたいだけなのだ。そう考えた。いや、自分にそう言い聞かせた。心の底ではショックを受け、危機感を覚えていた。しかしそのときは、自分のなかの動揺をぼんやりとしか感知できず、ただ疲労が息苦しいほどの重みで心にのしかかってくるのを感じていた。

「三日間も甲板に出ずっぱりですよ」グランビーが言い、下へおりようとするローレンスに手を貸した。ローレンスの指はむくんで動かしづらく、昇降口のはしごの手すりを握るのにも苦労した。足を滑らせそうになって、グランビーに腕をつかまれ、あまりの痛みに思わずうめきをあげた。上腕のバールで殴られたところが痣《あざ》になり、ずきずきと痛んだ。

すぐに船医のところに行こうというグランビーの勧めを、ローレンスは断った。

「ただの青痣さ、ジョン。それに、いまはこの件で騒がれたくない」しかし、グランビーにはやむなく事情を打ち明けた。脈絡《みゃくらく》を欠いた話し方になったが、グランビーは最後まで聞いてから言った。

「ローレンス、そりゃ、とんでもない事件ですよ。あなたは殺されかけたんだ。なにか早急に手を打たなくては」

「そうだな」ローレンスは乗り気なく答え、ハンモックによじのぼった。まぶたが重い。夢うつつのなかで毛布をかけられ、部屋が暗くなるのを感じ……それから先は記憶をなくした。

目覚めると、前よりは頭がすっきりしていた。体の痛みはあいかわらずだが、急いでハンモックから飛び出した。アリージャンス号の喫水《きっすい》が上昇しているので、少なくともテメレアが帰ってきたことはわかった。しかし、肉体の疲労が回復した分だけ、心はくよくよと思い悩むほうに向かっていた。船室を出ようとして、ドアのすぐ外で眠っていたハーネス匠のウィロビーに蹴つまずきそうになった。「ここでなにをしている?」

「あ、はい。ミスタ・グランビーからここで見張っているようにと言われました」若いウィロビーは答えながらあくびをし、顔をこすった。「いまから甲板ですか?」

ローレンスはついてくるなと命じたが、無駄だった。ウィロビーは張りきった牧羊犬のように、ドラゴン甲板までローレンスを追ってきた。テメレアは近づいてくるふたりの姿を目にすると、がばっと起きあがり、たちまちローレンスを鼻で自分のほうへ引き寄せ、体を巻きつけた。一方、ローレンスの背後には、飛行士たちが身を寄せ合うように集結していた。竜と部下の態度から、グランビーが秘密を洩《も》らしてしまったことは一目瞭然《いちもくりょうぜん》だった。

「傷はひどいの?」テメレアがローレンスの体に鼻先をこすりつけ、いたわるように舌をちろちろと出した。

「どういうことないね。腕をぶつけただけだ」ローレンスは軽く受け流しながら、少なくともいまはテメレアの癇癪《かんしゃく》がおさまっていることに安堵《あんど》した。

グランビーがテメレアの丸めた体の内側に飛びこんできて、ローレンスの非難のまなざしをものともせずに宣言した。「ローレンス、ぼくらはあなたを交替で見張ることにしました。よもや、あれが偶然の事故だとか、人違いで襲われたとか、そんなふうには思っていないでしょうね？」

「ああ、思ってない」ローレンスはしぶしぶ認めた。「あれが最初じゃなかった。前回は襲撃されたとは思わなかったが、いま考えると、新年の祝宴のあとも、彼はわたしを艦首側の昇降口から突き落とそうとした」

テメレアが低いうなりをあげた。甲板を引っ掻きそうになったが、なんとかこらえたようだ。嵐のあいだにテメレアがもがき、かぎ爪を突き立てたせいで、甲板にはすでに深い溝が幾筋も刻まれていた。「あいつが海に落ちてよかったよ」テメレアは毒を含んだ声で言った。「サメに食われちゃえ」

「そうとも言えない」グランビーが言った。「犯人が消えてしまっては、襲われたことが証明できないし、どんな理由で襲ったのかもわからない」

「個人的な怨恨《えんこん》ではなさそうだな」ローレンスは言った。「彼とはろくに話していなかった。話しかけたときも、彼にはわたしの言葉がほとんど理解できなかったはずだ。なのに、あんなことをするなんて……たぶん、頭がおかしくなっていたんだ」そうは言ったが、確信があるわけではない。

「二度も襲撃したんですよ。しかも、二度目は大嵐のさなかに」グランビーが、ローレンスの仮説をあっさりと退けた。「おかしくなったからとは思えませんね。おそらくは、誰かの差し金です。もっとも疑わしい黒幕はヨンシン皇子でしょう。もしかしたら、ほかの中国人の可能性もありますが……。とにかく、黒幕が誰かを早く解明しなければ、また襲われるかもしれない」

グランビーの意見に熱心にうなずくテメレアを見て、ローレンスは大きなため息をついた。「内々にハモンドをわたしの船室に呼んで、この件について相談したほうがいいな。中国側の動機がなんなのか、ハモンドならわかるかもしれないし、どのみち中国人たちを尋問するなら、ハモンドの助けを借りなければならない」

こうして船室に呼び出されたハモンドは、ローレンスの説明が進むにつれて、驚きの表情を深くした。しかし、その後に示した意見は、ローレンスたちとはまったく異なるものだった。「皇帝の兄君や随行団を、犯罪集団かなにかのように尋問すべきだと、本気で提案されているのですか？ 殺人の謀議《ぼうぎ》で糾弾《きゅうだん》しろと、アリバイや証言を要求しろとおっしゃるのですか？ それならいっそ、弾薬庫にたいまつを投げこんで、艦を沈めたほうがましというものです。どちらを選んでも、われわれの任務が成功する可能性は同じでしょうからね。いや、艦を沈めるほうが英国にとってはよいかもしれません。艦もろとも全員海に沈み、少なくとも紛争の種は消えてなくなるわけですから」

「へえ、じゃあ、どうしろって？ なにも手を打たず、へいこらして、やつらがローレンスを殺そうとするのを見てろって言うんですか？」グランビーが強い調子で言った。いったん口を開くと、怒りがつぎつぎに湧いてくるようだ。「あなたも、ローレンスが死んだほうが好都合なんでしょうね。テメレアの中国への引き渡しに反対する人間がひとり減るわけだし、すべての責任を航空隊が引っかぶることになるんだから」

ハモンドがグランビーをひたと見すえた。「わたしがなにより気にかけているのは、人でも竜でもなく、わが英国の命運です。あなたも国に仕えるという意識をお持ちなら、わたしのように考えてしかるべきだと——」

「もういい、やめよう」ローレンスは思わず口をはさんだ。「われわれにとっていちばん重要な任務は、中国とのあいだに友好関係を築くことだ。そして、テメレアという貴重な戦力を失うことなく、この任務が達成されるというのが、われわれの希望だ。この点について議論の余地はない」

「それなら、友好関係やテメレアの保持を犠牲にしてまで、使節団への尋問を優先すべきではありません」ハモンドがぴしゃりと返した。「仮になにか証拠があがったとして、それをどうするつもりですか？　ヨンシン皇子を勾留《こうりゅう》せよとでも？」

ハモンドはここで口をつぐみ、高ぶりを抑えてから、また言った。「フォン・リーの背後に誰かがいたとは思えません。そうする理由が思い浮かびませんし、ましてや証拠もない。最初に襲われたのは、新年の晩餐会《ばんさんかい》のあとだとおっしゃいましたね。もしかしたら、気づかないうちに、宴席でフォン・リーの機嫌を損ねていたのではありませんか。彼はそれ以前も、あなたがテメレアを所有していることに憤《いきどお》っていたのかもしれない。いや、たんに頭がおかしかったのかもしれない。あるいは、あなたの誤解かもしれない。その可能性はかなり高い。なぜって、二回とも意識が混乱したときに起きているからです。最初は大酒を飲んだとき、二回目は嵐のさなかで――」

「どう考えたって」と、グランビーが割りこみ、その行儀の悪さにハモンドが目を剝《む》いた。「フォン・リーには理由があった。あったからこそ、昇降口でローレンスを突き飛ばし、今度はローレンスの頭をかち割ろうとした」

ローレンスは、グランビーの攻撃的な意見によって一瞬、出番を失ったものの、気を取り直して言った。「ミスタ・ハモンド、あなたの推測が正しいのなら、調査によって真相を突きとめられるはずですよ。われわれはともかく、中国人の誰かは、きっとフォン・リーの正体がわかっている。おかしくなっているにせよ、狂信的な面があるにせよ、仲間ならそれに気づいているはずだ。わたしが彼の機嫌を損ねたのだとしても、彼はそのことを誰かに話しているでしょう」

「真相を突きとめようと調査を行えば、皇帝の兄君をはなはだしく侮辱することになる。北京でのわれわれの任務の成否の鍵を握るであろう人物を」と、ハモンドが言った。「わたしは、そのような調査に手を貸すつもりも、許すつもりもありません。もし、あなたがそんな浅はかな、無分別な試みをなさるのなら、わたしは、あなたを拘束するのが国王に対する務めだと、全力を尽くしてライリー艦長を説得します」

この発言によって、話し合いはおのずと終了した。少なくともハモンドは、これ以上言うことはないという断固たる態度で部屋を出ていった。だがグランビーは、ハモンドを見送ると、腹に据《す》えかねるように船室の扉を乱暴に閉め、ローレンスのほうに戻ってきた。「あいつのおかげで、俄然《がぜん》やる気が湧いてきましたよ、ローレンス。われわれで調査しましょう。中国人たちをテメレアのところに連れていけば、テメレアが通訳してくれますよ」

ローレンスはかぶりを振って、酒瓶を取りに立った。感情が高ぶっており、自分の判断が正しかったのかどうか、自信が揺らいだ。グランビーに一杯注いでやり、自分もグラスを持って部屋の簡素な収納箱のところまで行き、そこに腰かけて、窓から海を眺めた。いまは五フィートほどにおさまった黒いうねりが、左舷に絶え間なく打ち寄せている。

しばらくたって、ローレンスはようやくグラスを脇に置き、グランビーに言葉を返した。「やめておこう、ジョン。きみの気持ちはわかるが、この件についてはよく考えたほうがいい。ハモンドの言い方は気に入らないが、だからといって、彼が間違っているとは言えない。もしわれわれがそんな調査を行って、皇子や中国皇帝の機嫌を損ね、なんの証拠も見つからなかった場合、それどころか動機すらもつかめなかった場合、いったいどうなるか——」

「——テメレアを手元に残す可能性とはおさらばというわけですね」グランビーがやりきれないという表情で、ローレンスの言葉を引き取った。「わかりました。いまのところは我慢しなきゃいけないんでしょう。だけど、受け入れがたい話ですよ、こんなのは」

テメレアはこの結論を聞いて怒り、いっそう過激な態度を見せた。「はっきりした証拠がなくったって、かまうもんか。あなたが殺されるのを黙って見てるわけにはいかないよ。今度、あいつが甲板に出てきたら、殺してやる。そうすれば万事解決だ」

「よせ、テメレア、ぜったいに、だめだ！」ローレンスは仰天《ぎょうてん》して言った。

「ぜったいに、やってやる」テメレアは反抗したが、しばらく考えこんでから言った。「だけど、あいつは二度と甲板にやってこないかもしれないな。それでも、艦尾の窓を割ればいつだって襲える。爆弾を投げこんでもいい」

「ぜったいに、やるな。断じて、許さないぞ」ローレンスはいっそう語気を強めて言った。「たとえ確かな証拠を握っても、皇子に盾突《たてつ》くわけにはいかない。そんなことをしたら、宣戦布告の理由を与えることになる」

「そんなに皇子を殺すのが重大なことなの？　それじゃあ、皇子があなたを殺すのは重大なことじゃないの？」テメレアが言い返す。「どうして皇子は、こっちが宣戦布告するのを恐れなくていいわけ？」

「確たる証拠なくして、英国政府がそんな策をとることなど、ぜったいにありえない」ローレンスは答えた。たとえ証拠があったとしても宣戦布告などはありえない。それもわかっているが、いまここで言うのはまずいと感じた。

「だけど、証拠を集めるのさえ禁じられてるんだよ。それに、ぼくがやつを殺すのもだめだって言われるし……。とにかく、やつに対してはお行儀よくふるまえって言われ、それもこれも英国政府のためなんだ。政府ってものには、ほとほとうんざりだ。政府なんて見たこともないし、いつもぼくにいやなことばかり押しつける。誰にもいいことなんてしてくれない」

「まあ、政治の話は別にして、この件にヨンシン皇子が関わっているという確信が持てないんだ」ローレンスは言った。「わからないことが山ほどある。もしヨンシン皇子が関わっているのなら、なぜ、皇子はわたしが死ぬことを望んだのか。なぜ衛兵ではなく従者を刺客《しかく》にしたのか……。やっぱり、フォン・リーには、彼にしかわからない個人的な理由があったのかもしれない。そもそも、証拠もなく、疑惑だけで人を殺していいわけがない。きみだって、人を殺したら後味が悪いだろう」

「そうかなあ」テメレアはぼそりと言い、黙りこんだ。

ヨンシン皇子は事件後の数日間、甲板にあがってこなかったので、ローレンスは胸を撫でおろした。これで、テメレアに頭を冷やさせる時間ができた。そして、ふたたび甲板にあらわれたとき、皇子はそれ以前とまったく変わらない態度をとった。ローレンスにはこれまでどおり冷ややかに挨拶し、そのあと、テメレアのところに行って詩を朗読した。テメレアは朗読に耳を傾けるうちに、はからずも詩の内容に興味をいだき、いつしか皇子をにらみつけるのを忘れていた。テメレアはもともと執念深い性格ではなかった。ヨンシン皇子は、たとえ内心なんらかの後ろめたさを感じていたとしても、みじんも表に出さなかった。ローレンスはまたもや自分の判断に自信が持てなくなった。

「たぶん、わたしが勘違いをしたんだ」皇子が甲板からいなくなると、憂鬱な気分でグランビーとテメレアに語りかけた。「あの出来事を細かいところまで正確に覚えているわけじゃない。とにかく疲労困憊《こんぱい》で、頭がぼうっとしていた。あの哀れな男は、わたしを手伝おうとして近づいてきただけかもしれない。それをわたしが勝手に襲撃と勘違いしたのかもしれない……。わたしを殺そうなんて、とっぴすぎる。だんだんそう思えてきたよ。中国皇帝の兄がわたしを暗殺しようなんて、わたしはそこまで彼をおびやかす存在なのか？ ばかげている。ハモンドが正しかったと認めて、自分を酔っぱらいの大馬鹿者と呼ぶことにするか……」

「いいえ、ぼくはそうは思いません」グランビーが言った。「筋の通った説明ができるわけじゃないんです。ですが、フォン・リーが個人的にあなたの頭をかち割ろうとしたという意見にさえ、ぼくは賛成しかねます。ローレンス、ぼくはあなたに引きつづき護衛をつけます。あとはあの皇子が、ハモンドの見当違いを証明するような行動に出ないことを祈るばかりですよ」

10 大海蛇襲来

嵐からほぼ三週間が平穏に過ぎたころ、アムステルダム島〔インド洋南部にある島〕が見えてきた。テメレアは、きらめく小山のようなアザラシの群れを見つけて大喜びした。その多くは浜辺でのんびりと日を浴びていたが、活動的な一群はアリージャンス号に近づいて航跡の白い泡とたわむれ、水兵も、自分たちを射撃練習の的《まと》に使いたがる海兵隊員さえも恐れなかった。しかしテメレアが海に入ると、アザラシたちはあっという間に姿を隠し、浜辺にいたものたちまで大儀《たいぎ》そうに退却しはじめた。

取り残されたテメレアは、つまらなそうに艦の周辺を泳いでから、甲板によじのぼった。いまは、練習を重ねたおかげで、アリージャンス号を揺らすこともなく艦に戻ることができる。一度逃げたアザラシがまた少しずつ艦のそばに寄ってきた。テメレアが甲板から見おろしてもいやがるようすは見せないが、頭を海に近づけると、前と同じように海中深く潜ってしまった。

アリージャンス号は嵐のせいで南緯四十度付近まで流され、東へ向かう航路からもかなりはずれ、予定より一週間以上の遅れをとった。「唯一の救いは、貿易風がようやく吹きはじめたことですね」ライリー艦長が海図を見つめながらローレンスに言った。「ここから直接、オランダ領東インド諸島に向かいます。ゆうに一か月半は陸地が見えないでしょうが、アムステルダム島にボートを出して物資を補給させていますし、あと数日をアザラシの捕獲に費やせば、これまでの食糧と合わせて充分に乗り切れるはずですよ」

すでに樽のなかで塩漬けにされたアザラシの肉がけっこうな臭気を放っていた。さらに二十数頭分の生肉が、貯蔵かごに入れられて艦首の吊錨架《キャットヘッド》から吊《つ》され、風に当てられている。そして翌日も、中国人の料理人たちは海に出て、十数頭のアザラシを捕まえた。それらを甲板でさばき、頭やしっぽや内臓を驚くほど無造作に海に投げ捨て、山のように残った肉だけをレアのステーキにして、テメレアに食べさせた。「胡椒《こしょう》がきいてて、なかなかいけるよ。そうだな、玉ねぎのローストがもう少し多めに入っていてもいいかもね」テメレアはかなり奢《おご》ってきた舌で料理の感想を述べた。

テメレアを満足させようと腐心《ふしん》している料理人たちは、残りの肉の調理法をすぐにテメレアの好みに変えた。テメレアは新たに出されたものをうれしそうにたいらげ、横になって長い昼寝に入った。厨房の料理人や操舵手《そうだしゅ》をはじめ、アリージャンス号の乗組員のあいだに広がる不満には、まったく気づいていなかった。中国人の料理人たちが作業のあとの掃除をしなかったので、甲板は血の海になっていた。ライリー艦長はどうやって二回目の甲板掃除を水兵に命じたものかと頭を悩ませた。アザラシの血の臭いは、ローレンスがライリーやほかの上級士官らと夕食をとるころも、まだしつこく残っていた。外に吊した生肉の臭いはさらに強烈で、小窓を閉めるほかはなく、そのせいで艦内の血の臭いも消えてゆかないのだった。

あいにくなことに、アリージャンス号の厨房の料理人も、中国人の料理人と同じ食材を選んでいた。メインディッシュはみごとな黄金色に焼けたパイで、生地にはたっぷりのバターとケープタウンで仕入れた新鮮な豆の最後の残りが使われ、あつあつのソースが添えられていたが、ナイフを入れると、まごうかたなきアザラシの肉の臭いが立ちのぼった。食卓の者はみな料理を突つきまわすだけで、ひと口も食べようとしなかった。

「食べられたもんじゃない」ライリーがため息をつき、自分の皿に取り分けられた料理を大皿に戻した。「ジェスソン、これを海尉候補生のところへ持っていって食べさせろ。無駄にするのはしのびない」全員がライリーにならい、残った料理を大皿に戻すと、テーブルには寒々しい空間ができた。大皿を持ち去った給仕がドアの外で「わきまえのない外国人のせいで、みんなの食欲が失せちまったんだ」と大声で言っているのが聞こえた。

そのあと、せめてもの慰めに食卓に酒瓶を回しているとき、艦体がいきなりなにかに引っ張られるように前に傾き、また浮かびあがった。ローレンスも経験したことのない奇妙な動きだった。ライリーがあわてて船室の扉に向かったとき、パーベック卿が「あれを見ろ!」と窓の外を指さした。肉の貯蔵かごが消え失せ、鎖だけがぶらぶらと揺れていた。

全員の視線がそこに釘付けになった。と、甲板から怒声と悲鳴が聞こえてきた。艦体が今度は右に傾き、弾丸が板を撃つ音がした。ライリーが部屋を飛び出し、全員があとにつづいた。ローレンスがはしごをのぼっているとき、またもや艦がなにかと衝突して揺れた。ローレンスははしごを四段踏みはずし、危うくグランビーを蹴り落とすところだった。

びっくり箱をあけたように、みなが勢いよく甲板に飛び出した。血まみれの足が一本、左舷の舷門のそばに転がっていた。留め金付きのブーツに絹の靴下をはいており、すぐに当直についていた海尉候補生レイノルズのかろうじて残った体の一部だとわかった。さらに二名の死体が、折れた手すりのわずかな半月状の隙間に引っかかっていた。なにかによってそこに叩きつけられたようだ。ドラゴン甲板では、テメレアが上体をもたげ、あたりを見まわした。甲板にいる者は索具に飛び移って難を逃れようとし、艦首側の昇降口に押しかけた者は、甲板に上がろうとする海尉たちともみ合った。

「軍艦旗を揚げろ!」ライリーが二重操舵輪と格闘しながら声を張りあげ、水兵たちに応援を要請した。操舵手のバッソンの姿がどこにもなかった。艦はいまも予定針路から逸《そ》れつつあるが、確実に動いており、座礁《ざしょう》したとは考えにくい。ほかに船影はなく、空はどこまでも晴れ渡っていた。「戦闘配置につけ!」

小太鼓が打ち鳴らされ、いったい何事かと騒いでいた者たちの声を掻き消した。パニックに陥った者たちに秩序を回復するには、これがもっとも手っ取り早い方法だ。

「ミスタ・ガーネット、ボートを舷側からおろしてくれ」副長のパーベック卿が大声で指示し、手すりの中央に歩み寄りながら、帽子をしっかりとかぶり直した。いつもの夕食時と変わらず上等そうな上着をはおり、りゅうとした身なりをしている。「グリッグズ、マスターソン、いったいなにをしている?」檣楼《しょうろう》からおっかなびっくりで見おろしている水兵たちを叱責《しっせき》した。「きみたちにはグロッグ酒の配給を一週間停止する。すぐにおりて、持ち場につけ」

ローレンスは、持ち場に急ぐ乗組員たちを掻き分けながら艦首へと向かった。海兵隊員のひとりが、靴墨を塗ったばかりのブーツをはこうと、両手を靴墨でべとべとにしたまま、飛び跳ねながら通り過ぎた。艦後方のカロネード砲を受け持つ砲手たちがつぎつぎに持ち場に向かった。「ローレンス、ローレンス、いったいどうしたの?」テメレアがローレンスを見つけて尋ねた。「ぼく、寝てたんだ。なにがあったの?」

答えるより早く、アリージャンス号が横に傾き、ローレンスは手すりに叩きつけられた。艦のすぐそばで巨大な水柱が噴きあがり、海水が甲板になだれ落ち、ドラゴンにも似た奇怪な頭が、手すりの上にぬうっとあらわれた。巨大な毒々しいオレンジ色の目玉と、丸っこい鼻づら。短い前足の水掻きに黒い海藻《かいそう》がからまって長く垂れており、口からは人間の腕が一本ぶらさがっていた。化《ば》け物は頭をぐいっと後ろにそらして、腕を呑みこんだ。歯が血で真っ赤に染まっていた。

ライリーが右舷側からの一斉砲撃を命じた。甲板では、パーベック卿がカロネード砲のひとつに砲手三名を集めていた。カロネード砲を正面からその生き物に撃ちこむつもりのようだ。砲手らが大砲の滑車装置をゆるめ、いちばん屈強な砲手が車輪を押さえた。全員沈黙し、汗みずくになり、ときに低いうなりを発し、蒼《あお》ざめながらも、精いっぱい作業を進めていた。四十二ポンド砲ともなると、そう簡単には扱えるものではないのだ。

「撃て、撃つんだ。のろまの腰抜けども！」檣楼では、海兵隊のマクリーディーが声を嗄《か》らして叫んでいた。マクリーディー自身は、最初の射撃のあとの弾込《たま》めをすでに終えている。ほかの海兵隊員も遅れて弾を込め、一斉射撃というにはそろわない発砲を行った。しかし、青と銀のうろこでびっしりと覆われた首は、弾をはじき返した。

大海蛇《だいかいじゃ》は、しわがれた低いうなりを発し、甲板に頭を突き出すと、乗組員をふたりなぎ倒し、別のひとり、水兵のドイルをくわえた。ドイルの悲鳴が響きわたり、大海蛇の口から突き出た両脚が激しく空《くう》を蹴った。

「だめだ！」テメレアが叫んだ。「やめろ《ストップ》、やめろ《アレテ》！」英語とフランス語で、そして中国語でも繰り返した。大海蛇は言葉を解するようすもなく、ぼんやりとテメレアを見つめながら、ドイルを噛み砕いた。ドイルの食いちぎられた両脚が、宙に鮮血を散らしながら甲板に落下した。

テメレアは恐ろしい光景に凍りつき、大海蛇のくちゃくちゃと動くあごに視線を据えたまま、冠翼《かんよく》を首にぺたりと寝かせた。ローレンスがテメレアの名を叫ぶと、ようやくはっとわれに返り、行動を起こそうとした。が、大海蛇とのあいだには前檣《フォアマスト》と主檣《メインマスト》があり、直進を阻《はば》んでいた。そこで艦首から飛び立ち、アリージャンス号の上空で小さく旋回したのち、大海蛇の背後に回った。

大海蛇は首をめぐらしてテメレアの動きを追い、海面から大きく伸びあがり、ひょろりとした両の前足を艦の手すりにかけて、さらに体を持ちあげようとした。その足の指から異様に長いかぎ爪が伸び、指と指のあいだに水掻きがあった。体は尾に向かうにつれてやや太くなるが、テメレアと比べればはるかに細かった。だが、頭の大きさはテメレアをしのぎ、どんよりとして残忍そうな眼《まなこ》は、正餐《せいさん》用の大皿よりも大きく、まばたきひとつしない。

テメレアは頭から海に突っこんだ。かぎ爪で大海蛇を攻撃したが、銀色の体表をかすめただけだった。それでも、両の前足で大海蛇をなんとか後ろからかかえこむことができた。体長は余りあっても、胴はテメレアが前足を回せるほどに細いのだ。大海蛇はふたたび喉の奥からしわがれた低いうなりを発し、アリージャンス号にしがみついた。喉の周囲の幾重《いくえ》にもたるんだ肉がうなりとともに震えている。テメレアは体勢を整え、翼をしゃにむに打ち、大海蛇を艦から引き離そうとした。テメレアと大海蛇の力が加わって、艦が転覆しかねない角度まで傾いた。最下層の砲門から海水が流れこみ、昇降口から人の叫びがあがった。

「テメレア、放せ!」ローレンスは叫んだ。「このままじゃ転覆する」

テメレアはやむなく大海蛇を放した。にもかかわらず、大海蛇はテメレアから逃げようと、アリージャンス号に必死で這いあがり、主檣《メインマスト》にぶつかって帆桁《ほげた》を傾かせ、頭を左右に振りながら索具を食いちぎった。ローレンスは、大海蛇の黒い瞳孔に奇妙に引き延ばされた自分の姿が映りこんでいるのを見た。だが、つぎの瞬間には乳白色の厚い瞬膜《しゅんまく》が眼球にかぶさり、またもとに戻った。グランビーがローレンスを守ろうと、腕をつかんで昇降口のほうに引っ張った。

大海蛇の体はとてつもなく長かった。頭と前足は艦を横断して反対側の舷側を越え、海中に没したが、体の下半分はまだ海中から出ていなかった。くねくねとした動きに伴って、うろこの色が濃い青や紫に変化した。ローレンスは、この十分の一の大きさの大海蛇さえ見たことがなかった。大西洋にいる大海蛇は、ブラジル沿岸の温かい海に生息するものでも体長十二フィートを超えることはない。また太平洋にいる大海蛇は、船が近づくと海に潜ってしまうので、波を切って進むひれがたまに目撃されるぐらいのものだ。

　航海士のサックラーが息を弾ませて、昇降口のはしごをのぼってきた。手には、急いで円材《スパー》にくくりつけた、刃幅七インチほどの大きな鯨ミノ〔鯨の解体に用いるオールのような刃物〕を持っている。サックラーには、徴兵前、南洋の捕鯨船で一等航海士を務めた経験があった。「キャプテン！　油断するなってみんなに言ってください。ああ、まずい。締めあげられる！」サックラーはそう叫ぶと、昇降口から先に鯨ミノだけ甲板に放り投げ、つづいて自分も甲板に出た。

　サックラーの警告で、ローレンスの脳裏《のうり》に、メカジキやマグロが時折り大海蛇に巻きつかれたまま釣りあげられる光景がよみがえった。大海蛇は獲物を締めあげて捕らえる方法を好む。ライリー艦長もサックラーの警告を聞くや、すぐさま斧や剣を持ってくるように水兵に命じた。ローレンスは昇降口から運びあげられた最初のかごから斧をつかみ、十数人の水兵とともに、甲板を横切る大海蛇の体に振りおろした。だが、大海蛇はひるむことなく動きつづけていた。斧は薄青い脂肪層に傷をつけたが、その先の肉までは届かず、大海蛇の体をぶった切るまでには到底至らなかった。

「頭！　頭を狙え！」手すりのそばに立ち、鋭利な鯨ミノを構えたサックラーが叫んだ。ローレンスは、不安げにマストにしがみついていた水兵のひとりに斧を渡し、テメレアのほうに向かった。テメレアは、大海蛇がマストや索具にからまっているため攻撃のチャンスをつかめず、しばらく空中でホバリングをつづけていた。

　そのとき、まさに頭を狙うチャンスがやってきた。大海蛇の頭が、先刻頭を突きだした右舷側の海面から、ふたたび持ちあがったのだ。アリージャンス号に巻きつく力がますます強くなり、艦はみしみしと音をたて、手すりが押しつぶされて砕けはじめた。

　パーベック卿が大砲で大海蛇に狙いを定めた。「まだだ。タイミングをはかれ。ダウンロール〔船の横揺れ〕によって砲身が上から下へさがるあいだで撃て」

「待って、待って！」そのとき、テメレアが叫んだ。ローレンスにはテメレアの意図が読めなかった。

パーベック卿はテメレアの制止を無視して命じた。「撃て!」カロネード砲が轟音をあげ、砲弾が海面をかすめて大海蛇の首に当たり、さらに先へ飛んで海中に没した。大海蛇の頭が砲弾の衝撃で横に弾かれ、肉の焦《こ》げる臭いが立ちのぼった。が、致命傷には至らなかった。大海蛇は痛みにうなり、艦に巻きついたとぐろを、さらにきつく締めあげた。

パーベック卿は、甲板の大海蛇の体から腕半分の長さも離れていない場所にいたが、まったく動じることなく、硝煙が消えるのを見届け、ただちに「再装塡《そうてん》!」と命令した。砲手たちがつぎの砲撃の準備に取りかかった。が、大砲が不便な位置にあり、三名の砲手がそこで同時に作業する混乱から、つぎの攻撃までに数分はかかりそうだった。

カロネード砲のすぐそばで、大海蛇の締めあげる力に屈して右舷の手すりの一部が吹っ飛び、砲撃を受けたかのように、鋭利な破片が四方に飛び散った。その破片のひとつがパーベック卿の腕にぐさりと刺さり、青い上着の袖《そで》がたちまち紫に染まった。チャーヴィンズが両手を突きあげ、破片が刺さった喉からぶくぶくと音を発して、大砲の上に倒れこんだ。ディフィッドは仰向けに倒れた。首を貫通した木片の先があごの下から突き出し、ぴくりとも動かぬまま血を流している。

テメレアは、大海蛇の頭のそばをなおも行ったり来たりしながら、空中にとどまっていた。うなり声で威嚇《いかく》するものの、咆吼《ほうこう》を控えているのは、アリージャンス号まで破壊するのを恐れてのことだろう。〝神の風《ディヴァインズ・ウィンド》〟によってフランス艦ヴァレリー号を沈めたときのような波を起こせば、大海蛇どころか、アリージャンス号まで海底に沈めてしまうかもしれない。だがローレンスは危険を承知で、咆吼を命じようとした。水兵たちが半狂乱で大海蛇に斧を振りおろすが、体表は斧では歯が立たないほど硬い。このままでは、アリージャンス号が修復不可能なほど破壊されてしまう可能性がある。肋材《ろくざい》にひびが入るか、最悪の場合は竜骨《キール》がたわむか――そうなったら二度と港にはたどり着けないだろう。

だがローレンスが命令する前に、テメレアは苛立《いらだ》った低いうなりを発し、高く舞いあがり、翼をぴたりと閉じた。そしてかぎ爪は伸ばしたまま、岩石の落下のような急降下で大海蛇に襲いかかった。かぎ爪が大海蛇の頭を直撃し、テメレアは大海蛇の頭もろとも海に沈んでいき、海面にどす黒い紫の血が広がった。「テメレア！」ローレンスはびくびくと痙攣する大海蛇の体を乗り越え、血でぬらつく甲板を、ときに這い、ときに走って舷側までたどり着いた。手すりを乗り越え、舷側から突き出た主檣《メインマスト》用のチェーンプレート〔舷側に索具の末端を固定する板〕に足をかけた。グランビーが腕をつかんで押しとどめようとしたが、わずかに届かなかった。

ローレンスは、ブーツを海に蹴り落とした。だが、つぎにどんな手を打つか、具体的に考えているわけではなかった。泳ぎは得意でないし、ナイフも銃も持っていない。グランビーが手すりを乗り越えてこようとしたが、アリージャンス号がおもちゃの木馬のように前後に揺れるため、足もとがおぼつかない。と、そのとき、海上に出ている大海蛇の銀灰色の背に、尾から頭にかけて、激しい震えが走った。体の下半分が痙《けい》攣《れん》しながら海上に飛び出し、巨大な水しぶきをあげてもう一度沈んだ。そしてとうとう、最後には動かなくなった。

テメレアが、解き放たれた浮きのように海面から跳ねあがり、体半分まで飛び出し、ふたたび水しぶきとともに海面下に沈んだ。そしてまた浮上すると、今度は咳きこんで海水を飛ばし、唾《つば》を吐いた。顎のまわりが血まみれだった。「死んだと思う」喘ぎながら言い、ゆっくりと艦のそばまで泳いできた。が、甲板にはのぼらず、舷側にもたれかかって深く息をつき、しばらく波間に浮かんでいた。ローレンスはテメレアのところまで這いおり、頭を撫でてやり、テメレアの心と同時に自分の心も落ちつかせようとした。

テメレアが疲労のためにすぐには甲板にのぼれなかったので、ローレンスは小型ボートを出し、そこに竜医のケインズを乗せて、傷の程度を調べさせた。引っ掻き傷が数か所。そのひとつには大海蛇のおぞましいのこぎり歯が突き立っていたが、深手ではなかった。ところがケインズは、テメレアの胸の音をもう一度聞いて厳しい顔つきになり、肺に海水が入っていると診断した。

テメレアはローレンスに励まされながら体を持ちあげた。アリージャンス号はいつもより大きく傾いたが、テメレアは手すりに新たな損傷を与えながらも、なんとかよじのぼり、甲板に戻ることができた。艦の外見をことさら気にするパーベック卿も、今回ばかりは、テメレアが手すりにひびを入れてもとやかく言わなかった。テメレアが甲板に身を横たえると、乗組員たちから、疲弊《ひへい》してはいるが、真心のこもった歓声が起こった。

間髪《かんぱつ》いれず、ケインズが命じた。「舷側から頭をおろせ」早く眠りたくてたまらないテメレアは抗議のうめきをあげつつも、竜医の言うとおりにした。甲板から大きく身を乗り出して頭をさげるという不安定な姿勢をとったあと、眩暈《めまい》がすると苦しげな声で文句を言ったが、なんとか咳をして海水を吐き出した。こうしてケインズを満足させると、テメレアはゆっくりとぎこちなく後ろにさがり、甲板上の安定する位置で体を丸めた。

「なにか食べるかい？」ローレンスは訊いた。「生肉はどうだ？　羊の肉は？　好きな味に料理してもらおうか？」

「いらない、ローレンス。なんにも食べられない」テメレアは力なく答え、頭を翼の下に隠した。肩甲骨《けんこうこつ》のあいだが、はた目にもわかるほどぶるっと震えた。「死骸《しがい》を片づけてもらって」

大海蛇の体はこのときもまだアリージャンス号の甲板を横切るように長々と横たわっていた。頭部がいまは左舷側の海面で浮き沈みしており、圧倒的な長さの体全体が見えた。ライリー艦長がボートで人を出し、鼻から尾までの長さを測らせた。全長およそ二百五十フィート。ローレンスが噂《うわさ》に聞いたことのある最大のリーガル・コッパーの、少なくとも二倍の長さがある。そのため艦体に巻きつくことができたのだが、体の太さは直径二十フィートもなかった。

「蛟竜《ジャオロン》……」なにが起きたのかを確かめようと甲板にあがってきたスン・カイが、大海蛇の死骸を見てそう呼んだ。通訳を介して伝えるところでは、水に棲《す》む竜の一種で、東シナ海にも似たような生き物がいる、ただしそれはもっと小さいということだった。

大海蛇を食べようと言い出す者はいなかった。体長の測定が終わり、画家の仕事もこなす中国人の詩人がスケッチを許されたのち、もう一度斧が振りおろされた。サックラーが鋭利な鯨ミノで熟練の技を見せながら大海蛇の解体を指揮し、プラットが斧を思いきり三回振りおろし、頑丈《がんじょう》な背骨を切断した。あとは、大海蛇自身の重みと、アリージャンス号の緩慢《かんまん》な前進とに仕事をまかせればよかった。ほどなく、まだつながっていた肉と皮が布地を裂くような音とともに引きちぎれ、大海蛇の体はふたつに分かれて左右の舷側から滑り落ちていった。

海に落ちた大海蛇の周囲で水しぶきがあがり、サメが頭に食らいついていた。おびただしい魚がそれにつづき、ことに、まっぷたつに切断された血まみれの断面で、すさまじい争奪戦が繰り広げられていた。「早くここから抜け出そう」ライリー艦長が副長のパーベックに言った。主檣帆《メインスル》と後檣帆《ミズンスル》と索具の損傷が激しかったが、前檣帆《フォアスル》とその索具は、何本かのロープがからまっていたほかは無傷だった。これで小さな帆を上げることができた。

アリージャンス号は大海蛇の死骸を海面に残して進んだ。死骸は一時間ほどで海に浮かぶ一本の銀の筋になった。甲板は洗い流され、砂と磨き石《ホーリー・ストーン》でこすられ、汲みあげた海水で洗われた。そのあいだ、船匠とその助手たちが二本の円材《スパー》を切り出し、主檣《メインマスト》と後檣《ミズンマスト》の帆桁を取り替えた。

帆のほうも大きな被害を受けており、予備の帆布《はんぷ》を下から運びあげたものの、ネズミにかじられていることがわかって、ライリーが激怒した。そこで急遽《きゅうきょ》つぎ当ての作業が行われたわけだが、すでに日も暮れかかっており、交換は翌朝まで持ち越されることになった。水兵は交替で夕食をとって眠りにつき、通常の見回りもその晩は行われなかった。

ローレンスは裸足のまま甲板にいた。エミリーが持ってきたコーヒーを飲んで、乾パンをかじるぐらいはしたが、落ちこんで食欲もないテメレアのそばにずっとついていた。なんとか気持ちを上向きにさせようと話しかけ、一見しただけではわからない深い部分に傷を負ってはいないかと心配した。しかし、テメレアはうつろな声で答えた。「ううん、怪我《けが》なんてしてないし、病気でもないよ。どこも悪くない」

「じゃあ、どうしてそんなに落ちこんでいるんだい？」ローレンスは、ためらいつつも本題に踏みこんだ。「きょうのきみは、みごとな活躍でアリージャンス号を救ったじゃないか」

「雌《めす》の大海蛇を殺しただけだよ。誇りにするような行為だとは思えない」テメレアが答えた。「彼女は敵じゃなかった。ぼくらが憎くて攻撃を仕掛けてきたわけじゃない。たぶん、おなかがすいていたから寄ってきた。こっちが銃撃して怖がらせたから、ぼくらを襲った。彼女を説得して引きさがらせることができたらよかったのに……」

ローレンスはテメレアを見つめた。自分の目にはまがまがしい化け物としか映らなかったあの大海蛇を、テメレアがそんなふうにとらえていたことにまったく気づいていなかった。「テメレア、あの猛獣をドラゴンと同じように考えてはいけないよ。あいつは言葉もしゃべれないし、知性も持ち合わせていない。きみの言うとおり、食べ物を求めて寄ってきたんだろうが、どんな動物だって狩りぐらいはできるだろう」

「どうしてそんなことを言うの？　そりゃあ、彼女は英語やフランス語や中国語は話せないかもしれない。だけど、海の生き物なんだよ。卵のうちから人に育てられてもいないのに、どうやって人間の言葉を身につけろって言うの？　ぼくだって、まかり間違えば、言葉がわからなかったかもしれない。でもだからって、ぼくに知性がないってことにはならないよ」

「だがきみも、あいつの非道な行為を見ただろう？　あいつは乗組員を四人も食べ、ほかに六人も殺した。アザラシのような、もの言わぬけものを殺したのとはわけがちがう。それに、もし、あいつに知性があるとすれば、非人間的な——野蛮な行為をしたことになる」ローレンスは、〝非人間的な〟という言葉はまずかったと思い、訂正した。「これまで大海蛇を飼いならした者はいない。中国人だって、それは否定しないだろう」

「つまりは人間に奉仕《ほうし》せず、人間の習慣を学ばない生き物なんて、知性がないんだから、殺してもかまわないってこと？」テメレアが冠翼を震わせた。気が高ぶるあまり、いつしか頭を持ちあげている。

「いや、そうじゃない」ローレンスは、どう言ってテメレアをなだめようかと考えた。ローレンスの見るかぎり、あの大海蛇の眼には感情が欠けていた。「わたしはただ、やつらに知性があるなら、意思疎通《いしそつう》の方法を学べたはずだし、わたしたちも大海蛇には知性があると知っていたはずだと言いたいんだ。もちろん、担《にな》い手を受け入れず、人間との会話を拒否するドラゴンもいる。そう頻繁《ひんぱん》に起こることじゃないが、そういうドラゴンも確かにいる。でもだからといって、ドラゴンに知性がないと考える者はいない」ローレンスはこれでうまく説明できたとひと心地ついた。

「じゃあ、そういうドラゴンは、どうなるの？」テメレアが訊いた。「ぼくが人間に従わなかったら、どうなるの？　ひとつの命令にそむくとかじゃなくて、もう航空隊で戦いたくないって言ったら、どうなるの？」

ここまでの議論はあくまでも一般論だった。ところがいきなり自分も深く関与する質問をされて、ローレンスはぎくりとした。会話が不穏な様相を呈《てい》してきた。幸い、満帆にはほど遠い状態であるため、甲板で行う作業はほとんどなく、水兵たちは艦首楼に集まり、グロッグ酒を片手にさいころ賭博に熱中していた。当直についている数人の飛行士は手すりのそばで小声で話し合っている。近くに立ち聞きしそうな者がいないのは、ありがたかった。ほかの者が聞いたら、テメレアが任務に怠慢だとか、忠誠心に欠けるとか誤解するかもしれない。ローレンスには、テメレアが航空隊や仲間たちのもとから離れることを本気で考えているとは思えなかった。落ちついて答えようと努めた。「野生に返ったドラゴンは、繁殖場のきわめて快適な環境に置かれることになる。きみが望むなら、どこかの繁殖場で暮らすこともできるだろう。ウェールズの北、カーディガン湾に臨む土地に大きな繁殖場がある。そこはとても美しいところだ」

「ぼくがそこには住みたくなくて、ほかの土地に行きたいって言ったら？」

「だけど、どうやって食べ物を見つける？」ローレンスは訊いた。「ドラゴンの食べる家畜は人間が育てているし、人間の財産なんだよ」

「人間が動物をみんな囲いに入れて、野生動物が残っていないんなら、ぼくがときどき家畜を食べても文句を言われる筋合いはないよ」テメレアが言った。「でも、それも駄目なら、魚を獲《と》る。ドーヴァーの近くで暮らして、好きなときに飛んでいって魚を食べて、誰の家畜もとらなかったらどうだろう。それは許される？」

遅まきながら、ローレンスはさらにまずい話題に踏みこんでしまったと気づいた。話をこんなほうに持ってきたことに苦い後悔がこみあげる。テメレアが言うような行動が許されるはずもないことは承知している。人間たちは、どれほど友好的なドラゴンであろうと、自分たちのまわりで好き勝手に飛びまわられたらぞっとするだろう。そういう計画に対する異論は多数出るだろうし、出て当然だ。だがテメレアにすれば、それは自分の自由を不当に制限されることにほかならない。いったいどうすれば、テメレアの心の傷を広げずに返事ができるのか……。

テメレアは、ローレンスの沈黙を返事として受けとめ、うなずいた。「ぼくは、戦いに行かなければ、また鎖につながれて、連れて行かれるんだね。無理やり繁殖場にやられて、逃げようとしても逃げられない。ほかのドラゴンだって同じさ。だから、ぼくから見れば——」テメレアは険しい顔つきになり、いまにも怒りのうなりをあげそうになりながらつづけた。「ぼくらドラゴンは、奴隷《どれい》みたいなものだよ。ぼくらは数が少ないし、人間よりもうんと大きくて危険だから、奴隷みたいに残酷じゃなく、寛大に扱われてる。だけど、自由ってわけじゃない」

「なんてことを言う……そうじゃない」ローレンスは立ちあがった。テメレアの発言に愕然《がくぜん》とし、同じくらい、自分の無神経さにも愕然とした。テメレアが荒天用の鎖を巻くことに尻ごみした理由がいまようやくわかった。以前から、テメレアは心のなかで、いま語ったような考えをふくらませていたのかもしれない。ここに至るきっかけをつくったのは、なにも大海蛇との戦いだけではないだろう。

「そうじゃない。滅相《めっそう》もないことを」ローレンスは繰り返した。テメレアと哲学的な問題を議論しても、ほぼ勝ち目はないとわかっていた。しかし、いまはテメレアのほうが道理に合わないことを言っているのではないか。この件については、なんとか言葉を見つけて、テメレアの言うことが間違っていると説得しなければならない。「それは、わたしが奴隷だと言うのと同じだ。海軍省の命令に従うことを求められているのだからね。もし命令にそむいたら、任を解かれるだろうし、絞首刑になるかもしれない。でもだからといって、わたしが奴隷だということにはならない」

「でもあなたは、自分の意思で、海軍や航空隊に入隊すると決めた。その気になれば、退役して、どこでも好きなところへ行ける」

「ああ。ただし、そのためには資産が必要だ。でないと、生活のために別の仕事を見つけなくてはならない。でももし、きみがほんとうに航空隊にいたくないのなら、イングランドの北のほうに、あるいはアイルランドに地所を購入して、きみの居場所をつくってもいい。それぐらいの資金ならある。きみはそこで望みどおりの生活ができるし、誰も文句は言わない」ローレンスは、テメレアがそれについてじっくり考えているあいだ、ひと息ついた。テメレアの目の攻撃的な光が少し弱まり、落ちつきなく動いていたしっぽも動きを止めた。テメレアはふたたび甲板で体を丸めて小山となった。逆立っていた冠翼も首にそってゆったりと倒れている。

当直終了の鐘が小さく八回鳴り響き、水兵たちがさいころ賭博をやめた。新たな当直担当が甲板にあがってきて、消え残っていた数個のランタンの明かりを消した。フェリス空尉があくびをしながらドラゴン甲板につづく階段をあがり、当直のクルー数名が目をこすりながらつづいた。当直を終えた者たちを引き連れて下に向かうベイルズワースが挨拶をする。「おやすみなさい、キャプテン。おやすみ、テメレア」通り過ぎるとき、たいがいの者がテメレアの脇腹をぽんと叩く。

「おやすみ、諸君《ジェントルメン》」ローレンスは挨拶を返し、テメレアはごろごろと親しみのこもった低いうなりを発した。

「なんなら、みなを甲板で寝かせてやれ、ミスタ・トリップ」パーベック卿の声が艦尾から聞こえてきた。アリージャンス号に夜が訪れ、許しを与えられた水兵たちは喜んで艦首楼で横になり、枕代わりの太綱や丸めたシャツに頭を乗せた。遠い艦尾でランタンがひとつだけ灯っている。あとは明かりといえば空にまたたく星々しかない。

月は出ていない。それでもマゼラン星雲がひときわ明るく輝き、雲のように長くたなびく天《あま》の川も見えた。まもなく静寂が訪れた。飛行士たちも左舷の手すり沿いに寝床を定め、ローレンスとテメレアはふたたび空にいるときのように、ほぼ自分たちだけの状態になった。ローレンスは腰をおろし、テメレアの脇腹にもたれかかった。テメレアの沈黙には、口を開くタイミングをはかっている気配があった。

ついにテメレアが口を開いた。「でも、もしあなたが——」それは、まるで会話がとぎれずにつづいていたかのような話し方だった。ただし、その声からさっきまでの猛々《たけだけ》しさは消えている。「もしあなたがぼくのために土地を買ってくれても、それはあなたがすることで、ぼく自身にそれができるわけじゃない。あなたはぼくのことを大切に思い、ぼくを幸せにするためなら、なんでもしてくれる。でも、あのかわいそうなレヴィタスみたいなドラゴンは、どうなるんだろう？　ランキンのような心ない担い手に当たってしまったドラゴンは……。資産ってなんのことだかよくわからないけど、ぼくには資産も、資産を手に入れる方法もないってことはわかるよ」

テメレアは、さっきのような苦悩を見せることはなかったが、疲れて、少し悲しそうに見えた。ローレンスは言った。「きみは自分の宝石を持っているじゃないか。そのペンダントだけで一万ポンドの価値はあるし、それはどこも疚《やま》しいところのない贈り物だ。きみの正当な財産であることに異議を唱える者はいない」

テメレアはうつむいて、宝石をしげしげと見つめた。それはローレンスが、テメレアの卵を積んでいた敵のフリゲート艦、アミティエ号の拿捕《だほ》賞金から大枚《たいまい》をはたいて購入したものだった。プラチナの土台には小さなへこみや引っ掻き傷がついていたが、テメレアが片時も手放したがらないので修理にも出せず、そのままになっていた。それでも、嵌《は》めこまれた真珠《しんじゅ》やサファイアはいまも変わらぬきらめきを放っている。

「じゃあ、これも資産なの？　宝石も？　もちろん、このペンダントはすばらしいよ。でもローレンス、だからって、現実は変わらない。結局、これはあなたからのプレゼントであって、ぼくが自力で手に入れたものじゃないんだから」

「ドラゴンに給料や拿捕賞金を支給するなんて、誰も考えたことがないだろうな。だけど、保証しよう、それは尊敬の念が欠けているからじゃない。お金はドラゴンにとって、役に立ちそうにないからだ」

「お金が役に立たないのは、ぼくらが好きなところに出かけたり、好きなことをしたりするのを許されていないからだ。つまりお金を使う場所がないからだよ。たとえぼくがお金を持っていても、店に行って新しい宝石や本を買うなんてことは、きっとできない。好きな食べ物を牧場からもらっただけで叱られるんだからね」

「だが好きな場所に行けないのはきみたちが奴隷だからじゃなくて、人間がドラゴンの存在を気にする生き物で、公共の利益というものが考慮されなければならないからだ」ローレンスは言った。「街や店に行っても、きみが来る前に店の人間が逃げだしたんじゃ、話にならないだろう？」

「人間が怖がるからぼくらの行動が規制されるなんて、不公平だよ。悪いことなんてしていないのに。あなたもそう思うでしょ、ローレンス？」

「そうだね、公平とは言えないな」ローレンスはしぶしぶ認めた。「だが、いくらドラゴンは安全だと言われようが、人はドラゴンを恐れるだろう。いくらばかげていようが、それが人間というものだから、どうしようもない。ほんとうにごめんよ、テメレア」ローレンスはテメレアの脇腹に片手を添えた。「きみが不満をいだく問題について、もっといい答えを返せたらと思うよ。ただこれだけは言っておこう。世の中がきみにどんな不便を押しつけようとも、わたしは自分のことを奴隷だとは思わないし、きみのことも奴隷だなんて思っていない。そして、きみの不便を克服するためなら、喜んできみのために奮闘する」

テメレアは小さなため息を洩らしたが、愛情をこめてローレンスを鼻でそっと押し、翼ですっぽりと包んだ。テメレアはこの問題についてはそれからはなにも言わず、ケープタウンで見つけたばかりの、フランス語版『千夜一夜物語』を読んでほしいとねだった。ローレンスは議論から解放されたことをありがたく思ったが、けっして心おだやかではなかった。いまの状況を受け入れるように、テメレアをうまく説得できたとは思えなかった。そもそも、これまでは、テメレアが自分の置かれた状況に満足しているとばかり思っていたのだ。

第三部

11 河をのぼる

マカオ、アリージャンス号にて

ジェーン、長いあいだ便りがとだえたことを、そして走り書きの手紙になることを許してほしい。この三週間というもの、ペンを取る暇がなかった。バンカ海峡を通過して以来、艦の乗組員たちがマラリア熱に苦しめられていた。それでもわたしや部下の大半は感染をまぬがれた。ケインズはそれに関してテメレアに感謝しなければいけないと言っている。テメレアの発する熱がマラリアの原因となる瘴気《しょうき》を追い払っている、というのが先生の説なのだ。おかげで、いつもテメレアの近くにいるわれわれだけがマラリアに罹《かか》らずにすんだらしい。

だが発病しなかったために仕事が増えた。ライリー艦長が早い時期に感染し、わたしはベッドから起きられなくなった。次《つ》いでパーベック卿も病《やまい》に倒れたために、ふたりとも第三、第四海尉のフランクス、ベケットと交替で当直に立っている。

熱意のある青年士官で、フランクスは全力を尽くしているが、アリージャンス号のような大型艦を監督し、乗組員の規律を保つほどの技量はまだ備えていない。以前送った手紙で、フランクスは食卓で無愛想だと書いたが、かわいそうに、吃音癖《きつおんへき》があるために無口だったのだ。

夏が近づいている。われわれは明朝、マカオに入港することになる。船医はそこでイエズス会の船を見つけて医療物資を補給できればと考えている。わたしは、時期はずれではあるけれど、英国の商船を見つけて、この手紙をイングランドのきみのもとへ運んでもらうつもりだ。これが手紙を出せる最後のチャンスになるだろう。ヨンシン皇子の特別のはからいで、われわれはさらに北へ、直隷湾《ちょくれいわん》〔現在の渤海湾《ぼっかいわん》〕まで航海をつづけられることになった。そこから天津《てんしん》経由で陸路を使い、北京《ペキン》に向かう。そのおかげで大幅に旅程を短縮できるが、広東《カントン》より北は通常はヨーロッパ船の立ち入りを禁じているため、マカオ港を出たあと、英国船と出会える望みはないだろう。

この海域で、すでに三隻のフランス商船を見かけた。かつて広東に来たときより多いが、あれから七年もたっており、あらゆる種類の外国船の数が当時よりも増えている。目下、マカオ港内にはどんよりと霧が広がっている。望遠鏡でのぞいても霧にじゃまをされてよく見えないが、港には軍艦も一隻停泊しているようだ。もしかするとフランス艦、あるいはオランダ艦かもしれない。英国艦でないことは確かだ。もちろん、だからといって、アリージャンス号が危機に直面しているわけではない。この艦のほうがはるかに大型だし、われわれは中国皇帝の庇護《ひご》下にある。フランス軍もあえてこの海域でわが艦を攻撃しようとは思わないだろう。ただし、フランス軍が外交使節団を中国に送りこもうとしている可能性はある。その場合、フランス使節団は当然、われわれの任務を妨害する計画を練るかもしれない。いや、すぐにもそれを企てるだろう。

中国側に対するわたしの疑惑については、ここで付け加えることはなにもない。ただ英国側の乗組員の数がひどく減っているいま、襲撃は容易であるはずなのに、あれから一度も襲われていない。もしかするとフォン・リーは、常人には計り知れない個人的な動機からわたしを襲ったのではないか。誰かの命令でやったわけではないのだと、そんなふうにも思いはじめている。

時鐘が鳴った——当直に出なければ。心からの愛と尊敬をこめてこの手紙を送ります。わたしを信じていてほしい。

敬具

ウィリアム・ローレンス

一八〇六年六月十六日

霧はひと晩じゅう晴れず、アリージャンス号がいよいよマカオ港に入港しようというときも、まだ消え残っていた。大きな弧を描く砂浜沿いに、ポルトガル様式の四角い建物と美しい木立《こだち》が整然とつづく光景は、どこか懐かしさを感じさせた。港に停泊するジャンク船は大半が帆をおろしていたが、フンシャルやポーツマスの錨地《びょうち》でよく見かける四角い帆の艦載艇《ディンギー》を思わせた。灰色の霧が晴れるにつれて、緑に覆われたなだらかな丘陵が姿をあらわした。ここが地中海のどこかの港だったとしても、少しも驚かないだろう。

テメレアは上体を起こしてすわり、期待に胸をふくらませていたが、ふいに景色を眺めるのをやめて、落胆したようすで甲板に伏せた。「ちっとも、外国に来た気がしないよ。それに、ほかのドラゴンもぜんぜんいない」

霧のために、外洋から入港するアリージャンス号は、陸地からはぼんやりとしか見えなかったはずだ。しかし、ゆっくりと昇った太陽がもやを消し、風がアリージャンス号の艦首から霧を払うと、艦《ふね》はたちまち港の人々の注目を集めた。ローレンスは以前にこのヨーロッパ人居留地の港を訪れたことがあったので、多少の騒ぎは起きるだろうし、ましてやアリージャンス号は、この海域では珍しい大型艦なので、その分だけ騒ぎも大きくなるだろうと思っていた。しかし、港の人々からどっと湧き起こった歓声には、あっけにとられた。

「天龍《ティエン・ロン》、天龍《ティエン・ロン》！」と、人々は叫んでいた。通常より小回りのきく小型ジャンク船が、何艘《そう》もアリージャンス号を目指してやってきた。船どうしが接近しすぎてぶつかり、アリージャンス号にも衝突した。船頭たちがほかの船をかわそうと大声で怒鳴ったりわめいたりしている。

アリージャンス号が錨《いかり》をおろしているあいだにも、岸からさらに多くの船がやってきた。接近してくる船団がじゃまで、投錨にはいつも以上に神経を使った。女性たちまで危なっかしげな足取りでしゃなりしゃなりと岸辺にあらわれたことに、ローレンスは驚いた。手のこんだ上品な服をまとった女性もいて、みんな幼な子や赤ん坊を連れている。女性たちはぎゅうぎゅう詰めのジャンク船に空きを見つけては、服が乱れるのもかまわず体をねじこんだ。幸い、風も海もおだやかだった。そうでなければ、人を乗せすぎて不安定になった船が転覆し、多くの死者が出ていたかもしれない。こうして女性たちはアリージャンス号に近づくと、自分の子どもたちを高々と掲げて、艦に向かって突き出した。

「いったい、あれはどういう意味なんだ?」ローレンスはこんな光景を見たことがなかった。中国人の女性たちは、過剰なまでにヨーロッパ人の視線を避けようとするし、だいたい、こんなたくさんの中国人女性がマカオに住んでいたことを知らなかった。女性たちの異様な行動に、港にいるヨーロッパ人も興味を掻き立てられたようだ。岸辺から、あるいは港内に停泊している船の甲板から、みながようすを見守った。ローレンスは港内を眺め渡し、昨夜ジェーンに手紙を書いたときの予想が当たらずとも遠からずだったことを、沈んだ気分で受けとめた。はたして、港には二隻のフランス艦が停泊していた。どちらもきちんと整備された美しい軍艦で、一隻は六十四門の二層甲板戦列艦、もう一隻はそれより小さい四十八門フリゲート艦だった。

テメレアは興味深げに周囲を観察し、赤ん坊を差し出されて、おもしろそうに鼻をくんくんさせた。赤ん坊たちはびっしりと刺繍《ししゅう》の入ったおくるみに包まれ、まるで絹と金糸にくるまれたソーセージのようだ。ほとんどの子が宙ぶらりんにされていることをいやがって泣きわめいている。テメレアは「どういうことか、ぼくが訊いてみるよ」と言って、手すりの向こうに頭を突き出し、とりわけ熱心な母親に話しかけた。彼女は競争相手を突き飛ばさんばかりに、船の一角に自分と子どもの場所を確保していた。子どもは二歳ぐらいの太った男の子で、テメレアの歯に触れそうなほど近づいているのに、まるまるした顔は観念したように落ちつきはらっている。

テメレアは、男の子の母親の答えを聞いて、目をぱちくりさせた。尻を落としてすわると、「中国語の発音がちがうから、自信がないんだけどね。みんな、ぼくに会いにきてるらしいよ」と、ローレンスに言った。そして、なに食わぬそぶりで頭を後ろへやり、自分ではこっそりとやっているつもりらしいが、たいして汚れてもいない背中を鼻先でこすった。そのあとは、高々と首を持ちあげ、翼を震わせながら開いて、つぎは体に添わせるようにゆるくたたんでみせた。そうやって、いちばん見栄《みば》えのする動きを見せつけ、うぬぼれに浸っているのだ。気分の高ぶりを示す証拠に、冠翼が大きく立ちあがっている。

「天の使い種《セレスチャル》のドラゴンを見ることは、それだけで吉兆なのだ」ヨンシン皇子が、人々の大騒ぎに動じることなく説明を加えた。「この機会を逃せば、セレスチャル種に出会うことなど二度とないだろう——彼らは商人にすぎぬのだから」

皇子は尊大な態度で騒ぎに背を向けた。「わたしはこれから、リウ・バオとスン・カイとともに、広州《グァンジョウ》に行って、州長官、地方総督と話し合いを持つ。そのうえで、われわれの到着を書状で皇帝陛下にお知らせするつもりだ」皇子は広東《カントン》を中国式に呼んで説明をすると、ローレンスに期待のまなざしを向けた。ローレンスはいたしかたなく、アリージャンス号の艦載艇をその旅に提供することを申し出た。

「僭越ながら殿下、アリージャンス号は、三週間あれば、天津《てんしん》まで行き着くことでしょう。わざわざ北京《ペキン》へ書状を送るまでもないかと思われますが……」ローレンスは、そのほうが皇子の手間が省けるのではないかと考えた。広東から北京までは陸路で千マイル以上もある。

だがヨンシン皇子は、いきなり天津まで行くのは皇帝への不敬行為であり、言語道断だと怒りをあらわにした。ローレンスは提案を取りさげて謝罪し、中国の慣習に疎《うと》いせいだと言い訳するしかなかった。それでも皇子の立腹はおさまらず、結局、ローレンスは艦載艇の提供という代償を払って、皇子と二名のお供を送り出し、ひと息ついた。だがこれで、ローレンスとハモンドがマカオの英国関係者に会いにいくために使えるのは小さなボート一艘きりになった。大型ボートは水や家畜を補給するためにすでに出払っていたからだ。

「陸からなにか気晴らしになるようなものを買ってこようか、トム?」ローレンスは、ライリー艦長の部屋のドア口に首を突っこんで尋ねた。

窓辺の寝床で寝ていたライリーは枕から顔をあげ、黄色っぽい片手を弱々しく振ってみせた。「だいぶよくなりました。いいポートワインがあったらうれしいですね、あなたを散財させない程度のもので。まずいキニーネのせいで、わたしの口はひん曲がりっぱなしです」

ライリーの回復ぶりに安心したローレンスは、マカオの街に出かけることをテメレアに伝えにいった。テメレアは士官見習いと見習い生を説き伏せて、必要もないのに、体をこすり洗いさせていた。押し寄せた中国人たちはいっそう大胆になり、贈り物と称して甲板に花やらなんやらを投げ入れている。そのなかには艦には不適切なものもあった。ふだんは無口なフランクス海尉が、蒼ざめた顔でローレンスに走り寄って話しかけた。「キャプテン、あの人たちが火のついた線香を甲板に投げこむんです。やめさせてもらえませんか」

ローレンスはドラゴン甲板にあがった。「テメレア、火のついたものを投げこまないように言ってくれないか。ローランド、ダイアー、気をつけてくれ。火のついたものを見つけたら、ただちに投げ返すんだ。爆竹を放るような無分別な連中じゃなければいいんだが」これに関してはだいじょうぶという確信が持てない。

「爆竹を投げようとしたら、ぼくが止めるよ」テメレアが請け合った。「ねえ、ぼくが上陸できる場所がないか、見てきてくれる？」

「そうしよう。だが、あまり期待できないな。なにしろ、マカオは四マイル四方そこそこの狭い土地だし、どこもかしこも建物だらけだ」ローレンスは言った。「それでも、街の上空なら飛べるし、中国の役人がいいって言えば、広東まで飛べるかもしれない」

マカオの大きな砂浜に臨む英国商館は、見つけるのに苦労しなかった。港の騒ぎでアリージャンス号の到着を知ったにちがいなく、東インド会社私設軍の軍服を着た、長身の青年と彼の率いる軍団が出迎えにきた。青年のわし鼻と立派な頬《ほお》ひげが、警戒心をたたえた目と相まって、捕食者のような印象をかもしだしている。「東インド会社軍のヘレフォード少佐です。ご案内します」青年は会釈《えしゃく》して言った。「お目にかかれて光栄です」だがひとたび商館に足を踏み入れると、ヘレフォードは軍人どうしの気安さをにじませて言った。「あれから十六か月ですよ。例の事件が葬り去られてしまうのではないかと心配になっていました」

東インド会社船が中国に接収《せっしゅう》されたあの事件を、ローレンスは不快な気分で思い出した。テメレアの行く末を心配し、航海に気をとられているうちに、ほとんど忘れかけていたのだが、もちろんこの地に駐在する人なら、あれを知らずにすむはずがない。彼らは中国の侮辱行為に一矢《いっし》報いたいと思いながら、この十数か月を過ごしてきたのだろう。

「まさか、もう行動を起こされたわけではないでしょうね？　われわれに不利益を招くだけですよ」勘《かん》ぐるように尋ねるハモンドを見て、ローレンスは毎度のことながらげんなりした。ハモンドは中国との衝突をなによりも恐れている。

ヘレフォードが横目でちらりとハモンドを見た。「いいえ、東インド会社の幹部は、あの状況下では、中国の主張を呑み、本国からの指示を待つのを最善の策と考えました」心の底ではその方針を快く思っていない、と感じさせる口調だった。

東インド会社の私設軍を高く評価しているわけではなかったが、ローレンスはヘレフォードに同情を覚えずにいられなかった。見たところ知的で有能な軍人らしく、部下たちも規律正しくふるまっている。武器はよく手入れされ、汗が噴き出すような暑さにもかかわらず軍服に乱れがない。

日差しをさえぎるために鎧戸《よろいど》を閉めた商館の会議室には、各人の席に、湿った重苦しい空気を掻き混ぜる扇《おうぎ》が用意されていた。挨拶がひととおりすむと、氷室《ひむろ》の氷で冷やしたワインパンチが運ばれてきた。幹部たちはローレンスが持参した郵便物を心やすく引き受け、間違いなく英国まで届けると約束した。ここで儀礼的な会話は終わり、幹部たちは言葉を選びながら、今回の北京行きの目的を率直に尋ねてきた。

「もちろん、英国政府がメスティス、ホルト、グレッグソンの三船長と東インド会社に補償を約束したことはうれしく思います。ですが、あの事件がわれわれの事業全体におよぼした悪影響は計り知れません」英国商館を仕切るサー・ジョージ・ストーントンの話しぶりは、おだやかだが説得力を持っていた。幹部のなかでは若いほうだが、中国における経験の長さを買われて商館長の地位に就いているのだ。十二歳のときから父親に連れられてマッカートニー卿の訪中使節団に参加し、修練を積んで、中国語を完璧に話せる数少ない英国人のひとりになった。

ストーントンは中国から受けたひどい処遇をあげつらったのちに言った。「残念ながら、それらは英国に対してのみ行われているのです。中国は傲慢《ごうまん》に、貪欲《どんよく》になるばかり。オランダやフランスは、そのような処遇を受けておりません。われわれが不満を述べると、以前なら中国側もある程度耳を貸したのですが、いまやにべもなく跳ね返される始末。それどころか文句を言えば、事態が悪化しかねない状況です」

「国外退去を言い渡されるのではないかと毎日恐れています」恰幅《かっぷく》のよいミスタ・グローシング＝パイルが付け加えた。勢いよく扇をあおぐせいで、白髪がかなり乱れている。「ヘレフォード少佐率いる軍団を見くびっているわけではありませんが……」グローシング＝パイルはヘレフォードに向かってうなずいた。「国外退去の要請に抗《あらが》うことは困難でしょうし、そうなれば、フランスは喜んで中国に加勢するにちがいありません」

「フランスは、われわれが追放されたら、この会社を乗っ取ろうともくろんでいるのです」ストーントンの補足に一同がうなずいた。「ですが、アリージャンス号の到着によって、われわれの立場は大いに変化し、いまなら抗議行動を起こすことも――」

ハモンドがすかさず口をはさんだ。「話の途中から失礼。われわれはアリージャンス号を中国皇帝に敵対する行動に参加させるつもりはまったくありません。ありえないことです。そういったお考えは、きれいさっぱり忘れていただきたい」ハモンドは断固たる口調で言ったが、ヘレフォードを除けば彼が一同のなかでいちばん若いことは間違いなく、冷ややかな空気が漂った。しかし、ハモンドは気にするようすもない。「われわれの最優先すべき目標は、中国皇帝の英国に対する心証をよくして、中国にフランスと同盟関係を結ばせないようにすることです。この目標に比べれば、ほかのどんな計画も重要ではありません」

「ミスタ・ハモンド」ストーントンが返した。「中国とフランスが同盟を結ぶことなど、まずありえない。それに、たとえ同盟を結んでも、それがあなたのご想像なさるほどの脅威になるとも思えません。中華帝国にヨーロッパのような軍事力はない。軍隊の規模や、かかえるドラゴンの数が途方もないものに映るのかもしれませんがね――素人目《しろうとめ》には」軽い皮肉を放たれて、ハモンドの顔が紅潮した。「それに、中国はヨーロッパに対して軍事的な興味を持ってはいない。国境の向こうで起きていることに関心がなくとも、関心をいだいているふりをしてみせる。それが何世紀もかけて培《つちか》われた、あの国の外交術なのです」
「中国がヨンシン皇子をはるか英国まで派遣したということは、重要な意味を持つはずですよ。きっかけさえあれば、政策の転換が行われるかもしれない」ハモンドが冷ややかに返した。

この問題のほかにも、多くの案件について、数時間の討議がつづいた。議論が白熱するほど、言葉遣いは慇懃《いんぎん》になった。ローレンスは会話の流れを追おうと頑張ってみたものの、そこには未知の名前や事件、諸問題が頻繁に登場した。地元農民に広がる不安、暴動が進行しているらしいチベット情勢。貿易赤字、さらなる中国市場開拓の必要性、そして南米航路における先住民との軋轢《あつれき》……。

ローレンスにとっては自分の意見など披露できない問題ばかりだったが、この討議は別の意味で有意義だった。ハモンドの考えは、いくら現地の事情を聞かされても、東インド会社の幹部たちの定見とは、ほぼすべて異なっていた。それがはっきりとわかったことが収穫だった。たとえば、〝叩頭《こうとう》の礼〟が議題にのぼったとき、ハモンドはこれを些末《さまつ》な問題として片づけようとした。中国皇帝の前で床に頭をつける儀式を完璧に遂行すればよいではないか。うまくすれば、叩頭の礼を拒否するという、先の訪中使節団のマッカートニー卿が中国に与えた侮辱行為を修正できるのではないか——。

ストーントンはこの意見に強く反発した。「なんの見返りもなしに屈すれば、わが英国の立場をさらに貶《おとし》め、中国をつけあがらせるだけでしょう。マッカートニー卿は、理由もなく叩頭の礼を拒否されたわけではない。あれは属国の外交使節に、すなわち中国皇帝の僕《しもべ》に課せられる儀礼です。一度、英国はそれを拒否したのですから、もしいまそれを行えば、中国側のわれわれに対するこれまでのきわめて非道な扱いを容認したことになる。それは中国側の現状維持を認めることになり、われわれの目標に最大の不利益をもたらしかねません」

「歴史ある大国の習慣を、その国にいながら意図的に拒否する行為ほど、不利益をもたらすものはないと考えます。われわれの礼儀作法の概念はあちらには通用しないのですから」ハモンドが反論した。「このような問題で勝利を得たところで、ほかのすべてを失うだけでしょう。それは、マッカートニー卿の率いた訪中使節団の手痛い失敗によって証明されています」

「お忘れのようですね。ポルトガルは、中国皇帝に対してのみならず、皇帝の肖像画や書状に対しても、中国人の命ずるままにひれ伏した。そして結局、なんの成果も得られなかった」ストーントンが言い返す。

中国皇帝だろうがなんだろうが、誰かの前に這いつくばるのはいやだ、と、ローレンスは心のなかで思っていた。だが、ハモンドよりもストーントンの意見を支持したくなるのは、個人的な好みの問題だけではない理由があった。そこまでへりくだった態度をとれば、その行為を要求した側は当然、侮蔑感をいだくだろう。それは結局、こちらをよりいっそう軽んじた扱いにつながるだけではないのか。そう思えてならなかったのだ。ローレンスは正餐の席でストーントンの左隣にすわり、より率直な会話を通して、彼の判断が正しいことをいっそう確信するようになった。そしてその分、ハモンドへの疑念がいっそう増した。

長い会食が終わり、ローレンスたちは暇《いとま》を告げて海岸に戻り、ボートを待った。

「フランスの外交使節が来ているという情報がたいへん気になります」ハモンドがひとり言のようにぶつぶつと言った。「フランス領事のド・ギーニュは切れ者です。ナポレオンが別の人物を送りこんでくれたらよかったんですが……」

ローレンスはなにも答えず、暗澹《あんたん》たる思いで、ハモンドに対して同じことを考えていた。この男を別の人物と取り替えてもらえたらどんなにいいだろうか……。

翌日遅く、ヨンシン皇子と臣下たちがマカオに戻ってきた。だが北へ航行する許可どころか、マカオを出航する許可が下りたのかどうかさえ、はっきりしなかった。皇子は、アリージャンス号はさらなる指示を待たねばならないと告げるだけで、その指示がどこからいつ出るのかについては明言を避けた。そうしているあいだにも、地元の人々はテメレア詣《もう》でをつづけ、夜になっても船首に大きな提灯《ちょうちん》をさげた小舟がアリージャンス号に押し寄せていた。

翌朝早く、船室の外で言い争う声がして、ローレンスは眠りから覚めた。エミリー・ローランドが、澄んだ高い声ながら激しい勢いでなにかをまくしたてている。そこにはテメレアから習いはじめた中国語も交じっていた。「なにを騒いでいる!」ローレンスは厳しく問いただした。

エミリーがドアの隙間から両目と口だけをのぞかせた。その背後にいたひとりの中国人がいらついたようすで、ドアの把手《とって》をつかもうとした。「キャプテン、こちらはホワンという人なんですが、皇子からすぐに甲板にあがるように命令が出たと言ってうるさいんです。キャプテンは深夜の当直のあとだから、いまは起こすわけにはいかないって言ったんですが……」

ローレンスはため息をつき、顔をこすった。「わかった、ローランド。いま行くと伝えてくれ」そうは言ったが、とても起きていきたい気分ではなかった。昨日、夕方からの当直が終わろうというころ、テメレア詣でにきていた一艘の船が大きな波をかぶった。船を操縦していたのは操船技術より商売っ気のほうがまさった若い男で、固定がいい加減だった錨が跳ねあがり、アリージャンス号の船底にぶつかった。錨は艦の船倉にかなり大きな穴をあけ、購入したばかりの穀物の一部を水浸しにした。同時に、ちっぽけな船は転覆《てんぷく》した。岸壁からそう離れているわけではないが、厚い絹地の服を着た乗客たちは自力で安全な場所まで泳ぎつけず、結局、ローレンスたちがランタンの明かりをたよりに波間から救助することになった。うんざりするような長い夜だった。ローレンスは船の転覆が招いた混乱を処理しながら、つづく二回の当直もこなし、明け方近くになってようやく眠りについたのだ。それでも無理してベッドから起きあがり、洗面台のぬるい水で顔を洗って、しぶしぶと上着に袖を通し、上に向かった。

ドラゴン甲板からテメレアの話し声が聞こえてきた。目を凝らすと、テメレアの話している相手はまぎれもなくドラゴンで、これまでローレンスが見たことのない種類だった。「ローレンス、こちらはロン・ユイ・ピン」ドラゴン甲板にあがったローレンスに、テメレアが話しかけた。「郵便物を運んできてくれたんだ」

ローレンスはロン・ユイ・ピンと向き合った。その雌ドラゴンは馬よりも小さく、頭はローレンスの顔とほぼ同じ高さにあった。広くて丸いひたい、長い矢のような鼻づら、猟犬のように厚い胸。この小柄な体では、子どもでもないかぎり、人を乗せて飛ぶのは無理だろう。ハーネスは装着しておらず、黄の絹と金糸で編まれた細い首輪を付け、首輪から垂れた薄い鎖かたびらのような美しい網《あみ》が胸をぴったりと覆って、金の輪で前足とかぎ爪に固定されていた。

金メッキをほどこされた網の飾りは、ロン・ユイ・ピンの薄いグリーンの体色によく映《は》えた。翼の色は体表よりも濃いグリーンで、金の細い縞《しま》が走っている。翼の形も珍しかった。幅が狭く、先にいくほど細くなり、体長よりも翼長のほうが長い。翼を背中に折りたたんだ状態でも、翼端が鳥の尾のように体の後ろに垂れていた。

テメレアが中国語でローレンスを紹介すると、小型の雌ドラゴンは、尻を落としてすわったままで頭をさげた。ローレンスもお辞儀《じぎ》を返し、ドラゴンとこんなに間近に顔を突き合わせて挨拶することをおもしろく思った。挨拶がすむと、ロン・ユイ・ピンは頭を前に突き出し、ローレンスをしげしげと見た。頭をローレンスの顔の上に下に右に左にやって、興味しんしんで観察している。その大きな眼は澄んだ琥珀《こはく》色で、まぶたがぽってりと厚かった。

ハモンド、スン・カイ、リウ・バオの三人が、立ったままでなにやら討議しながら、変わった体裁の手紙をのぞきこんでいた。厚い紙に墨文字が黒々としたためられて、あちこちに朱印が捺《お》されている。ヨンシン皇子が三人から少し離れた場所で、長い巻紙に記された別の手紙を読んでいた。だが皇子は読み終えてもそれをほかの者には見せず、ふたたび巻き直してふところにしまい、三人のところに戻った。

ハモンドが皇子たちに一礼したあと、ローレンスのところに来て、手紙の内容を知らせた。「アリージャンス号を天津に進めて、われわれは空路で北京を目指すように命じられました。皇子たちは、ただちに出発せねばならないと主張しています」

「命じられた?」ローレンスはとまどって尋ねた。「どういうことです? それは、どこからの命令なんです？　もう北京から返事が届いたとは思えませんね。ヨンシン皇子が手紙を出したのは、たった二日前なんだから」

テメレアがそれについてロン・ユイ・ピンに質問すると、ピンは小首をかしげ、雌のドラゴンらしからぬ低い声を厚い胸の底から響かせた。それをテメレアが通訳した。

「河源《ホーユアン》の中継所から手紙を運んできたと言ってるよ。ここから四百里《り》〔中国の一里は約五百メートル〕の距離らしい。二時間ちょっとで飛んできたって。でも、〝里〟っていう距離の単位がわからないや」

「三里がほぼ一マイルに相当します」ハモンドが眉間《みけん》にしわを寄せて暗算をはじめた。この雌ドラゴンはおよそ二時間で百二十マイルの距離を飛んだことになる。もし誇張ではなく、ほんとうにこのペースで伝令竜がリレー式に飛ぶなら、はるか北京からこの早さで返信が届くこともありえない話ではない。だが、にわかには信じがたかった。

ローレンスたちの会話を耳にはさんだヨンシン皇子が、苛立《いらだ》たしげに言った。「われわれの書状は最優先の扱いを受けて、全行程を翡翠種《ジェイド》のドラゴンで空輸されたのだ。もちろん、返信は北京からだ。皇帝陛下が命を下されたというのに、このようにもたもたしてはいられない。出発の準備はどれくらいで整うのか」

まだ驚きのなかにいたローレンスはわれに返り、いまアリージャンス号から離れるわけにはいかない、ライリーが病から回復するまでは待たなければならない、と反論した。しかし無駄だった。ヨンシン皇子が言い返す前に、ハモンドが声を荒らげて言い切った。「しょっぱなから皇帝の命令に逆らうわけにはいきません。アリージャンス号は、ライリー艦長が回復されるまで、この港に停泊すればよいのです」

「冗談じゃない。そんなことをすれば、状況は悪化するばかりだ」ローレンスはかりかりして言った。「乗組員の半数がすでに発病しているというのに、残りが艦を見捨ててしまってどうするんです?」だがこれはむなしい抵抗だった。ローレンスやハモンドと朝食をとる約束があって艦を訪れていた、英国商館長のストーントンが首を突っこんできたため、事態はローレンスにとっていっそう不利なほうに傾いた。

「ヘレフォード少佐の率いる部隊がライリー艦長のお役に立てるのなら、喜んでお貸しいたしますよ」ストーントンは言った。「ですが、あなたはドラゴンとともに、すぐに出発なさったほうがよい。中国人は礼儀作法をたいへん重んじます。儀礼のしきたりを無視すれば、意図的な侮辱行為と受けとられかねません。どうかすぐに出発してください」

ストーントンから援助を約束されて、ローレンスは今後のことを第三、第四海尉のフランクス、ベケットに相談した。彼らは意気込んで、ふたりでアリージャンス号を監督できると言いきった。そのあと、船室で臥《ふ》しているライリーにも相談し、ついにローレンスは譲歩の道を選んだ。「艦の損傷のためにに停泊しているわけじゃありませんし、食糧の補給もすんでいます。フランクスに艦載ボートをしまわせて、その人員を艦の作業に回しましょう」ライリーは言った。「あなたがたにかなり遅れをとることになりますが、わたしもパーベックもだいぶよくなりました。回復したらすぐに出帆します。北京で合流しましょう」

だが、空路で北京に行くと決めた時点で、新たな問題がいくつか発生した。まず、ハモンドが慎重を期して問い合わせたところ、中国側が一行全員を北京に招待しているわけではないことが判明した。ローレンスはテメレアの〝守り人《もりびと》〟としてやむなく受け入れられ、英国国王の代理人であるハモンドもまた、しぶしぶながら同行を許された。しかし、クルー全員がハーネスを付けたテメレアとともに北京に乗りこむのはとんでもないことだ、と一蹴《いっしゅう》された。

「ローレンスを守るクルーがいっしょじゃなきゃ、ぼくはどこにも行きません」もめごとを聞きつけたテメレアがヨンシン皇子に強い口調で訴え、甲板にどっかりすわりこむと、しっぽを体に引き寄せ、梃子《てこ》でも動かないぞ、という態度を見せた。すると、すぐに中国側から妥協案が示された。それは、ローレンスが選んだ十名のクルーを、テメレアとは別のドラゴンに乗せて、北京まで連れていくというものだった。クルーの移送用として、人間を乗せても品位をさげるとは見なされない種類のドラゴンが中国側から提供されるという。

「たったの十名が北京の街なかに入って、なんの役に立つって言うんです?」グランビーが、この提案を伝えにきたハモンドに辛辣《しんらつ》に言った。ローレンス暗殺計画に関する調査をハモンドが拒否したことを、グランビーはまだ許していない。

「皇帝の軍隊が本気で攻撃してきたら、たとえ百人のクルーがいようが、ひとたまりもありません」ハモンドも負けじと語気荒く返した。「ともかく、これが精いっぱい。十名の同行を認めさせるだけでも、どんなに苦労したことか」

「それならそれでやるしかないな」ローレンスは衣類をえり分けながら、ほとんど視線をあげずに答えた。旅をつづけるうちに傷《いた》んでしまった衣類を処分し、見苦しくなルとして同行するフェリス空尉を、まずは船に同行させるかどうかで迷った。重要なのは、テメレアがひとっ飛びすればたどり着ける港に、アリージャンス号を停泊させておくことだ」ローレンスは、船室に招いていたストーントンのほうに向き直って言った。「あなたのお仕事に差し支えなければですが、アリージャンス号に乗っていただけませんか？ ライリー艦長を助けてもらいたいのです。われわれが出発してしまえば、ライリーは通訳も皇子の後ろ盾《だて》も失うことになります。天津までの航路で、いろいろとたいへんな目に遭うのではないかと心配なのです」

「喜んでお役に立ちましょう」ストーントンがうなずいた。ハモンドはいくぶん不満げだったが、状況が状況だけに反対はしなかった。ストーントンは空路の一行より遅れての到着になるだろうが、それでも彼の助言を得られるのはありがたい。うまい方法が見つかったことを、ローレンスは心ひそかに喜んだ。

副キャプテンのグランビーがローレンスに同行し、北京まで行かないクルーの監督としてフェリス空尉がアリージャンス号に残ることになった。ローレンスに同行する残り九人を選ぶのは苦しい作業になった。好みで選んだとは思われたくないし、フェリスに優秀な人材をいっさい残さないような選び方もしたくはない。竜医のケインズと地上クルーのウィロビーは連れていくことにした。ローレンスはケインズの診断を信頼するようになっていた。また、テメレアがハーネスをアリージャンス号に残して北京まで飛ぶとしても、ハーネス匠をひとりは連れていき、緊急の場合に間に合わせの材料ですぐにハーネスをつくれるように備えておく必要がある。

リグズ空尉が、ローレンスとグランビーの協議に首を突っこみ、部下の有能な射撃手を四名率いて自分も同行したいと主張した。「アリージャンス号には海兵隊が乗っていますから、われわれは必要ないんです。ご同行できれば、なにかまずい事態が起きたときは、射撃手がいちばんお役に立てると考えます」リグズは言った。戦略面から考えるならリグズの意見に賛同できるが、射撃手たちが若手士官のなかでいちばんの暴れん坊であることも事実だ。七か月近くも海で暮らした彼らを、宮廷まで連れていっていいものかとローレンスは悩んだ。もし中国の貴婦人に侮辱行為を働けば、先方の逆鱗《げきりん》に触れることになる。宮廷はローレンスにとっては神経をすり減らすことが多いにちがいなく、射撃手たちだけに目を光らせているわけにはいかないだろう。

「きみのほかには、ミスタ・ダンとミスタ・ハックリーだけを連れていこう」ローレンスは決断した。「文句は言うな、ミスタ・リグズ。きみの言いたいことはわかる。

だがこの仕事には堅実な、道を誤らない人間が必要だ。わたしの言っている意味はわかるな？　さて、ジョン。あとはブライズと、背側乗組員《トップマン》からマーティンを連れていこう」

「あとふたりですね」グランビーは新たに加わった者たちを勘定に入れながら言った。「ベイルズワースは連れていけないな。フェリスには信頼できる補佐役が必要だ」

ローレンスは、残った空尉たちについてしばし検討してから言った。「腹側乗組員《ベルマン》のセローズを加えよう。最後のひとりはディグビーだ。若いのに自分をよく律しているし、今回の北京行きは彼にとっていい経験になるだろう」

「十五分で全員甲板に集合させます」グランビーが立ちあがった。

「頼む。それと、フェリスをここへ呼んでくれ」ローレンスは言うのと同時に、指令書を書きはじめた。やがて、フェリス第二空尉代行が船室にあらわれた。「ミスタ・フェリス、きみの判断力を信頼する。頼んだぞ。今後なにが起きるかはまったく予測できない。ミスタ・グランビーとわたしが死亡した場合に備えて、ここに公式の指令書をつくっておいた。いざというとき、きみが第一に考えるべきは、テメレアおよびクルーの安全確保、さらに全員をイングランドまで無事に連れ帰ることだ」

「了解しました、キャプテン」フェリスは目を伏せ、封緘《ふうかん》された指令書を受け取った。自分も同行したいと訴えはしなかったが、肩を落として船室から立ち去った。

ローレンスは衣類箱《シーチェスト》の詰め直しを終えた。幸いにも航海がはじまったころ、使節団として宮廷に赴《おもむ》く場合に備えて、いちばん上等の上着と帽子を紙と防水布でくるんで衣類箱の底に取りのけておいた。いまはそれには袖を通さず、飛行用の革製の上着と厚いブロードのズボンに着替えた。上着もズボンもしわになりにくい素材で、船旅のあいだはあまり出番がなかったために、それほどくたびれていない。持っていけそうなシャツは二枚、クラヴァットも数枚だけだった。置いていく衣類はひとつにまとめて船室の格納箱にしまった。

「ボーイン」ローレンスは船室のドアから顔を出し、のんびりとロープを縒《よ》っていた水兵を見つけて声をかけた。「これを甲板に持っていってくれ」衣類箱を水兵に託すと、母とジェーンに宛てて短い手紙をしたため、ライリーに預けた。このささやかな儀式を通して緊張感がより高まった。まるで戦闘の前夜のようだ。

甲板にあがると、空路をとる者たちがすでに集合しており、彼らの衣類箱や袋が大型ボートに積みこまれていた。外交使節団の荷物は、すべてを空輸するとなると積みこみに一日近くかかるとローレンスが言っておいたので、大半がアリージャンス号に残されることになった。しかしそれでも使節団が最低限の必需品と説明する荷物が、アリージャンス号の乗組員全員の荷物よりも重かった。ヨンシン皇子はドラゴン甲板で、封緘した書状をロン・ユイ・ピンに手渡していた。皇子は乗り手のいないドラゴンに手紙を託すことを奇妙なことだとは思っておらず、ロン・ユイ・ピンも慣れたようすで、手でつかむように長いかぎ爪のあいだに手紙をはさみ、体に装着した金の網にそっと差しこんだ。

ロン・ユイ・ピンは皇子とテメレアに一礼し、よちよちと前進した。長い翼がじゃまになって歩き方がたどたどしい。だが甲板の端までたどり着くと、翼を大きく広げ、ほんのわずかな羽ばたきで宙に舞いあがり、そのあとは激しい羽ばたきを繰り返し、あっという間に空の小さな点になった。

「ふふん」テメレアが感心しながら、その行方を追った。「すごく高いところを飛んでるね。ぼくは、あんな高さまで飛んだことないな」

ローレンスもすっかり感心し、去りゆくロン・ユイ・ピンの姿を望遠鏡で追った。空が晴れていたにもかかわらず、望遠鏡のなかの姿もほんの数分で消え去った。

ストーントンが、ドラゴン甲板の隅にローレンスを招いて言った。「ひとつご提案してよろしいですか。子どもたちをお連れください。わたしの経験からすると、子どもはなにかと助けになります。子どもがいっしょにいることは、相手に友好的な感情を持っているという証《あかし》になるからです。中国人は、血縁であれ養子であれ、親子関係に特別な敬意を払います。あなたは年少の士官見習いの保護者と言える立場ですから、同行を許された十人に子どもは数えないようにと、わたしが中国側を説得してみましょう。まずだいじょうぶでしょう」

エミリー・ローランドがこれを聞きつけた。たちまちエミリーとダイアーが目を輝かせてローレンスの前に立ち、無言のまま、連れていってくれと目だけで精いっぱいに訴えた。ローレンスはややためらってから答えた。「そうですね。中国側がこのふたりを一行に加えてもかまわないのなら――」そこまで聞いただけで、エミリーとダイアーは自分たちの荷物を取りに船室に飛んでいき、ストーントンがふたりを一行に加える交渉もすませないうちに甲板に駆け戻ってきた。

「それにしても、おかしな話だと思うな」テメレアが言った。自分では小声でしゃべっているつもりのようだが、その声はかなり響いていた。「ぼくなら、みんなものボートの荷物も、全部まとめて運べるのになあ。ボートと並んで飛ばなきゃいけないなんて、ものすごく時間がかかるよ」

「きみの意見はもっともだと思うが、議論を蒸し返すのはやめよう」ローレンスは疲れを覚え、テメレアにもたれかかって鼻づらを撫でた。「別の方法をとって節約できる時間より、その議論にかかる時間のほうが長いだろうからね」

テメレアがローレンスを慰めるように、鼻でそっと小突いた。ローレンスは一瞬目を閉じた。大いにあわてて三時間で支度《したく》を整えたあと、こうしてひとときの静寂が訪れると、ろくに眠れなかった昨夜の疲労感がずっしりとのしかかってくる。「よし、準備はできた」ローレンスはそう言って姿勢を正した。グランビーがそばに来ていた。ローレンスは飛行帽をかぶり、歩きながらクルーにうなずいた。クルーたちが敬礼する。何人かが「幸運をお祈りします、キャプテン」「道中ご無事で、キャプテン」などと小声で呼びかけた。

ローレンスはフランクスと握手を交わし、物悲しいバグパイプの調べや太鼓の音に送られて、舷側に進んだ。同行のクルーはすでにボートに乗りこんでいた。ヨンシン皇子と外交使節たちはボースンズ・チェアでボートにおりて、船尾に座を占め、天幕で日差しを避けている。「よろしい、ミスタ・トリップ。出発だ」ローレンスはトリップ海尉候補生に命令した。こうしてボートは帆をあげ、南風を受けて進んだ。出発のときには高くそびえていたアリージャンス号の舷側もいつしか遠くにかすみ、やがてボートはマカオを過ぎて三角州が広がる珠江《しゅこう》の河口にさしかかった。

12　純白のドラゴン

一行は、黄埔《こうほ》や広東に至る珠江の本流へは向かわず、東の支流をさかのぼり、東莞《トンコワン》を目指した。追い風に乗ることもあれば、ゆるい流れに逆らってオールを漕《こ》ぐこともあった。しばらくは両岸に水田がつづいた。矩形《くけい》に区切られた水田は若々しい緑の苗で覆われ、肥《こ》やしの臭いが川面《かわも》までかすかに漂ってきた。

ローレンスはほとんどの時間をまどろんで過ごした。クルーたちがキャプテンのために静かにしていようと努力していることは、おぼろげながらも感じとれた。だが注意が再三繰り返されても、ひそひそ声はしだいに通常の大きさに戻っていった。時折りロープの束を乱暴に置いたり漕ぎ座につまずいたりした誰かに、静かにしろと罵声《ばせい》が一斉に飛んだが、物音よりもその声のほうがよほど大きかった。それでもローレンスは眠っているか、睡眠と覚醒の端境《はざかい》にいた。何度も目をあけて空を見あげ、テメレアの影が船と同じ速度で進んでいることを確認した。

日が暮れて、ようやく長いまどろみから覚めると、ちょうど帆をたたんでいる最中だった。ほどなくボートが桟橋《さんばし》にぶつかる軽い衝撃があり、船を繋留《けいりゅう》するときに水兵たちがいつもつぶやく悪態が聞こえてきた。明かりはほとんどなく、ボートのランタンが川面から土手に向かってつづく広い階段をかすかに照らしており、階段の両脇の川岸に、引き揚げられた地元のジャンク船の影がぼんやり見えた。

ほどなく、岸辺のはるか遠くから明かりが連なってやってきた。一行の到着を事前に知らされていた地元の人々のようだ。竹の骨組みに絹地を張った濃い朱色《しゅいろ》の大きな球形の提灯《ちょうちん》が、炎のように川面に映りこんでいた。提灯を持った人々は堤防づたいに整然と列をなしていたが、近くまでくると、突然列を崩して船に乗りこんできた。誰もが手当たりしだい積み荷をつかんで、許可も求めず、仲間どうしでにぎやかに声をかけ合いながら、船から運び去っていく。

ローレンスは最初は文句を言いたくなったが、なにも言えなくなった。作業がきわめて効率よく進行していたからだ。記録係が階段の最下段にいて、筆記板を膝《ひざ》に載せ、荷物が脇を通るたびに印をつけて、巻紙にもそれを記していた。ローレンスは立ちあがり、首のこりをほぐそうと、人目を気にしながら頭を左右に傾けた。だが威厳に欠ける屈伸はやめておいた。ヨンシン皇子はすでにボートからおりて、岸辺の小さな天幕のなかにいた。テントの中からリウ・バオのよく響く太い声が聞こえてきた。ローレンスにも聞き覚えのある言葉が交じり、〝酒《ジュ》〟を所望しているのがわかった。スン・カイは土手で地元の役人としゃべっている。

「ミスタ・ハモンド」ローレンスは声をかけた。「テメレアがどこにおり立ったか、誰かに訊いてもらえませんか？」

ハモンドは土手にいる男たちと短いやりとりをしたあと、眉をひそめて小声でローレンスに伝えた。「テメレアは〝静かな水辺の館《やかた》〟に案内されたということです。今夜、われわれは、そこと は別の場所に泊まるのだそうです。すぐに大声で抗議してください。それならわたしも、あちらに異議申し立てができますから。テメレアと引き離しておかれる前例をつくらせてはなりません」

ローレンスはそう聞けば、ハモンドに促されずとも、すぐに声をあげたはずだった。だが芝居を求められたことに妙にとまどい、声は大きかったが、いくぶんつっかえた。

「いますぐ、テメレアに会って、無事を確かめねばならん！」

ハモンドは世話係らしき役人のほうに向き直り、いたしかたなしというように両手を広げ、強い調子で語りかけた。厳しい顔つきでやりとりするハモンドと役人のかたわらで、ローレンスは、ばからしさと苛立たしさを覚えながら、精いっぱい強情でいかめしい顔をつくっていた。やがてハモンドが満足げにローレンスを振り返った。

「交渉成立です。テメレアのいるところへ案内してくれるそうです」

ローレンスはほっとしてうなずき、ボートの乗組員たちのほうに向き直った。「ミスタ・トリップ、今夜どこに眠ればいいかは、こちらの方に訊いてくれ。明朝、きみたちがアリージャンス号に引き返す前に、もう一度会おう」ローレンスは、トリップの敬礼に見送られて階段をのぼった。

打ち合わせをしたわけではないが、グランビーの判断で、クルーたちが警護するようにローレンスを囲んだ。その陣形を保ち、案内役の手にした提灯の揺れる明かりに導かれ、広い石敷きの道を進んだ。道の両側には小さな家々が建ち並んでいた。道の敷石に深い轍《わだち》が刻まれているが、そのふちは歳月によってなめらかになっていた。昼間ずっとまどろんでいたせいで頭は冴《さ》えていたが、異国の闇を歩いていると、夢のなかにいるようだった。案内役の男の柔らかな黒革の深靴が敷石とこすれて、シュッシュッと音をたてる。近隣の家々から煮炊きをする煙が流れ、覆いや窓の奥から淡い光が洩れていた。耳慣れない歌を唄《うた》う女の声もとぎれとぎれに聞こえてくる。

やがて道が行き止まりになると、案内役は一行を率いて大きな階段をのぼり、〝館《やかた》〟に向かった。赤い大きな円柱のあいだを抜けて、屋根の下に入ったものの、円柱が支える天井はあまりに高く、その全容は闇に溶けて見えなかった。この半ば囲われた空間にドラゴンたちの低いうなりが響いていた。ドラゴンはローレンスたちのすぐそばにいて、提灯の投げかける黄色っぽい光にうろこがきらきらと反射した。まるで人間の行く小径《こみち》に、両脇からきらめく宝の山が迫っているかのようだ。ハモンドが怯えるように一行の中央に位置を占め、提灯に照らされた竜の眼がかっと開いて黄金色の円盤に変わるたびに、ハッと息を呑んでいた。

建物のもう一方の端の円柱のあいだを抜けて、一行は庭に出た。水のしたたる音と、葉が風に鳴る音がする。ここにもドラゴンが数頭眠っており、通り道をふさいで寝そべっているドラゴンもいた。案内役が提灯の持ち手の柄《え》でつつくと、ドラゴンはしぶしぶ移動したが、その両目は閉じたままだった。一行はそこから階段をのぼって、前に通過したものより小さな建物に入った。その静まりかえった場所に、とうとう一頭だけで体を丸めているテメレアの姿を見つけた。

「ローレンス?」テメレアは頭を持ちあげ、うれしそうにローレンスに鼻をすり寄せた。「ここにいてくれる? 久しぶりに陸で寝るから、すごく変な感じだ。地面が揺れてるみたいなんだ」

「いいよ、ここにいる」ローレンスは答え、クルーたちも文句ひとつ言わずその場に横になった。心地よく暖かい夜で、歳月ですり減った板張りの床もそれほど寝心地の悪いものではなかった。ローレンスはいつものようにテメレアの前足の上にすわった。睡眠は充分足りていたので、自分が初夜直〔二十時から二十四時までの当直〕を務めるとグランビーに告げた。一同が落ちつくと、「なにか食べさせてもらったかい?」と、テメレアに尋ねた。

「ふふん、食べたよ」テメレアがうとうとしながら答える。「すごく大きな豚の丸焼きと、煮こんだキノコ。だから、おなかはぜんぜんすいてない。きょうは楽な飛行だったし、日が暮れるまでに、とくにおもしろいものはなにも見つからなかった。ただ途中にあった畑は水浸しで変てこだったなあ」

「あれは米をつくっているんだ」ローレンスはそう教えたが、テメレアは眠りに落ちて、いびきをかきはじめていた。建物には壁がなかったが、いびきは天井に反響するらしく、戸外にいるときよりうるさく聞こえた。しかしそれを除けば静かな夜で、蚊の襲来に苦しめられることもなかった。蚊はドラゴンの発する乾いた熱気に近寄りたがらない習性がある。屋根にさえぎられて夜空は見えず、時の経過を計るものもなく、ローレンスは時間の感覚を失った。夜の静寂《しじま》に一度だけ物音が響いた。庭に一頭のドラゴンがおり立った音だった。ドラゴンはローレンスのほうに真珠のような乳白色の眼を向けた。月影に浮かぶそれは猫の眼のようだった。ドラゴンは建物には近づかず、闇のなかに歩み去った。

グランビーが起きてきて当直を交替したので、ローレンスは緊張を解いて床に横たわった。とたんに地面がぐらぐら揺れるような感覚に襲われた。海から離れても、体はまだ海のうねりを覚えている。それはローレンスにとって海軍時代によく慣れ親しんだ感覚だった。

目を覚まして、あふれかえる色にぎょっとした。だがすぐに、色の氾濫《はんらん》は天井の装飾なのだと気づいた。天井板が一枚一枚、孔雀《くじゃく》の羽根のような鮮やかな色に彩られ、つややかな輝きを放っていた。ローレンスは起きあがり、改めて周囲を見まわした。

白い大理石の台座に据えられた建物の円柱は赤一色。天井まで少なくとも三十フィートはあり、テメレアのような大型ドラゴンでも屋根の下にすっぽりとおさまった。

建物からは庭を見渡すことができた。ローレンスの目には美しいというより興味深いと形容するほうがふさわしい庭だった。赤っぽい石を敷いた小道がうねうねとつづき、その周囲に灰色の石が敷かれ、奇妙な形の岩や樹木が配されている。もちろん、そこにはドラゴンたちがいた。五頭が思い思いの恰好《かっこう》で寝そべっており、すでに目を覚ました一頭が庭の北東にある大きな池のそばで熱心に朝の身づくろいをしていた。頭上の空とさしてちがわない青灰色の体で、四本のかぎ爪の先が鮮やかな赤で染められている。ローレンスが見守っているうちに、ドラゴンは朝の水浴びを終えて空に飛び立った。

中庭にいるほとんどのドラゴンが種として同じ系統に属しているようだが、体の大きさや、体色、角の生えている位置や数などが微妙にちがった。背中がつるりとしているものも、ごつごつとした突起《とっき》のあるものもいる。そのうち、これらとは明らかに系統が異なる種と思われるドラゴンが、大きなほうの建物から出てきた。体色は深紅色《クリムゾン》、金色のかぎ爪を持ち、鮮やかな黄色の冠翼が、角がたくさん生えた頭から背骨に沿ってつづいていた。深紅のドラゴンは池から水を飲み、大きなあくびをして、ひとつひとつは小さいながら獰猛《どうもう》な印象の二列の歯と、四本の大きな湾曲した牙《きば》を剝き出した。東と西にある大小ふたつのドラゴン舎を細長い建物がつないでいた。その建物の壁のところどころにアーチ門が口をあけており、深紅のドラゴンはその門のひとつに近づき、なかに向かってなにか叫んだ。

ほどなく、ひとりの女性が門からよろめきながら出てきて、顔をこすりながら、言葉にならないうめきを発した。ローレンスはどぎまぎして視線を逸らした。というのも、その女性の上半身が裸だったからだ。ドラゴンが鼻で女性を小突いて池に倒した。目を覚まさせる効果的なやり方だった。女性は水を跳ね散らして起きあがり、にやにや笑っているドラゴンを、目を剝《む》いて怒鳴りつけ、アーチ門のなかに戻っていった。

数分後、ふたたび姿をあらわしたとき、女性は綿入れとおぼしき短い上着を身につけていた。紺地に赤の幅広の縁取《ふちど》りがあり、たっぷりとした袖がついている。女性はこれも布製の、おそらくは絹製と思われる搭乗ハーネスをかかえていた。女性はドラゴンに竜ハーネスを装着しながら、大きな声でしゃべりつづけた。どうやら文句を言っているようだった。バークリーはあそこまでおしゃべりではないが、深紅のドラゴンと女性のやりとりを見ていると、ローレンスは、バークリーとマクシムスを思い出さずにいられなかった。互いにやり合いながらも、気心の通じていることがはた目にもよくわかった。

竜ハーネスの装着を終えると、中国人の女性飛行士は急いで騎乗《きじょう》し、離陸前の手順もろくに踏まず、あっという間に飛び去った。一日の仕事に向かうのだろう。残りのドラゴンたちも活動をはじめ、ドラゴン舎から三頭の深紅の大型ドラゴンがあらわれた。細長い建物からも人が――建物の東側から数人の男性が、西側から数人の女性が――姿をあらわした。

テメレアもぴくりと体を動かして目覚めた。「おはよう」と言ってあくびをし、つぎの瞬間、「わあ!」と声をあげる。眼を見開き、あたりを見まわし、しばらくは豪《ごう》奢《しゃ》な装飾に見入り、庭から聞こえるざわめきにも耳を澄ましていた。「あんなにたくさんドラゴンがいるなんて。ここがこんなに広いことも、きのうは気づかなかった」テメレアは少し緊張したように言った。「みんな親切だといいんだけど」

「きっと、みんなやさしくしてくれるよ、きみが遠くからやってきたと知ったらね」ローレンスはテメレアが立ちあがれるように、腰かけていた前足からおりた。大気は湿気で重苦しく、空はどんよりとした灰色だった。きょうも暑くなりそうだ。「しっかり水を飲んでおくんだよ。途中で、どれくらい休憩をとれるかわからないからね」

「そうだね」テメレアは気乗りしないようすで答え、ドラゴン舎から庭に出た。騒々しくなっていた話し声がぴたりとやんだ。庭にいるドラゴンやその守り人《もりびと》たちがテメレアをじっと見た。そして全員が、テメレアから距離をおくように後退した。ローレンスは一瞬むっとした。が、つぎの瞬間、人も竜も深々と頭をさげた。みなが後ずさったのは、池につづく小道をあけるためだったのだ。

あたりが静まり返った。テメレアはためらいながら、二手に分かれたドラゴンのあいだを通って池に向かった。そして、かなりあわただしく水を飲んで、一段高いところにあるドラゴン舎に引き返した。テメレアが屋根の下に入ったとたん、庭での活動が再開された。だが物音は先刻よりかなり控えめになり、多くの人や竜がちらちらとテメレアのほうをうかがった。「みんな、とても親切に水を飲ませてくれたけど」テメレアがささやくような声で言う。「あんなにじろじろ見ないでほしいな」

ドラゴンたちはまだその場にとどまっていたそうだったが、つぎつぎに飛び立ち、うろこの端が色褪《あ》せた、明らかに老齢とわかる数頭のドラゴンだけが残って、敷石の上でひなたぼっこをはじめた。グランビーやほかのクルーたちも起き出してきて、ほかのドラゴンたちがテメレアに示したのと同じくらい興味をもって、ドラゴンたちが飛び立っていくのを眺めた。そうしているうちに目が覚めたのか、彼らも服装を整えはじめた。「誰かが呼びにきてくれると思います」ハモンドがそう言いながら、半ズボンのしわを伸ばそうとむなしい努力をつづけていた。彼は、飛行士たちが着るような飛行服ではなく、きちんと正装していた。ちょうどそのとき、同行の中国使節団の若い随行員のひとり、イエ・ビンが庭を横切ってきて、ローレンスたちに向かって手を振って挨拶した。

朝食は、ローレンスが食べつけない薄い米の粥で、魚の干物《ひもの》とおぞましく黒ずんだ黄緑色の卵が混ぜてあり、かりっとした棒状の揚げパンが添えられていた。ローレンスはテメレアに助言したように、自分も旅に備えねばと考え、卵は横へ取りのけたもののの、そのほかは無理やり腹に詰めこんだ。いますぐまともに調理された卵とベーコンが食べられるなら、いくらでも払いたい心境だった。いかにもおいしそうに自分の粥の卵を食べていたリウ・バオが、箸でローレンスの腕を小突き、卵を指さしてなにか言った。

「この卵がどうしたっていうんです?」グランビーが小声で言いながら、疑わしげに箸で卵をつついた。

ハモンドがリウ・バオに質問してから、やはり疑わしげに言った。「〃千年卵《ピータン》〃だと言っていますが……」そして、ほかの者より度胸のあるところを見せ、ひと切れつまんで口に入れた。もぐもぐと口を動かしてから飲みくだし、考えこんでいる。一同は、ハモンドの評価を待った。「ピクルスに近い味ですね。腐ってるわけじゃありませんよ、ぜんぜん」ハモンドは、またひと切れを頬張り、結局、自分の分を全部食べてしまった。だがローレンスは、この得体の知れないものだけは残すことにした。

一行が朝食のために連れてこられたのは、ドラゴン舎から近い集会所のような場所だった。ボートの水兵たちもそこにいて、朝食を食べながら、意地悪そうなにやにや笑いを浮かべていた。彼らはボートに残された飛行士たちと同様、北京までの冒険に参加できないのがおもしろくないので、この先に一行を待ち受ける食事についておどすようなことを言い、楽しんでいるのだ。食事がすむと、ローレンスは海尉候補生のトリップと別れの挨拶を交わした。「ライリー艦長に〃順風満帆《じゅんぷうまんぱん》〃だと伝えてくれ」

ローレンスはトリップに言った。これはライリーと事前に打ち合わせた符丁《ふちょう》で、これ以外の言葉を託した場合は、それがいかに相手を安心させるような表現でも、暗に事態が悪化していることを示すという取り決めになっていた。

ラバの引く馬車が二台、外で待機していた。かなり粗雑なつくりの馬車で、緩衝《かんしょう》装置もついていないようだ。旅の荷は先に送り出されていた。ローレンスは馬車に乗りこみ、手すりをしっかりと握った。案の定《じょう》、走り出すと、馬車は激しく揺れた。昼間の光で見ると、町の通りはそれほどみごとではなかった。道幅は広いが、丸い敷石も隙間を埋めるモルタルもすり減っていた。車輪は石のあいだに刻まれた深い轍《わだち》に沿って進むが、でこぼこしているために、激しく揺れたり跳ねたりした。

いたるところから人々のざわめきが聞こえ、好奇の目が一行を見つめていた。仕事を放り出し、馬車をしばらく追う者もいる。「これでも市街ではないんですか?」グランビーはおもしろそうにあたりを見まわし、人を数えようとした。「ただの町にしては、ずいぶんたくさん人がいますね」

「この国の人口は、最新の情報によれば約二億人だそうです」日誌を書いていたハモンドが一瞬手を止めて答えた。ローレンスは、イングランドの人口の十倍以上に相当する途方もない数字に驚き、首を振った。

しかし、道の向こうから一頭のドラゴンが歩いてきたのには、さらに驚いた。そのドラゴンも、朝の庭で見たドラゴンと同じ青灰色で、立派な胸当てを兼ねた奇妙な形の絹製のハーネスを装着していた。すれちがうとき、そのドラゴンが三頭の小さな仔ドラゴンを連れているのに気づいた。三頭のうち二頭は同じ青灰色、残る一頭は赤。誘導紐《ひも》を付けられた人間の子どものように、大人のドラゴンのハーネスと紐でつながって、とことこと歩いている。

町にいるのは、その親子ドラゴンだけではなかった。少し歩くと、道の脇に軍の駐《ちゅう》屯《とん》地《ち》があった。その営庭では青い軍服を着た兵士らが演習を行っていたが、門の外では二頭の赤い大型ドラゴンがすわっておしゃべりし、自分のキャプテンが参加しているさいころゲームのなりゆきに歓声をあげていた。誰もドラゴンたちに特別な注意を払っていなかった。荷を担《かつ》いで急ぐ農夫たちはドラゴンを見やることもなく、ほかに通り道がなければ、ドラゴンの足を乗り越えていった。

テメレアが広々とした野原でローレンスを待っていた。ほかに二頭、青灰色のドラゴンが網状のハーネスを付けて待機しており、その網に使節団の随行員たちが荷物を詰めていた。二頭はひそひそ話をしながら、横目でテメレアを見ていた。テメレアは居心地が悪そうで、ローレンスを認めると、安心したようすを見せた。

荷物の積みこみが終わると、二頭のドラゴンは四肢を折って地面に伏せ、随行員たちが背中によじのぼり、小さな天幕を張った。英国の飛行士たちが長距離飛行の際に使用するテントにそっくりだった。ひとりの随行員がハモンドに話しかけ、青灰色のドラゴンの一頭を手で示してみせた。「われわれはあのドラゴンに乗るそうです」ハモンドが横にいたローレンスに話の内容を伝え、また随行員になにか尋ねたが、相手はかぶりを振って強い口調で切り返し、ふたたび同じドラゴンを指さした。

随行員の返事が通訳される前に、テメレアが憤慨して身を起こした。「ローレンスは、ほかのドラゴンになんか乗らないよ」そう言って、所有権を主張するように、かぎ爪は丸めていたものの、ローレンスを危うく倒しそうになりながら近くに引き寄せた。ハモンドがただちにテメレアの意向を中国語で伝えた。

ローレンスは、中国側が自分でさえテメレアに乗せないつもりなのだということをはじめて知った。北京までの長い旅程をテメレアは話し相手もなしに飛ばなければならないのだ。だがこれは些末な問題だと考えることにした。どのみちお互いが視界に入るような集団で飛ぶのだろうし、テメレアが深刻な危機に遭遇することもまず考えられない。「今回だけだよ」ローレンスはテメレアに言った。驚いたことに、その意見を即座に却下したのはテメレアではなく、ハモンドだった。

「いけません。受け入れられない提案です。考慮にも値しません」

「そのとおり」テメレアがわが意を得たりとばかりに言い、議論をつづけようとする随行員に対してうなり声まであげた。

「ミスタ・ハモンド」ローレンスは妙案《みょうあん》を思いついて言った。「もしテメレアにハーネスを付けるのが問題なら、わたしは、テメレアの胸飾りに体を固定させられます。それを伝えてもらえませんか。テメレアの体の上で動きまわる必要がないかぎり、充分に安全ですから」

「それなら文句は言われないよね」テメレアがうれしそうに声をあげ、すぐにハモンドたちの議論に首を突っこんだ。随行員はしぶしぶながら提案を受け入れた。

「キャプテン、ひと言申しあげてよろしいでしょうか」ハモンドがローレンスを隅に招いて言った。「中国側があなたを別のドラゴンに乗せようとしたのは、昨夜宿泊所を分けようとしたのと同じ目的のためです。これだけは言わせてもらいます。われわれが別行動をとらされることに、ぜったいに同意してはなりません。中国側がふたたびあなたをテメレアから引き離そうとしたら、そのときは油断なさらないことです」

「わかりました。ご助言に感謝します」ローレンスは厳しい顔つきで答え、ヨンシン皇子のほうをじろりと見た。皇子自身が議論の場に出てくることはなかったものの、ローレンスは皇子が陰で糸を引いているのではないかと疑った。アリージャンス号で自分とテメレアを引き離す計略が失敗したのだから、またも同じ策を弄することはないだろうと思っていたのだが、そうではなかったのかもしれない。

出発時にはそのような緊張の場面もあったが、空に飛び立ってしまえば、長時間の飛行のあいだ不都合はなにもなかった。せいぜい、テメレアが地上をもっとよく見ようと急降下して、ローレンスの胃がせりあがる程度だった。テメレアの胸飾りは、飛行中ぴったりと静止しているわけではなく、ハーネスよりもはるかによく動いた。テメレアはほかの二頭のドラゴンより飛行速度が速く、持久力もあったので、半時間ほどあたりを見物してまわっても、すぐに追いつくことができた。ローレンスにとっていちばん印象的だったのは、この国ではあらゆる土地に人があふれていることだ。広い土地があれば、そこにはたいがい作物が植えられ、水量のある川があれば、そこには大量の船が行き交っていた。そして、とにかく国土が広い。一行は、朝から夜まで飛びつづけた。正午に一時間だけ地上におりて昼食をとった。一日が長く感じられた。果てしなくつづく平野に、チェス盤のように水田が広がり、そこに幾筋もの川が流れていた。二日ほど飛行すると平野は丘陵《きゅうりょう》地帯に、やがては山ひだのつづく山岳地帯に変わった。眼下に広がる田園風景には、さまざまな規模の町や村が点在した。時折りテメレアが低空を飛ぶと、天の使い種《セレスチャル》だと気づいた人々が農作業の手を止め、テメレアを見あげつづけた。ローレンスは最初、揚子江《ようすこう》をてっきり湖だと——かなりの大きさだが、途方もないというほどでもない、せいぜい横幅一マイル程度の細長い湖ではないかと勘違いした。それというのも河岸が霧雨にけぶっていたからで、大河の真上に達して、ようやくそれがどこまでもえんえんと流れているのに気づいた。列をなしてゆっくりと進むジャンク船が、もやのはざまに見え隠れしていた。

つづくふた晩とも、小さな町で夜を過ごした。ローレンスは、最初に泊まった施設は例外的に立派だったのではないかと思いはじめた。しかし三日目の晩、武昌《ウーチャン》〔現在の武漢の一部〕の街で案内された施設は、最初の晩の宿舎をはるかに凌《しの》ぐ豪奢なもので、八つの巨大なドラゴン舎が八角形の角ごとに配されて、各棟を屋根付きの通路がつないでいた。その中央には、庭園というより公園と呼ぶほうがふさわしい空間が広がっている。エミリーとダイアーは到着するなり、そこにいるドラゴンを数えるのに熱中したが、三十数頭を数えたところであきらめた。どこまで数えたかわからなくなったのは、紫色の小型ドラゴンが集団で舞いおり、せわしなく翼や四肢を動かしながら前を通り過ぎ、その数があまりに多く、また動きも速すぎて、混乱してしまったからだ。

テメレアはまどろんでいた。ローレンスは自分のために用意された夕食の椀《わん》をわきへ押しやった。今夜も米と野菜の質素な食事だ。クルーの大半はすでにマントにくるまって身を寄せ合いながら眠りについており、まだ起きている者は黙りこくっていた。ドラゴン舎の壁の向こうで雨が降りしきり、瓦《かわら》屋根の反《そ》り返った四隅から雨だれが落ちている。ドラゴン舎のはるか向こう、雨にけぶる峡谷の斜面沿いに、傘《かさ》の下でかがり火が焚《た》かれており、連なった黄色い炎が夜間に飛来するドラゴンに宿舎への進路を示していた。ドラゴンたちの寝息が隣のドラゴン舎から聞こえ、それより遠い場所から、雨音に掻き消されることなく、ドラゴンの吼《ほ》える声が聞こえた。

ヨンシン皇子は、一行とは別の場所に個室を用意されていたのだが、わざわざそこを出て、ドラゴン舎のそばで渓谷を眺めていた。すると、先刻聞こえたドラゴンの咆《ほう》哮《こう》がさらに近い場所から聞こえた。テメレアが頭をもたげて耳を澄まし、警戒心もあらわに冠翼を逆立てた。そのうち、ローレンスには耳慣れた、革を打ちつけるような小気味よい羽ばたきが聞こえ、石畳のもやがなぎ払われて、銀色の雨に溶けこんでいた白い亡霊のような影が一頭のドラゴンとなって地上に舞いおりた。そのドラゴンは大きな純白の翼をたたむと、石畳でかぎ爪をかちかちと鳴らしながら、ヨンシン皇子に近づいた。ドラゴン舎のあいだを歩いていた中国人たちが後ずさり、顔を伏せながら散っていくなか、ヨンシン皇子だけが建物から庭につづく階段をおりて雨のなかにたたずんだ。ドラゴンは立派な冠翼に囲まれた頭をおろし、甘く澄んだ声で皇子に呼びかけた。

「あのドラゴンもセレスチャル種なのかな」テメレアがとまどうように、ローレンスにささやいた。ローレンスは、わからないと答える代わりに首を振った。そのドラゴンの体はまばゆいばかりの純白で、そんな色は斑紋《はんもん》や縞《しま》模様にさえ見たことがなかった。うろこはきわめて薄い上質の羊皮紙《ようひし》のような美しい輝きを放ち、どんな色味も混じっていない。両眼を縁取るように走る毛細血管は、ガラスのように輝くピンクで、遠目にもよく目立った。だが、そのドラゴンにはテメレアと同じように、頭にみごとな冠翼が、あごに繊細な長い巻きひげが生えている。ただ体色だけがテメレアとはちがった。ルビーをあしらった重たげな黄金の首飾りを付け、前足のかぎ爪すべてに、ルビーと黄金の爪飾りを付けていた。身につけた宝石の濃い赤は、まさに両眼と同じ色合いだった。

純白のドラゴンはヨンシン皇子を鼻でそっと押し、建物の屋根の下に促した。そのしぐさには、皇子を雨から守ろうとする愛情がこもっていた。ドラゴンは皇子のあとにつづいてドラゴン舎に入り、翼を震わせて滝のように雨を振るい落とした。ローレンスやテメレアのほうをちらりと見たが、すぐに視線を逸らし、皇子を独占するように体を丸め、ドラゴン舎の遠く離れた隅で、声を潜めて皇子と話しはじめた。飛来したドラゴンのために夕食を運んできた従者たちは、恐れをなすように、そばに近づこうとしなかった。彼らがほかのドラゴンにそんな態度を示すのをローレンスは見たことがなかった。彼らはテメレアには安心しきっているように見えた。それなのになぜ、純白のドラゴンだけを恐れるのだろう。純白のドラゴンは従者のほうを見向きもせず、皿からひとしずくもこぼさずに、すばやく上品に食事をすませた。

翌朝、ヨンシン皇子は一同を前に、純白のドラゴンの名はロン・ティエン・リエンだと告げた。しかしただ名前を伝えただけで、すぐに別の場所で朝食をとらせるために連れ去ってしまった。ハモンドが、内々に質問をしてさらなる情報を引き出し、朝食の席で披露した。「雌ドラゴンで、確かにセレスチャル種だそうです。色素欠乏症《アルビノ》かもしれませんね。中国人たちがあれほど恐れる理由はわかりませんが……」

「あのドラゴンが、白という喪《も》を象徴する色に生まれついたからですよ。この国で、白は縁起《えんぎ》の悪い色なのです」リウ・バオが、ハモンドの慎重なさぐりに対して、これは自明の理であるとばかりに答えた。「先帝であらせられた乾隆帝《けんりゅうてい》は、あのドラゴンを蒙古《もうこ》の皇子に与え、自分の皇子たちには災いがおよばないようにとお考えになった。ところが、ヨンシン皇子がセレスチャル種を王朝の家系の外にやってしまうぐらいなら、いっそ自分があのドラゴンを育てると主張されたのです。本来ならば、ヨンシン皇子が皇位を継がれるはずでした。ですが、国家に災いを招くような呪われたドラゴンを所有しているお方を、皇帝に迎えるわけにいきません。結局、ヨンシン皇子の弟君が皇位を継承し、嘉慶帝《かけいてい》となられたのです。これは天の宿命《さだめ》、いたしかたありませんな」リウ・バオは達観したように肩をすくめると、揚げパンをまたひと口かじった。

ハモンドはこの話を暗い顔で聞いていた。ローレンスはハモンドの気分に同調できた。誇りを持つのはいい。しかし、皇位を放棄してまで冷徹に主義信条を貫こうとさせる誇りは、もはや危険なものとは言えないだろうか。

この日をもって、同行する二頭の運搬用ドラゴンが交替した。新たな一頭は体色が青灰色の種、もう一頭は、深緑に青の縞があり、頭に角《つの》を持たない種で、後者のほうがやや体が大きかった。この二頭も畏敬《いけい》するようにテメレアを見つめたが、リエンには終始びくびくし、距離を置こうとした。テメレアもいまでは、威厳ある立場のもたらす孤独を甘んじて受け入れていた。といっても、いまはリエンに興味があり、ちらちらと横目を使うほうに忙しい。だがリエンから鋭く見つめ返され、どぎまぎして目を伏せた。

その朝のリエンは、出発に備えて奇妙な頭飾りを付けていた。頭から二本の黄金の棒が前に突き出し、その両先に絹の薄布の端が留め付けてある。薄布は日除《よ》けのように眼を保護していた。ローレンスは、今朝は曇り空だというのに、リエンにはそれが必要なのだろうかといぶかった。だが空に飛び立って数時間で、蒸し暑いどんよりとした天気が急変した。一行は、山脈地帯に曲がりくねってつづく渓谷を飛びつづけていた。山の南斜面には緑が茂り、北斜面はほとんど禿《は》げ山だった。やがてなだらかな丘陵が山脈に取って代わろうというころ、涼風が頬を撫で、太陽が雲間から顔を出し、痛いほどまぶしい日差しが目に飛びこんできた。水田はもうどこにも見あたらず、刈り入れ時の小麦畑が果てしなく広がり、おびただしい数の茶色の牛が牧草地をゆっくりと移動しながら、草を食《は》んでいた。

牛の群れを見わたせる丘の上に一軒の小屋があり、そのそばで大きな鉄串が何本か回って牛が丸焼きにされており、肉の焦げる旨そうな匂いが立ちのぼってきた。「おいしそうだね」テメレアがものほしげにそれを見つめた。食欲を掻き立てられていたのは、テメレアだけではなかった。一行が小屋に近づくと、同行のドラゴンの一頭が小屋のそばに急降下した。すると小屋から男が出てきて、ドラゴンと言葉を交わした。男がまた小屋に入り、大きな厚板をかかえて戻ってきて、それをドラゴンの前に置くと、ドラゴンは板にかぎ爪で漢字を刻んだ。

男がその板を受け取り、ドラゴンが牛を受け取った。竜と人のあいだで売買が成立したのは明らかだった。牛を買ったドラゴンはすぐに上空に戻って一行に合流し、飛行しながら、うれしげに牛をばりばりと嚙み砕いた。その一連の行動のあいだ、乗客を降ろす必要をまったく感じていないようだった。ローレンスは、ドラゴンが喜色満面で牛の腸をずるずると啜《すす》るのを眺め、哀れなハモンドは顔面蒼白になってこの光景を見守っているにちがいないと想像した。

「一頭買ってみてもよかったかな。ギニー金貨が通用すればの話だが」ローレンスはそれとなくテメレアに尋ねてみた。英国紙幣では役に立たないと思い、金貨を持参していたが、牧夫がそれを受け取るかどうかはわからない。

「ふふん、そんなにはらぺこじゃないよ」テメレアはまったく別の考えで頭がいっぱいになっていたようだ。「ローレンス、あれは字を書いてたんだよね？　板に爪でなにかしてたのは」

「そうだと思うが、漢字について詳しい知識はないからね。きみのほうがわかるはずだよ」

「中国のドラゴンは、みんな字が書けるのかなあ」テメレアの声が沈んだ。「ぼくだけ字が書けなかったら、みんな、ぼくのことをばかにするかな。なんとかして覚えなきゃ。文字はペンで書くものだと思ってたけれど、ああいうふうに刻みつける方法なら、きっとぼくにもできるよ」

明るい日差しを嫌うリエンを気遣って、一行は日中の暑い盛りになると、道中の新たなドラゴン舎におり立ち、昼食をとってドラゴンを休ませ、そのあとは夜半まで飛びつづけるようにした。ところどころで焚《た》かれているかがり火が道を示してくれたが、ローレンスはかがり火に頼らずとも、星の位置から自分の現在地を知ることができた。一行が急角度で北東に針路を変えてから、すでにかなりの距離を飛んでいる。暑い日がつづいたが、もはや湿気はそれほどでもなく、夜間は涼しく心地よかった。だが、北地方に到来する冬の厳しさを予感させるように、この地域のドラゴン舎は三方を壁で囲まれ、建物の石の土台が暖房装置として建物の床を温める構造になっていた。

そしてとうとう、壮大な街壁とはるか遠くまで広がる北京の街が姿をあらわした。街壁に建つ高楼《こうろう》やそこにあく銃眼は、ヨーロッパのものと似ていなくもない。街にはいくつもの門があり、灰色の石敷きの広い街路がそれらの門をくぐって、さらに先へと伸びていた。通りには人や馬や荷車があふれ、そのすべてが動き、上空からは川の流れのように見えた。空にも通りにも、多くのドラゴンの姿があった。ドラゴンたちはある街区から別の街区へと、短い距離を飛んでいた。大勢の人間が乗りこんでいるところを見ると、ドラゴンが街の交通手段のひとつになっているらしい。街路は碁盤《ごばん》の目のように整備され、例外は街壁の内側にある四つの大きな池だけだった。街の東側に巨大な紫禁城《しきんじょう》があった。城はひとつながりの建築物ではなく、おびただしい数の建物の集合体だ。城壁を囲むように、濁った水をたたえた濠《ほり》がある。夕日を浴びて、若芽のみずみずしい樹木からのぞく城内のあらゆる屋根が金箔《きんぱく》を張ったかのように輝き、木々が灰色の石畳の広場に長い影を落としていた。

一頭の小型ドラゴンが出迎えのために飛来した。黒地に鮮やかな黄の縞の入ったドラゴンで、濃いグリーンの絹の首飾りを付けており、背に人を乗せていた。だが、迎えのドラゴンは、人間ではなく、一行のドラゴンに話しかけた。テメレアは同行のドラゴンにつづいて降下し、紫禁城から半マイルもない、四つの池のなかでいちばん南端にある池に向かった。その池には円形の小島があった。おり立ったのは、島から池に突き出た白い大理石の広い桟橋だった。一隻の船も係留されていないところを見ると、どうやらそこはドラゴン専用の発着場であるらしい。

桟橋は巨大な門につづいていた。その朱塗りの門は、それじたいがひとつの建造物のようだった。矩形《くけい》の入口が三つあいており、小さいふたつの入口でさえテメレアの何倍もの高さがあり、横幅はテメレアの大きさのドラゴンが四頭横並びになって通れるほどだった。中央にある入口はそのふたつよりもさらに大きかった。インペリアル種の大型ドラゴンが二頭、入口の両脇で警備にあたっていた。見た目はテメレアによく似ているが、テメレアのような冠翼はなく、一頭は黒、もう一頭は濃いブルーだ。二頭の後ろに、輝く鉄兜《てつかぶと》と青い長衣を身につけ、長い槍を手にした衛兵の長い列がつづいていた。

同行の二頭のドラゴンはすぐに小さいほうの入口をくぐり、リエンは迷わず中央の入口をくぐった。テメレアがリエンのあとにつづこうとすると、迎えにきた黄色い縞のあるドラゴンがテメレアを押しとどめ、深々と頭をさげて、中央の入口を示しながら申し訳なさそうになにかを告げた。テメレアはそれに対して短く答え、尻をどっかり落として、いかにも不満げに冠翼をこわばらせ、後ろに倒した。「どうかしたのかい?」ローレンスは小声で尋ねた。入口の向こうにある中庭に、あふれんばかりに人や竜が集まっている。どうやら祝宴が準備されているようだ。

「あなたは、ぼくからおりて小さいほうの入口から入るんだって。ぼくは大きいほうから入らなくちゃいけないんだって」テメレアが答える。「でも、あなたひとりで歩かせはしないからね。すごくおかしな話じゃないか。どの入口をくぐったって、行き着くのは同じ場所なのに」

この問題についてハモンドか誰かが助言してくれればいいのだが、とローレンスは思った。縞のドラゴンとその乗り手も、テメレアの反抗的な態度に途方に暮れている。ローレンスと乗り手の困惑のまなざしがぶつかった。入口に立つドラゴンや兵士らは銅像のようにぴくりとも動かない。だが数分が経過すると、入口の向こうに集まる人々も、なにかまずいことが起こったと気づいたにちがいなく、豪華な刺繡をほどこした青い長衣をまとった男が足早に小さいほうの通路をくぐり、縞のあるドラゴンと乗り手に呼びかけた。男はローレンスとテメレアを咎《とが》めるようにじろりと見やったのち、門の向こうに戻っていった。

門の向こうで低いざわめきが広がり、やがてぴたりとやんだ。人々がふた手に分かれて一頭のドラゴンがあらわれ、門をくぐってテメレアとローレンスに近づいてきた。テメレアそっくりの漆黒《しっこく》の体、テメレアと同じ濃いブルーの眼と、同色の斑紋のある翼。顔を取り巻く朱色の角《つの》状の突起とそのあいだの半透明の黒い薄膜《はくまく》とが冠翼を形成し、それがいまはぴんと立ちあがっている。まごうかたなき天の使い種《セレスチャル》のドラゴンだ。

ドラゴンはテメレアとローレンスの前まで来ると、つやのある低い声で話しかけた。ローレンスは、テメレアがはっと緊張し、震えはじめたことに気づいた。テメレアは冠翼をゆっくりと立ちあげ、小さな声で言った。「ローレンス、ぼくのお母さんだ」

13　高貴なる竜の一族

その中央の大きな門をくぐることを許されるのは、皇族と皇族の保有するインペリアル種かセレスチャル種のドラゴンだけだということを、あとになってハモンドから聞かされた。ローレンスは皇族ではないために通行を拒否されたのだ。しかしそのときあらわれたチエンは、テメレアを引き連れて城門を飛び越え、向こう側の中庭に着地するというやり方で、この儀礼上の問題をみごとに解決してみせた。

こうして門を越えた一行が案内されたのは、数あるなかでも最大のドラゴン舎のなかにしつらえられた宴席だった。巨大なテーブルがふたつ用意されており、チエンが主賓用のテーブルの上座に、向かって左にテメレアが、右にヨンシン皇子とリエンが位置することになった。ローレンスは同じテーブルのやや下座にすわるように指示され、ハモンドはその向かいの、ローレンスよりもいくつか末席寄りにすわった。残りの英国人は別のテーブルに連れていかれた。この席割りに抗議するのは賢明ではない、とローレンスは判断した。テメレアと引き離されたとはいえ、宴席の端と端ではないし、どのみちいまのテメレアはローレンスのことは眼中になく、いつもとはまるでちがったおずおずとした態度で母親のチエンに話しかけている。チエンの威厳に気圧《けお》されているようだ。チエンはテメレアよりも体が大きく、その堂々たるふるまいと、うろこのかすかな退色から、高齢であることがうかがえた。ハーネスは装着していないが、冠翼を形成する角状の突起一本一本に大粒の黄色いトパーズが輝いており、トパーズと大きな真珠をちりばめた繊細な金線細工の首飾りを付けていた。

ドラゴンたちの前には巨大な真鍮《しんちゅう》の大皿が置かれ、その上に枝角を付けた鹿の丸焼きが載っていた。丁子《クローブ》を皮に刺したオレンジが鹿肉に添えられ、人間の嗅覚にもまんざら悪くない香りが漂ってくる。鹿の腹にはさまざまな木の実や真っ赤なベリーが詰めてあった。人間には八皿から成るコース料理が供された。ドラゴン用の料理より少量だが、こちらも趣向が凝らしてあった。北京までの長旅ではわびしい食事がつづいたので、食べ慣れない異国の料理であっても、立派な食事にありつけるのはありがたかった。

ローレンスの近くには通訳がおらず、向かいのハモンドに大声で話しかけないかぎり、話し相手は誰もいないと思っていた。左側に座しているのは年老いた上級官吏《かんり》で、その帽子の頭頂部には虹色の光を放つ白い宝石が飾られ、後頭部からは孔雀の長い羽根飾りが垂れて、太い辮髪《べんぱつ》にかぶさっていた。顔はしわだらけでも髪は黒々としている。老人はローレンスに話しかけることもなく、酒と料理に集中していた。老人の左に座した男が彼の耳もとに口を寄せて大声で何事かを叫んだところを見ると、耳が遠いにちがいない。

だが着席後まもなく、ローレンスの右に座した男が、フランス語なまりの英語で「快適な旅でしたか?」と快活に話しかけてきて、ローレンスを驚かせたが、すぐに、その人物はフランス大使だとわかった。洋装ではなく中国式の長衣をまとい、おまけに黒髪であるため、てっきり中国人だと思いこんでいたのだ。「国どうしの関係は残念な状況にありますが、自己紹介をお許し願えないでしょうか」フランス大使ド・ギーニュは言った。「実は、共通の知り合いがおりまして……わたしの甥《おい》が、あなたの寛大なお心によって命拾いしたと申しております」

「心当たりがないのですが……」ローレンスはとまどって尋ねた。「あなたの甥ごさんとは?」

「ジャン＝クロード・ド・ギーニュ。わが仏空軍《アルメ・ド・レール》の空尉です」大使は微笑とともに一礼した。「昨年十一月、イギリス海峡の戦いで、甥はあなたのドラゴンに斬りこみをかけました。そのときにお目にかかったそうです」

「なんとなんと！」ローレンスは、フランスの輸送船団の護衛隊員として雄々しく戦った若い空尉を思い出し、ド・ギーニュの手を握った。「覚えています。勇猛果敢な戦いぶりでした。お怪我からすっかり回復されたのですね？」

「ええ、まもなく退院できるだろうと手紙に書いてありました。もちろんそのあとは捕虜収容所送りでしょうが、墓場に行くよりはましというものです」ド・ギーニュは軽く肩をすくめた。「甥は、あなたが奇遇にも北京までいらっしゃることを知り、それをわたしに知らせてきたのです。先月、甥の手紙が届いてからというもの、あなたの雅量《がりょう》に対する敬服の念をお伝えできる日を心待ちにしておりました」

この喜ばしい話を皮切りに、中国の気候や食事、この国のかかえるドラゴンの膨大な頭数など、穏当な話題を選んで、話しつづけた。ローレンスは、ヨーロッパからはるか遠い東洋の大国で出会った稀少なヨーロッパ人として、ド・ギーニュに親近感を覚えずにいられなかった。また、ド・ギーニュは軍人ではないが、フランス空軍に精通しており、その点でも話が合った。食事が終わると、ほかの客たちとともに中庭に出た。中庭にはドラゴンが待機しており、客の大半が街中で見かけたのと同じ方法でドラゴンに乗りこみ、どこかへ運ばれていった。

「実に優れた交通手段だと思われませんか？」ド・ギーニュの意見に、興味深く観察していたローレンスは心から同意した。人間を運ぶために使われているドラゴンの多くは、中国で普及している体色が青い種だった。ドラゴンが装着した軽量ハーネスの背中から絹製のストラップが大量に垂れており、その先端に絹帯の輪が付いている。客は上から順番に空いた輪の下方に腰かけ、両腕を輪の上方にからめた。こうすれば、ドラゴンが水平飛行をするかぎり、安定した姿勢を保っていられる。

ハモンドがドラゴン舎から出てきて、ド・ギーニュといるローレンスを見つけ、あわてたようすで近づいてきた。ハモンドとド・ギーニュは笑顔を浮かべて、まずまず友好的に会話したが、大使が暇《いとま》を告げてふたりの上級官吏とともに立ち去ると、ハモンドは即座にローレンスに向き直り、ド・ギーニュと交わした会話の内容を詳しく知りたいと横柄な態度で要求した。

「ひと月も前から知っていたとは！」ハモンドは、ローレンスの話を聞き終えると、啞然として言った。口にこそ出さないが、ド・ギーニュの言葉を額面どおりに受けとるとは、なんとおめでたいことよ、という非難がその顔にありありと見てとれた。

「このひと月、あの男がどんな悪口を言いふらしたか、知れたものではありませんよ。もう一対一では関わらないでください」

ローレンスは口から飛び出しそうになった反論を呑みこみ、その場から離れてテメレアのもとに向かった。チエンが中庭に残り、テメレアに愛情のこもった別れを告げていた。最後にチエンは鼻先でテメレアをそっと押し、空に飛び立った。つややかな漆黒の体が消えた夜空を、テメレアはいつまでもせつなげに見あげていた。


中国側は、英国人一行の滞在場所としてひとつの小島を用意していた。その島は皇帝の領地で、壮麗なドラゴン舎が幾棟も建ち、人間の宿舎も併設されていた。ローレンスたちは、いちばん大きなドラゴン舎と結ばれた宿舎に落ちついた。広い中庭に臨む立派な建物だったが、客の数に対して多すぎる召使いが上階に控えており、至れり尽くせりの世話をすると見せかけ、実は護衛兼スパイの役目を担っているのではないかという疑いをいだかせた。

北京最初の夜、ローレンスはぐっすりと眠った。ところが、夜明け前から召使いたちがもう起きているかとようすを見にくるものだから、結局それで目が覚めてしまった。十分間で四度ものぞかれたあげく、観念して起床することにしたが、昨夜の酒が残り、頭が痛かった。洗面器と水を所望したがうまく通じず、それならと中庭にある池を使うことにした。部屋の壁にはローレンスの背丈とほぼ同じくらいの大きな丸窓があり、窓の低い敷居をまたげば、すぐに庭だった。

中庭の向こう端で、テメレアが腹這いになって熟睡していた。四肢はもちろん、しっぽまでまっすぐに伸ばし、時折り楽しげにむにゃむにゃと寝言を言っている。庭の敷石から竹製のパイプが突き出ており、そのパイプが地面の下を這って敷石を下から温めているらしかった。突き出たパイプの先から熱い湯が池に流れこんでいるので、池での洗面は期待した以上に快適だった。召使いたちはそわそわと池のそばをうろついていたが、ローレンスが体も洗おうと上半身裸になると、あきれ返った顔をした。室内に戻ると、召使いから中国式の衣服を押しつけられた。柔らかな生地のズボンに立て襟の長衣で、中国の基本的な衣服のようだった。上着もクラヴァットもなしではだらしなく見えるのではないかと気になったが、長旅のせいでしわくちゃになった自分の服と比べて、中国服は少なくともこざっぱりしており、袖を通してみると、着心地も悪くなかった。

役人とおぼしき男が、英国人一行と朝食を共にするために宿舎を訪れていた。役人はすでに食卓についており、召使いらがしきりに支度を急《せ》かしたのはそのためだったとわかった。ローレンスは、ジャオ・ウェイと名のる役人に軽く会釈しただけで、会話はハモンドにまかせて、たっぷりと茶を飲んだ。芳《かぐわ》しい濃い茶だったが、ミルクは見当たらず、通訳を介してミルクを頼んでも、召使いは怪訝《けげん》そうに首をかしげるばかりだった。

「高徳なる皇帝陛下は、北京にいるあいだ、あなたがたがずっとここに泊まるとよいと仰《おお》せられました」ジャオ・ウェイの話す英語はけっして流暢《りゅうちょう》ではなかったが、ちゃんと伝わった。取り澄ました顔をしていたが、ローレンスがいまだ箸を使いこなせないのを見て、口もとに侮蔑が浮かんだ。「お望みなら、中庭を散歩されるとよろしい。しかし、公式に許可がなければ、宿舎から出ないでください」

「お心遣いに感謝しますが、いくら宿舎が立派でも、一日じゅう行動を制限されるのは、けっしてわれわれの要求を満たしているとは言えないことをご理解ください」ハモンドが言った。「昨夜、キャプテン・ローレンスとわたしは、われわれの立場にふさわしからぬ狭く不便な部屋を与えられました。そのうえ、個室を与えられたのはふたりだけで、われらが同胞が相部屋に詰めこまれねばならなかったのは、なぜでしょうか?」

ローレンスはそれほど不適切な処遇を受けているとは思えず。中国側が英国人の行動を規制しようとすることも、またハモンドが部屋数を増やそうと交渉することも、いったいなんのためかと不思議に思った。ハモンドとジャオ・ウェイの会話から、テメレアに敬意を表してこの島がまるごと提供されたことがわかると、なおさらその思いは強まった。この島はゆうに十数頭のドラゴンを快適に収容できる施設を備え、人間の宿舎もローレンスのクルーがひとり一棟ずつ占有できそうなほどたくさんあった。いまいる部屋も清潔で居心地がよく、七か月間を過ごしたアリージャンス号の船室よりもはるかに広々としている。島のなかで行動制限される理由もわからないが、ハモンドがもっと広い部屋を要求する理由もわからない。だがハモンドとジャオ・ウェイは、真剣だが礼儀正しく交渉をつづけた。

とうとうジャオ・ウェイが、召使いたちを連れていくなら島内を散歩してもよいと譲歩し、「岸辺や桟橋に立ち入らないこと、衛兵の警邏《けいら》をじゃましないこと」が条件だと付け加えた。ハモンドはその条件を受け入れた。ジャオ・ウェイは茶を飲んで、話をつづけた。「もちろん皇帝陛下は、ロン・ティエン・シエンが街を見物することをお望みです。朝食のあとで、ご案内しましょう」

「テメレアもキャプテン・ローレンスも心からありがたく思うことでしょう」ハモンドは即座に答えて、ローレンスに口をはさむ隙を与えなかった。「そればかりか、ご親切にもキャプテン・ローレンスに中国服をご用意くださいました。これなら、街に出てもいたずらに好奇の目にさらされることはないでしょう」

ジャオ・ウェイはここではじめてローレンスの服装に目を留めた。その表情からも、この件に関して最初からローレンスのことなどこれっぽっちも頭になかったことは明白だった。だが、ジャオ・ウェイはハモンドに一本取られたことを軽く受け流し、会釈とともに「早めに支度を整えていただけますか、キャプテン?」とだけ言った。

「それじゃあ、北京の街を歩きまわってもいいの?」テメレアが興奮して声を張りあげた。テメレアはすでに朝食をすませ、体をこすり洗いされているところで、前足を片方ずつ差し出し、かぎ爪を広げ、せっけん水でごしごしと洗ってもらっていた。そのあいだも、若い女の召使いがテメレアの口に頭を突っこみ、奥歯を磨いている。

「もちろんですが、なにか?」ジャオ・ウェイは、テメレアの質問にとまどったようすを見せた。

「ドラゴン演習場を見学できるかもしれませんね。北京のなかにあれば、ですが」ローレンスのあとについてきたハモンドが入れ知恵した。「興味があるんじゃないかな、テメレア?」

「ふふん、そうだね」テメレアの冠翼がすでに立ちあがり、かすかに震えている。

ローレンスは、ハモンドから向けられた意味ありげな視線を無視することにした。スパイ行為などする気はないし、どんなに街がおもしろかろうが、見物を引き延ばすつもりもない。ハモンドにはなにも返さず、「もう出発できるかい、テメレア?」と尋ねた。

一行は、瀟洒《しょうしゃ》な外見ながら機能性には欠けるはしけで岸まで運ばれた。池はおだやかだが、テメレアの重みではしけがぐらぐら揺れた。ローレンスは、船頭のそばにつき、その頼りない舵《かじ》さばきを厳しい目で観察した。できることなら、舵棒を船頭から奪って、自分で操舵したかった。岸までわずかな距離なのに、ふつうの倍の時間がかかった。かなりの数の武装した衛兵が、島の警邏から抜けてローレンスたちの北京見物に同行した。衛兵の大半は行く手に散って、一行のために道をあけさせていたが、ローレンスの背後に押し合いへしあいでついてくる十名ほどの集団は、ローレンスに勝手な行動をとらせないように、いざとなったら人の壁を築いて動きを封じるつもりらしかった。

一行は、ジャオ・ウェイに率いられて、前日とは別の赤と金の壮麗な門をくぐった。門は要塞のような壁にもうけられており、街の大通りにつながっていた。近衛兵《このえへい》数名と、鎧《よろい》を付けたドラゴン二頭が門の警備にあたっている。一頭はもうおなじみとなった体色の赤い種で、もう一頭は鮮やかな緑に赤い斑紋が散っていた。ドラゴンたちのキャプテンが綿入れの胴着を脱いで、日よけの下で涼をとり、茶を飲んでいた。ふたりとも女性だとすぐにわかった。

「中国にも女性のキャプテンがいるようですね」ローレンスはジャオ・ウェイに尋ねた。「女性は特定の種を担当しているのですか？」

「女性は、軍務に就くドラゴンの守り人《もびと》となります」ジャオ・ウェイが答えた。「もちろん、そのような仕事を選ぶのは格の低いドラゴンです。あちらの緑のドラゴンは、翠硝種《エメラルド・グラス》。のんびりした性質なので、ドラゴン科挙《かきょ》でよい成績がとれません。もう一方の緋花種《スカーレット・フラワー》は好戦的すぎて、ほかの仕事には向いていないのです」

「もしや空軍には女性しかいないのですか？」ローレンスは、ジャオ・ウェイの説明を誤解したのではないかと、確認のために尋ねた。だが、うなずきが返ってきた。

「いったいどうして、そのような方針をとられるのでしょう？　まさか、陸軍や海軍まで、女性を徴兵しているわけでは……」

ローレンスが驚きを隠さなかったので、ジャオ・ウェイは自国の変わった慣習を弁護する必要を感じたらしく、この慣習の由来となった故事――もちろんそれなりに脚色は加えられているのだろうが――を語りはじめた。昔、ひとりの少女が父の身代わりとなり、男と偽って戦いに赴き、空軍のドラゴンに乗った。そして戦いを勝利に導き、国を救った。皇帝は少女の戦功を称え、空軍において女性がドラゴンとともに任務に就くことを許すと宣言した。

脚色はあるとしても、この逸話は中国の徴兵政策の変遷《へんせん》を、的確に説明していた。つまりかつては、国が兵を求めれば、民は家長かその息子を国に差し出すしかなかったが、国が女性の兵役を認めると、家長として男子を残したいという考え方から、どの家も娘を差し出すようになった。ただし女性の入隊が許されるのは空軍だけだったので、そのうち空軍では女性兵士が圧倒的な数を占めるようになり、ついには女性しかいなくなってしまった。

ジャオ・ウェイはその故事にもとづく漢詩も引用したが、英語に翻訳された詩はもとの味わいをかなり損なっているのではないかと思われた。そうこうするうちに、一行は大きな門をくぐって大通りに進み、通りから少し奥まったところにある広場に到着した。そこには灰色の旗がひるがえり、子どもたちと幼竜がひしめいていた。少年たちが前列であぐらをかき、その後ろに幼竜たちが体を丸めて横並びになっている。教壇に立つ人間の教師の言葉を、幼い子どもの声とよく響くドラゴンの声が繰り返す。子どもと竜の声が混じり合うと不思議な響きが生まれた。教師は分厚い本を大きな声で読みあげ、一行読むごとに合図を送り、生徒らに復唱させた。

ジャオ・ウェイが子どもたちを差し示した。「学校を見学したいとおっしゃっていましたね。こちらは新入生のクラスで、『論語』を学びはじめたばかりです」

ローレンスはドラゴンに学問を教え、筆記試験を受けさせるという話に、心のなかでとまどいつつ、「人間とドラゴンがペアを組んでいないようですね」と、生徒たちを観察して気づいたままを言った。

ジャオ・ウェイが怪訝そうに見つめ返してきたので、ローレンスは言い直した。

「子どもたちは、自分の担う幼竜といっしょにすわっていないのではありませんか? もっとも、ドラゴンを担うには幼すぎるようですが」

「ああ、あの竜の子らは、まだ〝守り人〟を選ぶには幼すぎるのです」ジャオ・ウェイは答えた。「まだ生後数週間です。十五か月も過ぎれば、選ぶ目が養われることでしょう。そして、そのころには子どもたちも成長している」

ローレンスは驚きに打たれ、幼竜たちをもう一度見つめた。これまでは、ドラゴンが孵《ふ》化《か》したらすぐに手なずけ、野生化して野に逃げないようにしなければならないと信じてきた。しかし中国式のやり方を見るかぎり、それは誤った考えのようだ。テメレアが言った。「きっとすごく寂しいよ。卵から出てきたとき、ローレンスがそこにいてくれないなんて、考えられないな。そんなの、ぜったいにいやだ」テメレアは首をおろして、ローレンスに鼻をすり寄せた。「それに、生まれてすぐに自分で狩りをしなきゃならないなんて、面倒くさい。小さいころは、いつも腹ぺこだったからね」

「幼竜が自分で狩りをする必要はありません」ジャオ・ウェイが言う。「幼竜の本分は勉強なのですから。卵の世話をしたり、幼竜に食事を与えたりするドラゴンがいます。そういうことは、人間よりもドラゴンにやらせたほうがいいです。竜の子が、守り人候補の性格や長所を見抜く知恵をつける前に、世話をしてくれる人間になついてしまわないともかぎりませんから」

正論だと思ったが、ローレンスは冷ややかに返した。「どんな人間が選ばれるのか、あらかじめ制限されていない場合は、それも問題でしょう。しかしわが国の航空隊では、何年も勤めあげた者だけが孵化に立ち会う資格を得るのです。それならば、あなたが異を唱えておられる早期の結びつきも、むしろ永続的な深い愛情を育む土台となる。人と竜の双方にとってよいことであるはずですよ」

一行は市街地に足を踏み入れた。ローレンスは、上空からではない、日常的な視点から街を眺めて、その広さに感嘆した。街はドラゴンの通行を念頭に置いてつくられていた。北京とロンドンの人口は同じくらいだろうが、広い通りのおかげで北京にはロンドンにはないゆとりがあった。そのうえ、ここではテメレアがじろじろ見られることがない。北京の人々は、高貴なドラゴンの存在に慣れているようだ。むしろテメレアのほうが、はじめての街であらゆるものを見逃すまいと、首をあちこちにめぐらし、観察に余念がない。

衛兵の一団が通行人を押しのけ、公務中の上級官吏を乗せた緑の輿《こし》を通そうとしていた。別の広い通りでは、緋色《ひいろ》と金色で彩《いろど》られた、あでやかな婚礼行列に出会った。人々は歓声をあげ、手を叩きながら通りを練り歩き、楽隊の調べと爆竹の音があとにつづいた。花嫁は輿を覆う天幕の奥に隠されていた。行列の華やかさから、富裕層どうしの縁組と思われた。

時折り、ラバが石畳にひづめの音を響かせて荷車を引いていった。ラバたちもドラゴンの存在に慣れているようだった。だが、馬と馬車は見かけなかった。馬は訓練を積んでも、ここまで多くのドラゴンがいる環境にはなじめないのかもしれない。そのために、街の匂いもちがった。ロンドンでは否応なく嗅がされる馬たちの草っぽい糞《ふん》や小便の臭いが、この街にはない。代わりにドラゴンの排泄物特有の硫黄《いおう》臭がかすかに漂っている。その臭気は北東の風が吹くといっそう強くなった。街の北東に、ドラゴン用の大きな汚物溜めがあるにちがいない。

とにかく、そこらじゅうにドラゴンがいた。いちばんよく見かける体色が青い種は、さまざまな職業に従事していた。前にも見かけた輸送用ハーネスで人間を運ぶドラゴンのほかに、積み荷を運ぶドラゴンもいた。だが青い種の多くは、ほかの仕事に就いて単独で行動しているらしく、上級官吏たちが官位を示すさまざまな宝石を身につけているように、ドラゴンもさまざまな色の首輪を付けていた。ジャオ・ウェイによれば、その首輪が竜の位をあらわし、首輪を付けているものはみな公務に就いているドラゴンだということだった。「青い神龍種《シェンロン》も、人間と同じです。賢いものも、怠惰なものもいます」ローレンスは、ジャオ・ウェイの説明に興味を引かれた。「シェンロン種の優秀なドラゴンからは、優れた種がいくつも生まれています。そのためシェンロン種の賢いドラゴンは、インペリアル種との交配という栄に浴することもあるのです」通りには、シェンロン以外の種もたくさんいた。守り人を乗せたドラゴンも、そうでないドラゴンもいるが、いずれも仕事に就いているようだ。二頭のインペリアル種が通りを歩いてきて、すれちがうとき、テメレアにうやうやしく一礼した。二頭は金の鎖を首に飾り、小粒の真珠を散らした豪華な赤い絹の襟巻きをしていた。テメレアはうらやましげに、その襟巻きを横目でちらりと見た。

一行はほどなく、市場《いちば》のある地区に入った。市場には彫刻や金箔で派手に飾られた店舗が軒を連ね、商品があふれていた。色合いも光沢もみごとな絹織物は、ロンドンでも手に入らないような上質な品だった。また藍《あい》の木綿が、かせ糸の太い束や反物《たんもの》として売られており、布の厚みや染色の濃さで等級が分けられていた。とりわけローレンスを惹《ひ》きつけたのは磁器製品だった。父親のような美術品の目利きではないが、藍と白がつくりだす精緻《せいち》な意匠は、これまで見たどんな輸入品の皿よりも優れていた。また、鮮やかに彩色された皿も格別に美しかった。

「テメレア、店の人に金貨が使えるかどうか訊いてくれないか」ローレンスが頼むと、テメレアは興味しんしんで店をのぞきこみ、店主のほうは、戸口にぬうっとあらわれたテメレアの顔を不安げに見つめた。少なくともこの店は、中国といえどもドラゴンが大歓迎されない場所のひとつのようだ。店主はいぶかしむようにジャオ・ウェイにいくつか質問を投げかけ、そのあと半ギニー金貨をローレンスから受け取り、念入りに調べはじめた。金貨をテーブルの端にコンコンと打ちつけ、奥の部屋から息子を呼び出した。歯がほとんど残っていない店主は、息子に金貨を手渡し、前歯で噛んで硬さを試させようとした。奥にいた婦人が店の騒がしさに気づいて顔をのぞかせ、店主に大声で注意された。だが、注意の効果はなく、婦人はローレンスを存分にじろじろと眺めて、また奥へ引っこんだ。それでもまだ奥から声がしつこく聞こえてくる。どうやら、その婦人も、ローレンスの差し出した金貨の鑑定に参加しているようだ。

そのうち店主は金貨がほんものだと納得したが、ローレンスが目をつけていた壺を手に取ると、すっ飛んできて早口でなにかをまくしたて壺を奪い取った。そのあと、ここで待っていろと手振りで示し、奥の部屋に引っこんだ。「あれは、あなたが渡した金貨ほどの価値はないんだって」テメレアが説明した。

「だが渡したのは、たった半ポンドだ」ローレンスは反論したが、店主は先刻のものよりはるかに大きな壺をかかえて奥からあらわれた。鏡のような光沢がある、燃えつような深紅の壺で、上に向かうにつれて少しずつ変化して口の部分は純白になっていた。店主が壺をテーブルに置くと、一同は感嘆して眺め入った。ジャオ・ウェイでさえ称賛のつぶやきを洩らし、テメレアも「ふふん、すごくきれいだね」と言った。

ローレンスは店主にさらに数枚の金貨を押しつけたが、それでも木綿の布切れで幾重にもくるまれた壺を持ち去ることに罪悪感を覚えた。これほどみごとな工芸品は見たことがなく、早くも英国までの長旅に耐えられるかどうか心配になった。そして初の買い物の成功に気をよくして、さらなる買い物に手を染め、絹織物と新たな磁器と翡翠《ひすい》のペンダントを購入した。ジャオ・ウェイは、最初こそ冷ややかに眺めていたが、いつしか彼自身も熱が入り、そのペンダントに描かれた文字は、ドラゴンに乗った伝説の女戦士にまつわる詩の冒頭の一節だと解説した。その種のペンダントは、ドラゴン戦士の道に進む少女によく贈られる幸運のお守りであるらしい。ローレンスは、ジェーン・ローランドならきっとこれを気に入るだろうと思い、ふくれあがりつつある荷物にその品を加えた。ジャオ・ウェイが数名の衛兵に命じて、ローレンスの荷物を運ばせた。中国人たちは、もはやローレンスの逃亡ではなく、買いあげた品々を大量に背負わされるほうを心配しはじめた。

多くの品物の値段が、ローレンスの見当よりもかなり安かった。英国への輸送にかかる費用を抜きにしても、英国の値段と現地のそれとのあいだには大きな開きがある。だが、この件に関してさほど驚かなかったのは、マカオで東インド会社の幹部たちから、地元の上級官吏の強欲ぶりと、彼らが州税のほかに要求してくる賄賂《わいろ》について聞かされていたからだった。だが、半端ではない物価の差を目《ま》の当たりにすると、役人によるたかりがどれほどのものか、認識をはるか上方に修正しなければならなかった。

「まったく残念なことだ」ローレンスは大通りの端まで歩いたところで、テメレアに言った。「自由貿易が認められれば、ここにいる商人や職人たちはもっといい暮らしができるだろうに。輸出品はすべて広東を経由するという取り決めだから、広東の役人たちは理不尽な要求ばかり突きつけてくる。商人は、地元で売れる品なら、わざわざ海外に売ろうとは考えない。ゆえに、英国までやってくるのは中国市場の残りかすということになる」

「とびきり上等な品を遠い国に売りたいとは思わないんじゃないかな。あっ、すごくいい匂いがする」テメレアが言った。一行は小さな橋を渡り、狭い濠《ほり》と低い石塀で囲まれた街区に入った。通りの両側に掘られた浅い溝に炭が熾《おこ》され、肉が炙《あぶ》られていた。半裸の男たちが汗を流し、金属の焼き串に刺した肉に大きな刷毛《はけ》でたれを塗っている。牛、豚、羊、鹿、馬……もっと小さくて正体定かならぬけものも焼かれている。ローレンスは近寄ってそれを確かめたいとは思わなかった。たれがしたたり落ちて石の上で焦げ、香ばしい匂いとともに煙が立ちのぼっていた。その店の客の大半はドラゴンで、ごくわずかな人間がドラゴンのあいだを機敏にすり抜けていた。

テメレアはその日の朝、二頭の鹿と、詰め物をしたアヒルを数羽たいらげていたので、売られている肉を食べたいとは言わなかったが、仔豚の串焼きを食べている紫色の小型ドラゴンを少しだけうらやましそうに見つめた。もっと狭い裏通りに入ると、疲れきったようすの青いドラゴンがいた。絹製の輸送用ハーネスでこすれた傷痕《きずあと》がいくつもあるそのドラゴンは、うまそうに焼きあがった牛からは悲しげに目を逸らし、脇に置かれた焦げすぎの小さな羊を注文した。そして羊を隅に持っていくと、肉をゆっくりと味わい、内臓や骨までしゃぶり尽くした。

ドラゴンが自分で自分の食い扶持《ぶち》を稼ぐのがこの国のやり方なら、なかには恵まれないドラゴンがいても不思議ではない。だが飢えたドラゴンを見ると、ローレンスはいささか疚《やま》しさを覚えた。宿舎で大量の食べ残しが出ることを思えば、なおさらだった。テメレアはこの光景にまったく気づいておらず、店頭に並んだ焼肉に眼が釘付けになっていた。一行はその地区を抜けて、ふたたび小さな橋を渡り、街見物の出発点だった大通りに戻った。テメレアはうっとりとため息をつき、鼻にたっぷりと吸いこんだ肉の匂いを吐き出した。

一方、ローレンスは押し黙っていた。新奇な景色に魅了され、異国の大都市に興味が尽きないのは確かだが、そんな気分の合間にふと、われに返って、この国と英国とではどれほどドラゴンの扱いがちがうかについて考えてしまう。すべての街路がロンドンより広いわけではないが、この街の通りは人と竜が調和して暮らせるように、両者に益をもたらすようにつくられていた。先刻出会ったみじめなドラゴンも、むしろ全体の待遇がよいからこそ目立ったのだろう。

昼食の時間が近づくと、ジャオ・ウェイは島への帰路をたどりはじめた。市場区域を出たあたりから、ローレンスばかりかテメレアまで無口になり、一行は黙りこくって城門に到着した。テメレアはそこで立ち止まり、活気にあふれた街を振り返った。それに気づいたジャオ・ウェイが、中国語でテメレアに話しかけた。テメレアは「すごくすてきです」と英語で答え、さらにつづけた。「でも比べられない。ロンドンでもドーヴァーでも、街を歩いたことがないから」

ローレンスとテメレアはドラゴン舎の前でジャオ・ウェイと別れ、いっしょになかに入った。ローレンスは木製の長椅子に腰をおろし、テメレアは落ちつかないようすでしっぽを揺らしながら行ったり来たりしはじめた。「あなたの話とはぜんぜんちがう」ついにテメレアのほうから口火を切った。「ローレンス、この街で、ぼくらはどこでも好きな場所に行けた。ぼくは通りを歩き、店にも入った。でも、誰ひとり、逃げたり怖がったりしなかった。マカオでもここでもそうだ。みんなドラゴンをちっとも恐れていない」

「きみに謝らなくちゃいけないいな」ローレンスは声を落として言った。「わたしが間違っていた。ふつうの人たちも、ドラゴンに慣れることはできるんだね。この街の通りには、実にたくさんのドラゴンが行き交っていた。ここの住人たちは、身近にドラゴンがいる環境で育つから、恐怖心をいだかずにいられるんだろう。だが、誓って言うが、きみをだまそうとして嘘《うそ》をついたわけじゃない。英国では事情がちがう。結局、その環境に慣れられるかどうかの問題なんだろう」

「慣れだけでドラゴンを恐れなくなるんなら、どうしてぼくらを囲いに入れたままにしておくの？　それじゃあ、なにも変わらないじゃないか」

ローレンスは返す言葉がなかった。それをあえて見つけようとも思わなかった。なにも答えず自室に戻り、簡単な昼食をとった。テメレアは鬱《ふさ》ぎこんで体を丸め、いつものように昼寝をはじめた。一方、ローレンスは食欲もないまま料理をつついた。そこへハモンドがやってきて、街なかでなにを見たかと尋ねたものだから、ローレンスは苛立ちもあらわに、きわめてそっけなく返事をした。ハモンドは顔を赤らめ、むっとして出ていった。

「あいつがなにか困ったことでも？」グランビーが扉から顔をのぞかせて尋ねた。

「いいや」ローレンスは重苦しい気分で立ちあがり、池の水を満たした洗面器で手を洗った。「むしろ、こっちがハモンドに無礼な態度をとってしまったんじゃないかと心配だ。彼には、そんな扱いを受けるいわれはないんだがな。ハモンドは、中国人がドラゴンをどんなふうに育てているのか知りたかっただけなんだろう。中国人に対して、イングランドでのテメレアの扱いがそう悪いものではなかったと主張するために」

「そうですか？　ぼくは、ぶん殴ってやりたかったですけどね」グランビーが言った。「今朝起きたら、あいつが、中国人たちといっしょにあなたをひとりだけで送り出したなんて、取り澄ました顔で言うんです。頭にきましたよ。まあ、あなたが襲われても、テメレアが放っておくはずはありませんが、街の雑踏《ざっとう》に、どんな危険が潜んでいるかしれやしません」

「いや、そんな気配はまったくなかった。案内役は最初こそ少し無礼だったが、最後はすっかり親切になった」ローレンスは部屋の隅に積んである、ジャオ・ウェイの部下たちが運んできた買い物の包みをちらりと見た。「実は、ハモンドの意見が正しかったんじゃないかと思いはじめているんだ、ジョン。洋上で襲撃されたと思ったのは、ただの取り越し苦労が生んだ妄想だったんじゃないかとね」ローレンスは憂鬱な気分になった。北京の街をひと巡りしてみると、ヨンシン皇子がわざわざ殺人などに手を染める必要があるとは思えなくなった。皇子の国には、テメレアの処遇に関して優位に立てる点が数多くある。それを踏まえて、皇子はおだやかに主張できるはずなのだ。

「いいえ、ヨンシンはアリージャンス号であなたを殺すのをあきらめ、あなたが自分の監視下に置かれるのを待っていたんです」グランビーは悲観的な意見を述べた。「ここは確かに快適ですが、衛兵が山ほどいて、こそこそと嗅ぎまわっていますよ」

「だからなおさら、恐れる必要がないんだ」ローレンスは言った。「わたしを殺すつもりなら、とっくにやっていただろう。機会はいくらでもあった」

「あなたが殺されるようなことになったら、テメレアはぜったいに中国には残らないでしょう。テメレアはそれを警戒しています。もし、そんなことになったら、中国人に報復するでしょうし、そのあとはアリージャンス号をさがして、英国に戻ろうとするでしょう。キャプテンを失うのは、どのドラゴンにとってもつらいことです。テメレアだって、野生化してしまうかもしれません」

「こうやって話していても埒《らち》があかないな」ローレンスはもどかしさに両手をあげ、

力なく落とした。「少なくとも、きょう彼らが実行したのは、テメレアが北京に好印象を持つように仕向けることだけだ」ローレンスは、そのもくろみが苦もなく達成されたことは黙っていた。いったい、ヨーロッパと中国におけるドラゴンの扱われ方のちがいを、グランビーにどう説明したものだろう。それをしゃべって、ヨーロッパのやり方に不満を持っていると受け取られるならまだいい。最悪の場合は、英国航空隊への裏切りと見なされる場合もある。ローレンスは、自分がしばらく前までは航空隊所属の飛行士ではなかったことを思い出し、グランビーの感情を傷つけるようなことはなにも言うまいと心に決めた。

「きょうはやけに静かなんですね」グランビーにふいに言われて、ローレンスは後ろめたい気分になった。いつのまにか、ひとりで落ちこんでいた。「テメレアが北京を気に入ったとしても驚きませんよ。とにかく新しいもの好きなんですから。なにをそんなに気になさってるんですか?」

「テメレアが気に入ったのは、街だけじゃないんだ」ローレンスは、少しだけ本音を洩らした。「この国では、ドラゴンに敬意が払われている。テメレアだけじゃなく、ほかのドラゴンに対してもだ。そして自由が与えられている。きょうは、街を歩きまわるドラゴンを少なくとも百頭は見た。だが、それを気にする人間はひとりもいなかった」

「ロンドンなら、リージェント・パークの上空をかすめただけで、大騒ぎでしょうね。海軍省からは非難ごうごうでしょうし」グランビーはそれを想像したのか、頬を紅潮させた。「だけど、ロンドンは着陸しようにもできない環境です。ウィンチェスター種より大きなドラゴンは、ロンドンの通りを歩けない。上空から見ただけでわかりましたが、北京の街はロンドンよりはるかに合理的な設計になってます。ロンドンの十倍の数のドラゴンがいたって不思議じゃありませんね」

ローレンスはグランビーが気を悪くしなかったことに安堵し、この問題について彼と議論してみたいと思った。「ジョン、中国ではドラゴンが生後十五か月になるまでは担い手をあてがわないそうだ。それまでは、ほかのドラゴンに育てさせるらしい」

「ドラゴンにドラゴンを育てさせるなんて、たいした贅沢じゃないですか。それだけ数に余裕があるってことだ。ローレンス、ぼくだって、思いましたよ。そこらじゅうにいる、あの深紅のドラゴンが英国にもいたらって。連中ときたら、いたるところでごろごろしてて、肥え太るばっかりだ。もったいなくありませんか?」

「ああ、そうだな。しかし一方で、この国には野生ドラゴンがまったくいない。どうやら、そうらしいんだ。英国では、十頭に一頭は野生化するんじゃなかったか？」

「いや、いまはそんなに多くありません。かつてはロングウィング種をダース単位で失っていました。ですが、エリザベス女王が試しにと、ロングウィングにご自分の侍女《じじょ》をあてがわれた。名案でした。こうして、女性ならロングウィングが羊みたいになつくってことがわかり、のちにクセニカス種も同じ傾向があるとわかったんです。それに、ウィンチェスター種はハーネスを付けようとすると、ものすごい勢いで逃げ去ったものですが、いまでは屋内で孵化させて、食事を与えるまでほんの少ししか飛びまわらせません。野生化するドラゴンは、いまはせいぜい三十頭に一頭でしょう。ただし、繁殖場で失う卵を勘定《かんじょう》に入れなければですね。繁殖場に収容された野生ドラゴンは卵を隠すことがありますからね」

召使いがあらわれて、会話が中断された。ローレンスは手を振ってさがらせようとしたのだが、召使いはすまなそうにお辞儀を繰り返し、ローレンスの服の袖をつかむと、そのまま食堂まで引っ張った。スン・カイが茶を飲みに訪ねてきていた。

ローレンスは客の相手をしたい気分ではなかったし、通訳として加わったハモンドも、いまだ冷ややかな態度をとりつづけていた。そのためローレンスもハモンドもぎこちなく、口数少なく客に応対した。スン・カイは礼儀正しく、宿舎は快適か、中国での滞在を楽しんでいるかと尋ね、ローレンスはそれに対して手短に返事した。スン・カイがテメレアの心境を探りにきたのではないかという疑念が湧いた。客が訪問の目的を明かすと、なおさらその疑いが強まった。

「ロン・ティエン・チエンから、テメレアとキャプテン・ローレンスをお招きしたいとの伝言を授かってきました」スン・カイが言った。「明日の早朝、蓮《はす》の花が咲く前にあなたとテメレアを万蓮宮《ばんれんきゅう》に招待し、お茶をふるまいたいとのことです」

「お言付《ことづ》けに感謝します」ローレンスは丁重《ていちょう》に短く答えた。「テメレアは、母親ともっと親しくなりたいようですから」この招待は受けるしかないのだろうが、ローレンスとしては、テメレアへのさらなる誘惑をうれしく思うはずがなかった。

スン・カイがうなずいた。「チエンもわが子の置かれた状況をもっとよく知りたがっています。チエンの評価は、天子《てんし》様に非常に影響力があるのです」スン・カイは茶をひと口飲んで付け加えた。「チエンにあなたのお国のことを、そこでロン・ティエン・シエンがいかに尊敬されてきたかを、お話しになられるとよいでしょう」

ハモンドはスン・カイの言葉を通訳しながら、訳の一部と見せかけて早口で付け足した。「キャプテン、これはかなり積極的な助言と見ていいですね。チエンに気に入られるよう、全力を尽くしていただかなければ」

「だが、スン・カイがなぜわたしを助けようとするのか、その理由がわからない」ローレンスは客人が立ち去ってから言った。「これまではずっと丁寧だったが、とても友好的と呼べるような態度ではなかった」

「たいした助言でもないんじゃありませんか？」グランビーが言った。「つまり、その母竜に対して、テメレアは幸せ者だとキャプテンに言わせたいだけじゃないですか？　キャプテンは言われなくたって、それぐらい思いつきますよ。よけいなお世話ってもんです」

「ですが、スン・カイがああ言わなければ、チエンの評価が皇帝にそれほど重視されているとは知らず、この招待を重要だとは見なさなかったでしょう」ハモンドが言った。「スン・カイは、直接的な表現は避けていましたが、外交官にしては精いっぱい言えることを言ってくれたように思います。大いに勇気づけられます」ハモンドはそう付け加えた。だがローレンスは、不満たらたらだったハモンドが一気に楽観主義に走ってしまったようで心配になった。ハモンドはこれまでに五度も、皇帝の重臣に信任状を奉呈《ほうてい》する場を設けてほしいという嘆願状を書いていた。だが、そのすべてが開封されることなく突き返されていた。また、島から出て北京にいる数名のヨーロッパ人に会いたいという要望もすげなく却下されていた。

「そもそもチエンは、テメレアの卵を遠い国に旅立たせることを許したのだ。母親として愛情があるかどうかは疑わしいな」翌朝、ローレンスはグランビーに言った。まだ夜が明けたばかりだった。ローレンスは朝日のなかで、ひと晩じゅう風を通しておいた一張羅《いっちょうら》の上着とズボンを点検した。クラヴァットはしわくちゃだし、いちばんきれいなシャツにはほつれができていた。

「どんなドラゴンも、そんなに母性的じゃありませんよ」グランビーが言った。「少なくとも孵化したあとは。ただ、はじめて卵を生んだときは、卵を温めたがるようですけどね。生まれた子にまったく関心がないとは言えませんが、結局、竜の子というのは、卵から孵《かえ》って五分後には山羊《やぎ》の頭を食いちぎってます。母竜が世話をする必要はありません。あ、それ、ぼくにやらせてください。アイロン掛けは苦手ですけど、縫い物ならできます」グランビーはローレンスの手からシャツと針を受け取り、袖口のほつれを修繕《しゅうぜん》しはじめた。

「たとえそうだとしても、チエンは、テメレアが軽く扱われるのを見たくはないだろう」ローレンスは言った。「チエンが皇帝の決断に深く関与しているという話はまだ信じがたいとしても……。卵のときに国外に出されたのだから、テメレアはそれほど高貴な家系でもないセレスチャル種だと思っていた。ありがとう、ダイアー。そこに置いてくれ」熱したアイロンをストーブから運んできた見習い生のダイアーに言った。

こうしてローレンスは精いっぱい身だしなみを整え、中庭にいるテメレアのもとに向かった。今回も縞のあるドラゴンが迎えにきて、ローレンスたちを先導した。宮殿への飛行は短いながらも興味深いものだった。かなり低空を飛んだので、宮殿の黄色い瓦屋根に蔦《つた》が生《お》い茂るようすや、早朝にもかかわらず、いくつもの中庭や通路をあわただしく行き来する官僚たちや、その帽子を飾る宝石まではっきりと見えた。

万蓮宮は巨大な紫禁城のなかにあり、上空からでもたやすく見分けることができた。蓮に覆われた細長い池の両側に、大きなドラゴン舎が一棟ずつ建っている。蓮の花はまだつぼみを閉じていた。池には大きなアーチ型の立派な橋がかかり、南側に広がる黒い大理石を敷きつめた中庭に朝日が差している。

黄色い縞のドラゴンは万蓮宮の中庭におり立つと、ローレンスたちに一礼して先を進んだ。巨大なドラゴン舎の軒下に、何頭かの寝起きのドラゴンがいた。老齢のセレスチャル種が、南東のはずれの岸辺からよぼよぼと歩いてきた。顎の巻きひげが老人のひげのように長く垂れさがり、堂々とした冠翼は色褪せており、体表もかなり色が薄くなっているため、皮下の赤い肉や血管がところどころ透けている。別の黄色縞のドラゴンがそのセレスチャルを静かに導き、時折り鼻でそっと押して、陽光に満ちた中庭に連れ出した。セレスチャルの目は白濁したブルーで、瞳孔はさらに白く、ほとんど視力を失っているようだった。

ほかのドラゴンも、つぎつぎに姿をあらわした。みなセレスチャル種ではなくインペリアル種で、冠翼や巻きひげを持たず、体の模様もさまざまだった。テメレアと同じ漆黒のドラゴンも数頭いたが、ほかはくすんだ藍色が多かった。黒っぽい色のドラゴンのなかで一頭だけの例外がリエンだった。リエンは木立の奥にあるリエン専用のドラゴン舎からあらわれ、池に近づいて水を飲んだ。体表が純白であるため、ほかのドラゴンに交じっても、どこかこの世のものではないような雰囲気が漂っている。リエンに対して迷信深い考えをいだく者がいるのもしかたないことのように、ローレンスには思われた。ほかのドラゴンたちも意識的に距離を置いているようだ。リエンのほうも、ほかのドラゴンには目もくれず、赤い口が丸見えになるような大きなあくびをひとつすると、勢いよく頭を振って水滴を飛ばし、超然と庭のほうへ歩み去った。

チエンは大きなドラゴン舎の一棟で待っており、両側にはとりわけ美しい二頭のインペリアル種が控え、三頭ともがみごとな宝石を身につけていた。チエンはローレンスたちに優雅な会釈をすると、そばにある銅鑼《どら》をかぎ爪で軽く打って、召使いを呼んだ。横に並んでいたお付きのドラゴンが場所を移動し、ローレンスとテメレアのためにチエンの右側をあけた。人間の召使いがローレンスに座り心地のよい椅子を運んできた。チエンはすぐには話を切り出さず、池を身振りで示した。日が昇るにつれて池の水面《みなも》を日差しが移ろい、蓮のつぼみがバレリーナの群舞のようにつぎつぎにほどけていった。万蓮宮の名にたがわず、おびただしい数の蓮の花がたてつづけに開き、鮮やかな紅《くれない》が濃い緑の葉に映えて、みごとな景観をつくりだした。

最後の蓮の花が開くと、ドラゴンたちは拍手するように、かぎ爪で敷石をカチカチと叩いた。ローレンスの前には小さなテーブルが、ドラゴンたちには青と白で彩色した大きな磁器の碗が運ばれ、つんと鼻を突く香りのする黒々とした茶が注がれた。驚いたことにドラゴンたちはおいしそうに茶を飲み、碗の底に沈んでいた茶葉まで舐め尽くした。飲んでみると、その茶は燻《いぶ》した肉のような香りがあり、奇妙な味がした。それでもローレンスは礼儀正しく最後まで飲みほした。テメレアも自分の茶をがぶがぶと飲みほし、曖昧な表情を浮かべてすわりなおした。その茶を気に入ったのかどうか、すぐには判断しかねているようだ。

「ずいぶんと遠くまでいらっしゃいましたね」ようやくチエンがローレンスに話しかけた。通訳を務める召使いが、チエンのそばに寄り添っている。「こちらで楽しくお過ごしならよいのですが……お国が恋しいのではありませんか?」

「国王に仕える軍人は、命じられるまま任地に赴く暮らしに慣れております」ローレンスは心の内で、チエンはすぐにも本題に切りこんでくるのだろうかと考えた。「はじめて軍艦に乗りこんで以来、半年以上わが家にいたことはありません。十二のときから、そんなものです」

「それほど幼くして、家から離れられたとは……」チエンが言った。「お母様はさぞやご心配なさったことでしょう」

「はじめて乗った艦のマウントジョイ艦長は、母の知り合いで、昔から家族ぐるみのつきあいがありました」ローレンスは、これを本題に入るきっかけにしようと心を固め、つづけて言った。「あなたはテメレアを手放すとき、そういった縁故に慰めを見いだすこともできなかったわけですね。もはや過ぎたことですが、テメレアについて知りたいことがあれば、なんなりとおっしゃってください。喜んでお答えします」

チエンはお付きのドラゴンたちに顔を向けた。「メイとシュウや、シエンにもっと近くで蓮を見せてあげてはどうでしょう」チエンはテメレアの中国名を使った。二頭のインペリアル種はうなずいて立ちあがり、テメレアがあとにつづくのを待った。

テメレアは少し心配そうにローレンスを見やった。「ここからでもよく見えるけど……」

ローレンスも、ひとり残されることに不安を覚えた。いったいなにを言えばチエンを喜ばせられるのか、まったくわからない。だが、笑顔でとりつくろって答えた。「ここできみの母君と待っていよう。楽しんでおいで」

「おじいさまやリエンのおじゃまをせぬようにね」チエンがインペリアルたちに言い添えると、お付きの二頭はうなずき、テメレアを引き連れて出ていった。

召使いたちが急須《きゅうす》を持ってあらわれ、ローレンスとチエンの碗をふたたび満たした。チエンは先ほどよりもくつろいだようすで茶を啜り、やがて口を開いて言った。「テメレアは、あなたのお国では軍隊にいたそうですね」

チエンの言葉にこめられた非難は聞き逃しようもなく、ローレンスには通訳される前からそれがわかった。「わが国では能力あるドラゴンはすべて、祖国を守る軍務に就いています。それはむしろ名誉であり、国家に対して果たすべき義務でもあります」ローレンスは言った。「わたしたちは、テメレアを高く評価したからこそ、軍務に就かせました。わが国にはドラゴンはごくわずかしかいません。どんな格下のドラゴンも大切に扱われています。そして、テメレアは英国のドラゴンのなかでも最高の地位にいます」

チエンは物思わしげに低くうなった。「ドラゴンが少ないというのに、なぜそのなかでもいちばん貴重なテメレアを戦わせなければならないのです?」

「わが国は小さな島国であるため、こちらとは事情がまったくちがいます。もともとイギリス諸島にはごくわずかな野生の小型種しか生息しておらず、そこへローマ人が入ってきてドラゴンを飼いならしはじめたのです。以来、わが国ではドラゴンの異種交配とともに繁殖が進められ、食糧となる家畜の生産がうまくいったおかげで、ドラゴンの数を増やすことができました。それでも、貴国ほど多くのドラゴンは養えません」

チエンは頭を低くし、ローレンスを鋭い眼でじっと見た。「ではフランスにおいて、ドラゴンはどのような扱いを受けているのです?」

ローレンスはとっさに、英国のドラゴンの扱いはヨーロッパのいかなる国よりも優れているし、寛大であると答えようとした。しかし、中国へ来て、ドラゴンの扱われ方をこの目で見なかったら、中国よりも英国のほうが優れていると勘違いしていたかもしれない。そう思うと、暗い気持ちになった。ひと月前なら、英国のドラゴンがどのように世話をされているかを、誇りをもって語っていただろう。しかしいまはちがう。英国にいるときのテメレアは、ほかのドラゴンと同じように生肉を与えられ、宿営の剝き出しの地面に寝かされ、娯楽もほとんどなく、訓練に明け暮れていた。花の咲き乱れる宮殿に暮らす、この優雅なドラゴンにそんな状況を語ることなど、豚小屋で子育てしていることを女王に自慢するようなものだろう。中国と比べれば、フランスにおけるドラゴンの扱いも英国とそれほどちがわない。フランスを悪く言うのはよそう。もし自分の部下が同僚のことを悪く言ってみずからの落ち度をごまかそうとしたら、その部下の評価を下げるはずだから。

「フランスのやり方は、わが国とほとんど同じだと思います」ローレンスはようやく答えた。「フランスがテメレアを譲り受ける際、貴国とのあいだで、どのような約束が交わされたかは知りません。しかし、フランス皇帝ナポレオンは軍人です。われわれがイングランドを発《た》つときも、彼は戦場で戦っていました。皇帝が戦いに出ているとき、皇帝の騎乗するドラゴンが後方にいることはほぼありえないでしょう」

「あなたは王家の血を引いておられるそうですね」チエンが唐突に話題を変え、召使いを振り返ってなにかを命じた。召使いがあわてたようすで長い巻物を取り出し、前に進み出て、テーブルに広げた。驚いたことに、その巻物は、ずいぶん前にアリージャンス号で催された、中国暦の新年を祝う宴席で書かされた家系図と同じものだった。ただし、ローレンスが書いたものではなく、それを新たな紙に、はるかに美しく大きな文字で書き写してあった。「誤りがありますか?」チエンがローレンスの驚きに気づいて尋ねた。

自分の家系に関する情報がチエンまで届いているとは、またチエンがそれに興味を示すなどとは思ってもみなかった。だがこうなった以上、自分の社会的地位を述べたててチエンの覚えがめでたくなるのなら、いくらでもそうしてやろうと腹をくくった。「確かに由緒正しき、誇り高き家系です。航空隊に入隊したことも名誉に思っています」そうは言ったが、血縁の者でローレンスが航空隊に所属することを評価する者はひとりもいないことを思うと、罪悪感に胸が疼《うず》いた。

チエンが満足げにうなずき、ふたたび茶を飲み、そのあいだに召使いが家系図を片づけた。ローレンスは、ほかになにか言うべきことはなかったかと考えた。「ぶしつけながら、英国政府の代理人として申しあげます。貴国がテメレアの卵をフランスに贈る際、フランスが承諾したいかなる条件をも、わが英国は喜んで受け入れるでしょう」

「ほかにも考慮すべき問題がいろいろとあるのですよ」チエンが返した言葉はそれだけだった。

テメレアと二頭のインペリアルが散歩から戻ってきた。テメレアはかなり急ぎ足で歩いてきたようだ。ちょうどそのとき、ドラゴン舎の前を、あの純白のドラゴン、リエンが通りかかった。ヨンシン皇子とともに自分の住まいへ戻るところのようで、皇子は愛《いと》しげにリエンの脇腹に片手を添えて、ひそひそ話をしていた。リエンは皇子の歩調に合わせてゆっくりと歩き、そのあとに大きな巻物や書物をかかえた数名の従者がついていた。二頭のインペリアルは道をあけ、皇子たちを先に通してから、ドラゴン舎に入ってきた。

「チエン、リエンの体の色はどうしてああなの？」テメレアが、通り過ぎたリエンを振り返りながら尋ねた。「すごく珍しい色だね」

「誰も天の御業《みわざ》を解き明かすことはできないわ」チエンはたしなめるように言った。「失礼な態度をとってはなりませんよ。リエンはすばらしい学者です。セレスチャル種ですから、科挙など受ける必要もなかったのに、最終試験で一位の成績をおさめ、〝状元《じょうげん》〟の称号を与えられました。彼女は、あなたのいとこでもあるのですよ。リエンの父チュウは、わたしと同じくシャンを母として生まれました」

「ふふん」テメレアはとまどいを見せ、おずおずと訊いた。「ぼくのお父さんは誰？」

「ロン・チン・ガオです」チエンはしっぽをぴくりと動かし、夫の名をかなりうれしそうに口にした。「ガオはインペリアル種で、いまは南の杭州《こうしゅう》にいます。ガオの守り人である第三皇子と、西湖《せいこ》を訪ねているのです」

ローレンスは、セレスチャル種とインペリアル種の交配が行われていると知って、大いに驚いた。だが、それについてためらいがちに尋ねると、チエンはこともなげに肯定した。「それしかセレスチャル種の血を保つ手段がないのです。われわれの種だけで交配はできません」そして自分の言葉がどれほどローレンスを驚かせるかも気づかず、付け加えた。「セレスチャルの雌はわたしとリエンだけ。雄は祖父とチュウ、ほかにチュワン、ミン、ジーしかおらず、いちばん遠い関係でも、いとこどうしなのですよ」

「セレスチャルが、全部でたったの八頭?」ハモンドがローレンスをまじまじと見つめ、力が抜けたように着席した。無理もない反応だった。

「それでこの先、どうやってセレスチャル種の血統を保つつもりなんでしょう?」グランビーが言った。「セレスチャルを皇帝だけで独占しようとするあまり、貴重な血統を絶やすことにもなりかねませんね」

「それが、インペリアルどうしの交配からセレスチャルが生まれることもあるらしいんだ」ローレンスは口のなかのものを呑みこんで言った。午後七時、すでに日は落ち、自分の寝室でようやく食事にありついたところだ。宮殿への訪問は長時間におよび、そのあいだ腹がはち切れそうになるほど茶を飲んで飢えをしのいでいた。「いまいる最高齢のセレスチャルも、異種交配で生まれたらしい。そして、そのセレスチャルが、いま生きているほとんどのセレスチャルの父にあたるということだ――ここ四、五世代はずっと」

「まったく理解できませんね」ハモンドは竜の繁殖法には興味がなく、ただただセレスチャルの少なさに驚いていた。「全部で八頭しかいないのに、どうしてテメレアの卵をフランスに贈ったんでしょう? とりあえず他国の種とでも交配させようと――いや、そんなはずはない。ナポレオンが仲介者もなく、ユーラシア大陸の反対側という隔たった場所にいながら、そこまで中国に好印象を植えつけられるはずがない。おそらくは、わたしがまだつかんでいない理由がなにかあるはずだ。みなさん、これにて失礼します」ハモンドはうわの空で挨拶し、部屋を出ていった。ローレンスは思ったほどには食べられず、箸を置き、食事を終わらせた。

「チエンは、少なくとも英国がテメレアを保持していたことに関しては、否定的ではないわけですね」グランビーはそれだけ言うと、また黙って考えをめぐらした。

しばしの沈黙のあと、ローレンスは内なる声を打ち消そうとして言った。「わたしはテメレアに、血縁に会ったり、母国について学んだりする喜びを味わわせたかった。それを拒否するような、利己的なまねはしたくなかったんだ」

「心配いりませんよ、ローレンス」グランビーが慰めるように言う。「たとえアラブ世界の宝玉とキリスト教世界の家畜すべてを目の前に積まれようが、ドラゴンはぜったいにキャプテンとの絆を裏切りません」

ローレンスは立ちあがって窓辺に近づいた。テメレアは今夜も、中庭の温められた敷石の上で丸くなっている。月は天高く、銀色の月影を浴びたテメレアはことのほか美しかった。満開の花の枝がテメレアの上に重く垂れ、池の水面にも、まだらの影を落としている。テメレアのうろこが月光にきらめいた。

「きみの言うとおりだ、グランビー。ドラゴンは、キャプテンと別れるくらいなら、つらい境遇に耐えるほうを選ぶ。だがしかし、心ある人間なら、最愛のドラゴンをわざわざ茨《いばら》の道へ、押しやろうとは考えないだろう?」ローレンスはそうつぶやき、窓のカーテンをおろした。

14　突然の襲撃

母竜チエンを訪問した翌日、テメレアは口数少なくなった。ローレンスは心配し、中庭に出てそばにすわり、ようすを見守った。テメレアが鬱《ふさ》いでいる理由についてどう尋ねればいいのか、どう声をかければいいのかわからなかった。テメレアが英国での境遇に不満をいだきはじめ、中国にとどまりたいという気になったのなら、もう打つ手はない。ハモンドも、自分の交渉がうまくいきさえすれば、テメレアが中国に残ることにそれほど反対しないだろう。ハモンドはテメレアを連れ戻すことより、北京に大使館を開設し、なんらかの条約を結ぶほうにこだわっている。ここで焦《あせ》ってハモンドを急《せ》かしても、けっしてよい結果は生まれない。

前日、チエンは別れ際に、いつでもここへおいでなさい、とテメレアに言った。だが、ローレンスには言わなかった。テメレアは母竜のもとへ行っていいかと尋ねはしないが、せつなげに遠くを見つめている。中庭をぐるぐると歩き、本を読まないかと誘っても、乗ってこようとしない。ローレンスは悶々《もんもん》としている自分についに嫌気がさして言った。「チエンにまた会いに行ったらどうだい？　きっと歓迎してくれるよ」

「だけど、あなたを招待してくれなかったから……」テメレアはそう答えたが、心のどっちつかずの状態を示すように翼が半開きになった。

「母親がふたりきりで子どもに会いたがるのに、反対するようなやつはいないよ」

ローレンスがそれだけ言えば充分だった。テメレアは顔がほころびそうになるのを隠して、すぐに飛び立った。そして遅い夕刻に戻ってくると、うれしげに今後のさまざまな計画について語りはじめた。

「中国語の書きとりを教わることにしたんだ。きょうはもう漢字を二十五個も覚えたよ。見せてあげようか」

「そりゃあ、ぜひ見たいな」ローレンスは答えた。テメレアに調子を合わせたわけではなく、ほんとうに漢字を学んでみたくなったのだ。テメレアが文字を書き記すのを真剣に見つめ、それを毛筆ではなく羽根ペンで紙に書きとった。テメレアが発音を教えてくれたが、それをまねて繰り返すローレンスに、テメレアはかなり疑わしげな眼を向けた。たいして上達はしなかったが、ローレンスが漢字を学ぼうという意欲を見せることが、テメレアを喜ばせていた。テメレアがあまりにもうれしそうなので、ローレンスは、テメレアの帰りを待ちつづけた長い一日のあいだに蓄積した複雑な感情を呑みこんだ。

ところが腹立たしいことに、この問題については自分の感情ばかりか、ハモンドとも闘わなければならなかった。「あなたが同行して一度だけ訪問するのなら、友好の確認になり、チエンとあなたが知り合うよいきっかけにもなったでしょう」ハモンドは言った。「ですが、テメレアが単独で訪問しつづけるのを許すわけにはいきません。テメレアが中国を気に入り、みずから進んでここにとどまるなどと言い出したら、われわれの望みは断たれてしまいます。中国側は、ただちにわれわれを本国に送り返そうとするでしょう」

「もうたくさんだ」ローレンスはかっとなって言った。「血縁と近づきたいと思うのは、テメレアにとって当たり前の感情じゃないか。それを忠誠心の欠如《けつじょ》だなどと決めつけるつもりはない」

だがハモンドが引きさがらなかったので、ふたりの議論は白熱した。そしてとうとう、ローレンスのほうから幕引きをした。「この際だから、はっきり言おう。わたしはきみの部下ではないし、そう言われた覚えもない。公的な根拠もない権威を振りかざすのはやめてくれ。はなはだ迷惑だ」

かなり冷えていたふたりの関係に決定的な亀裂《きれつ》が入った、とローレンスは思った。

その夜、ハモンドは、ローレンスやその部下たちが集まる夕食の席にあらわれなかった。ところが翌朝、テメレアがチエンのもとに出かけるより早く、ハモンドはヨンシン皇子を伴ってドラゴン舎にやってきた。「光栄にも、皇兄《こうけい》殿下がわれわれのようすを見にきてくださいました。いっしょに歓迎いたしましょう」ハモンドは〝歓迎〟という言葉を強調した。ローレンスはしぶしぶ立ちあがり、丁重なお辞儀で皇子を出迎えた。

「ご厚意に感謝します。ご覧のとおり、とても快適に過ごしております」と、ローレンスは言った。警戒心ゆえの堅苦しい口調になった。皇子の表向きの用件などまったく信用していなかった。

ヨンシン皇子も同じように堅苦しく、にこりともせずに小さく一礼し、後ろにいる少年を振り返って手招きした。十三歳にも満たなそうな少年で、藍染め木綿で仕立てられた地味な長衣を着ていた。少年は皇子をちらっと見あげ、会釈とともにローレンスの横を通り過ぎ、テメレアに近づくと、両手を胸の前で合わせ、頭をさげて、礼儀正しく挨拶した。それから中国語でなにかを言った。テメレアがややとまどったため、ハモンドがあわてて横からささやいた。「はい、と答えて。頼みます」

「ふふん」テメレアはそれでもまだ迷いを見せながら、少年に対して肯定の意味らしき中国語を口にした。それを受けて少年がテメレアの前足によじのぼり、そこに落ちついたのを見て、ローレンスは身を硬くした。ヨンシン皇子の表情はいつものようにほとんど読みとれなかったが、口もとにはかすかな満足の笑みが浮かんでいるように見えた。皇子は「われわれは、なかで茶を飲むことにしよう」と言って、テメレアたちに背を向けた。

「その子を落とさないでくれよ」ハモンドがあわててテメレアに言い、心配そうに少年を見つめたが、あぐらをかいたその子は、蓮華坐《れんげざ》にのった仏像のようにテメレアの上に落ちついていた。

「ローランド！」ローレンスは、ドラゴン舎の隅で三角法の勉強をしていたエミリー・ローランドとダイアーを呼んだ。「あの子になにか飲みものはいらないか、訊いてくれ」

エミリーがうなずき、少年に近づいて片言の中国語で話しかけた。ローレンスは皇子につづいて中庭を横切り、宿舎に入った。召使いらが皇子を迎える準備に奔走《ほんそう》していた。ひとつだけあったひだ飾りつきの椅子が足台とともに皇子に供され、椅子と直角に置かれた肘掛けのない椅子にローレンスとハモンドがすわることになった。召使いがうやうやしく茶を運ぶあいだ、ヨンシン皇子はひと言も口をきこうとしなかった。召使いがさがっても、ゆっくりと茶を飲むばかりだ。

ハモンドがついに口を開き、与えられた宿舎の快適さと丁重な扱いに礼を述べた。「とりわけ、北京の街を見学できたことをありがたく思います。あれは殿下のご高配でしょうか」

ヨンシン皇子が言った。「皇帝陛下じきじきのご意向だった。キャプテン、北京の街に、さぞかし感銘を受けたであろう」

端的な質問に、ローレンスも端的に返した。「殿下、いかにも。すばらしい街です」ヨンシン皇子は唇をかすかにゆがめて笑い、それ以上はなにも言わなかった。いや、言う必要がなかったのだ。ローレンスは、祖国のドラゴンの宿営を思い出し、北京の街とのあまりのちがいに悔しさを噛みしめ、皇子から目を逸らした。

気詰まりな沈黙のなか、ハモンドが果敢に話しかけた。「皇帝陛下はご加減よくお過ごしでしょうか。ご承知とは存じますが、われわれは英国国王より皇帝陛下に敬意を表する親書を授かってまいりました。それをお渡しする機会があるように願っております」

「陛下はいま、承徳《チェンドー》におられる」ヨンシン皇子が冷ややかに答えた。「北京へのお戻りはまだ先だ。いましばらく待つがよい」

ローレンスはしだいに腹が立ってきた。ヨンシン皇子があの少年をテメレアに近づけようとするのは、これまで同様、ローレンスとテメレアを引き離そうという策略のひとつなのだろう。だが、ハモンドは抗《あらが》いもせず、侮辱に等しい行為をはたらく皇子に、あいかわらずへこへこしている。ローレンスはきつい調子で言った。「殿下がお連れになった方は、将来頼もしき少年とお見受けしますが、ご子息でしょうか」

ヨンシン皇子は眉をひそめ、そっけなく「いや」とだけ答えた。

ローレンスの苛立ちを察したハモンドが、これ以上よけいなことを言うなとばかりに割って入った。「むろん、われわれは喜んで皇帝陛下のご都合に合わせる所存です。ですが、お待ちする期間が長くなるようでしたら、もう少し行動の自由をいただけるとありがたく思います。少なくともフランス大使と同等の自由はいただきたいのです。殿下、航海のはじめにフランスが容赦なき攻撃を仕掛けてきたことをお忘れではないでしょう。僭越《せんえつ》ながら再度申しあげますが、中英間の利害は、中仏間よりもはるかに一致しております」

皇子が口をはさまなかったため、ハモンドはとうとうと語りつづけた。ナポレオンがヨーロッパを支配する危険性、貿易抑制策をやめれば中国にもたらされるであろう莫大な利益、さらにナポレオンの飽《あ》くことを知らぬ征服欲によってフランス帝国が拡大する恐れ、それが中国への侵攻にも発展する可能性について——。「殿下、ナポレオンはすでに一度、インドまで遠征し、英国軍に戦いを仕掛けようとしたことがあります。彼はアレクサンドロス大王を越えたいという野望を公言してはばかりません。その野望が達成されるようなことになれば、強欲なナポレオンがインドだけで満足しないことは自明の理と申せましょう」

ナポレオンがヨーロッパを支配下に置き、ロシア帝国とオスマン帝国をも占領し、ヒマラヤ山脈を越えてインドも攻略したうえで中国に戦いを挑む——そんな話は誇大妄想でしかなく、ほとんど説得力がないようにローレンスには思われた。貿易問題についても、中国の自給自足の達成について熱く語っていたヨンシン皇子には、貿易抑制策の緩和など議論の対象にもならないはずだ。しかし皇子は異議を唱えることもなく、眉根を寄せたまま、ハモンドの長口舌《ちょうこうぜつ》に耳を傾けていた。やがてハモンドが再度フランス大使と同等の自由を願い出て話を締めくくると、皇子はたっぷりと間を置いてから言った。「そなたらは、フランス大使ド・ギーニュと同じだけの自由を与えられている。もちろん、それ以上のことは認められないが」

「殿下」ハモンドは言った。「殿下はおそらくご存じないのでしょう。われわれには、この島を出ることはおろか、書簡を通して政府と交渉することすら許されておりません」

「その点について言うなら、皇帝陛下は、ド・ギーニュにも、そなたらにも、お許しになられてはいない」皇子が答えた。「外国人が北京の街をうろついて、行政官や大臣の仕事に支障をきたすとしたら、けしからぬ話だ。大臣には本来の仕事が山ほどあるのだから」

ハモンドがうろたえる表情を見せた。ローレンスは、皇子の意図を見抜いていた。皇子は時間を稼いで、あの少年がテメレアと仲良くなるのを助けようとしているだけなのだ。あの少年が皇子の息子ではないとしても、おそらく血縁のなかからとびきり愛らしい子を選んで、テメレアをたぶらかすすべを教えこんだにちがいない。ローレンスは、まさかテメレアがあの少年に心を奪われるようなことはないと思っていたが、ヨンシン皇子の悪だくみをこのまま見逃す気にもなれなかった。

「あんなふうに、お子さんを放っておくのはよくありません。わたしはこれで失礼します」ローレンスは唐突に切り出し、お辞儀をして、歩きはじめた。

ローレンスの推測どおり、ヨンシン皇子がハモンドと会話をつづけていたのは、ただ少年が自由にふるまえる時間を長引かせるためにすぎなかったようだ。ローレンスが席を立つと、皇子もすぐにあとからついてきた。かくして一同が中庭に出ることになった。すると、くだんの少年はすでにテメレアの前足からおりていた。いまはエミリーやダイアーとまり遊びをしながら、三人で乾パンをぽりぽりかじっている。ローレンスは内心、ほっとした。テメレアは桟橋に出て、湖から吹くそよ風を楽しんでいた。

皇子がきつい口調で呼びかけると、少年はびくっとして、まずいところを見つかったという顔をした。エミリーとダイアーも同じようにまごついて、放り出した教科書のほうにちらちらと目をやった。「おもてなしをするのが礼儀だと思ったものですから」エミリーが焦って弁明し、ローレンスの反応をうかがった。

「おかげで楽しい時を過ごされたことだろう」ローレンスがおだやかに答えると、エミリーたちはほっとした顔をした。「さあ、勉強に戻りなさい」ローレンスがつづけて言うと、ふたりは急いで教科書を拾った。皇子は少年についてくるように言い、不満げにハモンドと中国語で二言三言交わしたあと、すぐに立ち去った。ローレンスは皇子の後ろ姿を、してやったりという思いで見送った。

「少なくとも、ド・ギーニュがわれわれ同様に行動を規制されているのは喜ばしいことですね」ややあって、ハモンドが言った。「皇子がこの点に関してあえて嘘をつくとは思えません。ですが、いったいどうして――」ハモンドは困惑したようすで口をつぐみ、かぶりを振った。「まあ、明日には、なにかわかるかもしれません」

「明日とは?」と、ローレンスが尋ねると、ハモンドはなに食わぬ顔で答えた。「皇子は明日も、同じ時刻にまたおいでになるそうですよ。これからは毎日訪問されるおつもりだとか」

「皇子がどうなさろうと勝手だが」ハモンドが皇子にまた一歩譲ったことに、ローレンスは怒りを覚えた。「わたしは皇子につきあうつもりはありません。だいたい、なぜあなたは、われわれに毛ほども好意をいだいていない相手と親交を深めようとするのか、それによって時間を無駄にするのか。わたしにはさっぱり理解できない」

ハモンドがむきになって反論した。「ヨンシン皇子がわれわれに好意をいだいておられぬことは、承知の上。皇子やここの人々がわれわれに好意をいだくはずがありません。そもそも、皇子たちの好意を勝ちとるのがわれわれの仕事ではありませんか。だったら、皇子を説得するチャンスが向こうからやってくるのに、それに応えないという法がありますか。礼儀正しくいっしょにお茶を飲む程度のことに、そこまでかかりなさるとは驚いた」

ローレンスは語気荒く返した。「テメレアの担い手の地位を奪おうというたくらみに、そこまで無頓着《むとんじゃく》だとは、驚くのはこっちのほうだ。いままであんなに抵抗してきたというのに」

「地位を奪う？　あんな子どもが？」ハモンドは、はなからありえない話だと思っているのか、かなり無礼な態度で言った。「キャプテン、いまになって警戒なさるとは、いやあ、びっくりした。わたしの助言を聞き流してばかりだから、そんなふうに恐れることになるんですよ」

「恐れてなどいない。だが、皇子の見え透いたくわだてを許すつもりはないし、こっちの気分を害する人間が毎日入りこんでくるのに甘んじるつもりもない」

「お忘れかもしれませんがね、キャプテン、先日あなたはわたしの部下ではないとおっしゃいました。言わせてもらいますが、わたしこそ、あなたの部下ではありません」ハモンドが言った。「ありがたいことに、われわれの外交活動の指揮権は、明らかに、わたしにあります。もし、あなたの好きにさせたら、いまごろあなたは考えもなく、英国に飛んで帰っていたにちがいない。そして、わが英国の太平洋における貿易権の半分が海の藻屑《もくず》と消えていた」

「もうけっこう。勝手にしろ」ローレンスは言った。「だが、これだけは皇子に伝えてくれ。わたしは二度と、テメレアとあの皇子の手先の子どもをふたりきりで会わせるつもりはない。これを言えば、皇子はあなたの説得に耳を貸すのに乗り気ではなくなるはずだ。言っておくが、わたしに隠れてあの少年をドラゴン舎に入れることは、ぜったいに許さない」

「あなたは、わたしのことを、二枚舌で節操なしの野心家だとお考えになりたいようですね。ばかばかしくて、いちいち否定する気にもなれない」ハモンドは怒りで顔を真っ赤にした。

ハモンドが立ち去ったあとも、ローレンスの怒りはくすぶりつづけた。だが一方で、恥ずべきことをした、行きすぎた発言だったという自省も芽生えはじめた。自分がハモンドだったら、決闘を申しこんでいたにちがいない。翌朝、ヨンシン皇子がテメレアとの面会を断られたために、例の少年といっしょに訪問を切りあげて帰るところをドラゴン舎から目撃し、ローレンスは自責の念を覚えて、ハモンドに謝罪しようとした。が、ハモンドは、ローレンスの謝罪を受け入れようとはしなかった。

「あなたがテメレアとの面会を拒んだことに皇子が立腹するかどうか、皇子の目的についてのあなたの意見が正しいかどうか。そんなことはもはや問題ではありません」ハモンドは冷ややかに返し、「ご用件はお済みですか？　わたしは手紙を書かねばなりませんので」と言って、部屋を出ていった。

ローレンスは謝罪をあきらめ、宮殿へ出かけようとしているテメレアに会いにいったが、テメレアがこれから母竜を訪ねる喜びを押し隠そうとするのを見て、いっそう罪悪感と悲しみがこみあげた。おそらくハモンドの考えは正しい。あの少年のくだらないおもねりなど、チエンをはじめとする血縁の竜との交流に比べれば、なんの脅威でもなかった。ヨンシン皇子の動機がいかに狡猾《こうかつ》で、チエンの動機がいかに純粋であろうとも、恐れるべきはチエンのほうだ。だが、あの少年はともかく、チエンとテメレアの交流にこちらが文句をつけるのは筋違いというものなのだ。

テメレアの外出は数時間の予定だったが、ローレンスは、宿舎に戻る気にはなれなかった。人間用の宿舎はけっして広くはなく、それぞれの寝所の仕切りが薄いため、そこにいればいやでもハモンドの怒りをひしひしと感じるにちがいない。そこでドラゴン舎にとどまって手紙を書くことにした。最後に手紙を受け取ってから、むなしく五か月が過ぎている。北京初日の歓迎の宴から二週間が過ぎても、とくに手紙に書くようなことはなにも起こっていない。ハモンドとのいさかいについては、もとより書くつもりはなかった。

ペンを握ったままでうとうとし、はっと目を覚ますと、かがみこんで自分を揺り起こしているスン・カイと頭がぶつかりそうになった。「キャプテン・ローレンス、起きてください」

ローレンスは最初は気づかずに、「失礼……なにかあったのですか?」と問いかけ、次いでまじまじと相手を見つめた。なんと、スン・カイが英語をしゃべっている。しかも、流暢《りゅうちょう》に。中国語なまりというより、イタリア語なまりの英語のようだ。「あなたは英語を話せたんですか?」スン・カイが航海のあいだ、しょっちゅうドラゴン甲板に立って海を見ていたことを思い出す。彼はあのとき、英国人たちの会話をすべて理解していたのだ。

「いまは、説明している時間がありません」スン・カイが答えた。「すぐにわたしといっしょに逃げてください。あなたと部下の方々の命が危ないのです」

時刻は午後五時近かった。ドラゴン舎の入口から見える湖や木々が夕日に照らされて黄金色に輝いている。時折り、天井の垂木《たるき》に巣をつくっている小鳥たちが鳴いた。スン・カイが突拍子もない警告を冷静に口にするものだから、最初はとまどったローレンスだったが、憤慨とともに立ちあがって言った。「ろくな説明も受けずに、そんな脅しに乗って、逃げる気にはなれない!」声を張りあげて副キャプテンを呼んだ。

「グランビー!」

「キャプテン、なにか問題が?」ドラゴン舎のなかを最初にのぞきこんだのは、グランビーではなく、中庭で暇つぶしの仕事をしていた武具師のブライズだった。すぐにブライズの横をかすめて、グランビーが走りこんできた。

「ミスタ・グランビー、敵の襲来があるかもしれない」ローレンスは言った。「このドラゴン舎は敵を迎え討つには不向きだ。南のドラゴン舎で守りを固めよう。あそこなら、大きさも手頃で、舎内に池がある。見張りを立て、ピストルに弾を込めさせろ」

「了解！」グランビーが走り去った。ブライズはいつものように寡黙にそれまで研《と》いでいた剣を集め、ローレンスに一本手渡すと、残りを砥石《といし》とともにかかえて、南のドラゴン舎へ向かった。

「応戦するなんて、とんでもない！」スン・カイがローレンスに追いすがりながら言った。「襲ってくるのは、盗賊混混《ホウンホウン》団です。こちらに船を回しておきました。みなさんが荷物をまとめて島を離れるだけの時間はあります」

ローレンスは南のドラゴン舎の門口《かどぐち》に行って、建物を調べた。記憶していたとおり、柱は木ではなく石製で、直径が二フィート近くもあり頑丈だった。壁は表面のなめらかな灰色の煉瓦《れんが》で築かれ、一部に赤い彩色がほどこされていた。屋根が木製なのは惜しいが、瓦が葺《ふ》いてあるので、そう簡単には燃えないだろう。「ブライズ、リグズ空尉と射撃手《ライフルマン》のために、庭石で射撃台をつくれないか試してくれ。ウィロビー、ブライズを手伝え」

ローレンスはようやくスン・カイと向き合った。「われわれをどこに連れて行くのか、襲ってくるのが何者なのか、どういうわけで敵が差し向けられたのか、あなたはろくに説明していない。そもそも、あなたを信用するだけの根拠がない。あなたはこれまで英語がわからないふりをして、われわれを欺《あざむ》いてきた。なのに、なぜ突然われわれに味方するのですか？　これまでの中国側の態度を考えれば、到底、あなたにわれわれの命をゆだねる気にはなれません」

ハモンドが泡を食って数人の英国人とともにローレンスのもとに駆けつけてきて、スン・カイと中国語で短く言葉を交わしたあと、硬い口調で尋ねた。「いったい、どういうことですか？」

「わたしはまた殺されようとしているらしい。スン・カイ殿がそうおっしゃる」ローレンスは言った。「それ以上のことは、ご自分でお尋ねください。わたしは、すぐにも攻撃があると想定して準備を進めます。それから、中国語を使う必要はありません。

彼は完璧な英語が話せますから」ローレンスは、驚愕《きょうがく》の表情を浮かべるハモンドとスン・カイを残し、ドラゴン舎の門口にやってきたリグズとグランビーに合流した。

「正面の壁に銃眼をふたつあければ、敵の襲来に銃で応戦できます」リグズが煉瓦の壁を叩きながら言った。「あるいは門扉《もんぴ》後方にバリケードを築いて、門から入ってくる敵を銃撃するか。それが最善策ですが、そうすると、門口に剣を持った人間を配置できませんね」

「バリケードを築いて、なおかつ、門口に人を配置しよう」ローレンスは言った。「ミスタ・グランビー、この入口をできるだけふさいでくれ。四人以上の敵を同時に侵入させないようにしてくれるとありがたい。われわれと残りの人員で、門扉の両脇を固める。中央に銃撃用の空間を確保し、入ってきた敵に一斉射撃を浴びせる。ミスタ・リグズと射撃手たちがライフルに弾を込めているあいだは、ピストルと剣で門口を守るしかない」

グランビーとリグズがうなずいた。「了解です」リグズが言う。「予備のライフル銃が二丁あります、キャプテン、バリケードで使っていただけませんか？」

一応言うだけ言ってみたという進言であることがローレンスにはすぐにわかったの

で、それにふさわしい冷ややかな態度で返した。「控えの銃としてそっちで使え。射撃の訓練を受けていない人間が、弾を無駄に使うわけにはいかない」

竜医のケインズが、両腕に大きなかごをかかえ、前のめりに倒れそうな勢いで駆けこんできた。かごにはシーツが敷かれ、宿舎に飾られていた壺がみっつ寝かされている。どれも凝った模様を描いた、いかにも高価そうな磁器だ。「人間の患者などめったに診《み》ないが、繃帯《ほうたい》を巻いたり、添え木を当てるくらいはできるぞ。わたしは舎内後方の池のそばに待機する。こいつらは水を運ぶために持ってきた」ケインズはせせら笑いとともに、あごで壺を示した。「競売にかければ、ひとつ五十ポンドは下らないだろう。落とさないよう気をつけろよ」

「ローランド、ダイアー。弾込めはどっちがうまい?」ローレンスは尋ねた。「いや、どっちもミスタ・リグズについて、弾込めを手伝え。一斉射撃三回がすんだら、ダイアーはミスタ・ケインズを手伝いに行け。弾込めの合間には前線に水を補給しろ」

「ローレンス」まわりから人が引いてから、グランビーが声を落として言った。「衛兵の姿がまったく見当たりません。いつもこの時間に巡回しているのですが……。きっと、誰かの指示で引きあげたんでしょう」

ローレンスはうなずき、手を振って持ち場に戻らせた。ハモンドがスン・カイとともに近づいてきた。「ミスタ・ハモンド、あなたはバリケードの後方に隠れてくださ い」と、ローレンスは声をかけた。

「キャプテン・ローレンス、どうか話を聞いてください」ハモンドが緊迫した声で言う。「すぐにスン・カイ殿と逃げたほうがいい。襲ってくるのは韃靼《だったん》人の若い元兵士たちで、仕事にあぶれ、貧困に苦しみ、一種の盗賊団と化しているのだそうです。とにかくたいへんな数だとか」

「敵は火器を持っていますか？」ローレンスは、ハモンドを無視して、スン・カイに尋ねた。

「大砲ですか？ もちろん持っていません。大砲はおろか、マスケット銃すら」スン・カイが答える。「ですが、そんなことは問題ではありません。敵は百人か、もしかするとそれ以上。法で禁じられている少林拳《しょうりんけん》をひそかに習得している者もいるようです」

「しかも、そのうちの何名かは、遠縁とはいえ皇帝と縁戚関係にあるのです」ハモンドが付け加える。「皇帝と縁戚関係にある者を殺せば、中国側にわれわれを非難し、中国から追い払う大義名分を与えることになりかねない。これだけ言えば、すぐ逃げるべきことがおわかりですね？」

「失礼、しばらくはずしてください」ローレンスはスン・カイに率直に言い、スン・カイも異を唱えることなく、一礼して遠ざかった。

「ミスタ・ハモンド」ローレンスはハモンドに向き直って言った。「あなたは以前、テメレアと引き離されないように気をつけろとおっしゃった。よく考えていただきたい。テメレアがここに戻ってきて、われわれが荷物とともに姿を消していたら、どうなりますか？　テメレアに、われわれが見つけられますか？　テメレアは、われわれが中国側と取引し、自分を置いて出ていったのだと誤解するかもしれない。以前、ヨンシン皇子はそれをわたしに持ちかけていますから」

「では、テメレアが戻ってきたとき、われわれ全員、死んでいるほうがましだって言うんですか？」ハモンドも苛立っていた。「スン・カイは信頼できる人物です」

「スン・カイが少しばかり助言してくれたからといって、あなたのようにすぐに彼を信用する気にはなれませんね。むしろ、これまでずっと英語がわからないふりをしてきたことのほうが問題だ。彼は最初から、スパイ行為をしていたんですよ。スン・カイにはついていきません。もうあと数時間でテメレアが戻るでしょう。それまで持ちこたえてみせます」

「あちら側が、わざとテメレアの気を引いて、訪問を長引かせていなければいいんですがね」ハモンドが言い返す。「中国政府がわれわれとテメレアを本気で引き離すつもりなら、テメレアが不在中にいつでも力ずくでできたはずです。われわれが安全な場所に避難したら、スン・カイ殿がチエンの宮殿にいるテメレアに使いを出してくれるでしょう」

「ではスン・カイを行かせて、使いを出させればいいでしょう。あなたも彼といっしょに行かれるがよい」

「見くびらないでください、キャプテン」ハモンドは頬を紅潮させてきっぱり言うと、すぐにスン・カイのもとに走っていき、話をつけた。スン・カイがかぶりを振って立ち去ると、ハモンドは用意された剣の山に近づき、自分のために一本を手に取った。

そのあと、全員でバリケードを築いた。要した時間は十五分ほどだった。奇妙な形の庭石のなかから手頃な三個を引きずってきて、門扉から奥まったところに射撃用の防塞《ぼうさい》をつくり、さらに巨大なドラゴン用寝椅子でその両脇をふさいだ。すでに日は沈んでいたが、いつも島の周囲に灯されていたランタンの明かりはなく、人の気配もなかった。

「キャプテン！」見張りのディグビーが建物の外を指さし、声を落として言った。「右舷艦首二ポイントの方角に敵発見。宿舎の門の外です」

「奥へ引け」すでに夕日が落ちており、ローレンスにはなにも見えなかったが、若いディグビーのほうが視力が勝っていた。「ウィロビー、明かりを消せ」

銃の撃鉄を起こす音がカチッカチッとつづいた。ローレンスには自分の息遣いが聞こえた。それ以外は虫の羽音しか聞こえない。しかし耳を澄ましていると、足音がかすかに聞こえてきた。音からすると敵は大人数だ。そして突然、木々の打ち砕かれる音がして怒声が響いた。「敵は宿舎に押し入りました、キャプテン」バリケードからハックリーがかすれた声で呼びかける。

「しゃべるな」ローレンスは命じた。一同は、宿舎から家具を壊す音、ガラスを割る音が聞こえてくるあいだ、ドラゴン舎の奥で息を潜めて待った。宿舎の家捜《やさが》しがはじまると、外のたいまつの明かりでドラゴン舎の壁に、せわしなく動く人影が映し出された。男たちの呼び合う声が屋根と壁の隙間から聞こえてくる。ローレンスは、すばやく後ろを見やった。リグズがその視線をとらえてうなずき、三人の射撃手が銃を構えた。

最初の敵が、南のドラゴン舎の門口にあらわれ、ドラゴン用寝椅子の底板が入口をせばめているのに気づいた。「わたしが撃つ」リグズの声が響き、ライフル銃が火を噴いた。敵は、口を開いて叫ぼうとしたまま倒れた。

だが銃声を聞きつけて、外の叫びがいっそう激しくなり、新たな数人が剣とたいまつをかざして飛びこんできた。射撃手たちが銃火を浴びせ、新たに三人が倒れ、ライフルから最後の一発が放たれるとともに、リグズが「弾込めにかかれ！」と命令した。あっという間に仲間が撃たれるのを見て、賊《ぞく》たちは立ちすくんだ。そこへ飛行士たちが「テメレア！」「英国万歳！」と、ときの声をあげて飛び出し、剣で襲いかかった。

ローレンスは長く暗がりにいたせいで、たいまつのまぶしさに目がくらんだ。たいまつの煙とマスケット銃の硝煙《しょうえん》が目をちくちくと刺激する。まともに剣を交えられるような空間はなく、それぞれが一騎打ちとなったが、錆《さび》の臭いのする敵の剣が折れて、ひとりの賊が仰向けに倒れると、その背後の賊たちまで後ろに倒れこんだ。それでも、まだその後ろから、十数人が押し戻そうとする力に抗いながら、攻め入ってこようとする。

ディグビーは人の壁となって敵を防ぐには体が小さかったので、味方の脚や腕のあいだにわずかでも隙間ができると、剣を入れて敵を突き刺した。「わたしのピストルを使え！」ローレンスは、ディグビーに大声で呼びかけた。片手を剣のつかに、もう片方の手を刀身に添えて三人の敵の剣と押し合っているため、自分でピストルを抜くことができない。敵は寸分の隙もなく横に並び、剣を振りおろすこともできないために、剣を小刻みに動かしながら、その重みにまかせてローレンスの剣を折ろうとした。

ディグビーがローレンスのベルトからピストルを抜きとり、目の前にいる敵の眉間を撃ち抜いた。残るふたりはやむなく体を引き、ローレンスはなんとかひとりの腹に剣を突き立て、もうひとりを利《き》き腕でつかまえ地面に引き倒した。ディグビーがその背に剣を突き刺すと、敵は倒れたまま動かなくなった。

「銃を構えろ！」リグズが背後で叫んだ。

ローレンスは「入口から離れろ！」と大声で命じ、グランビーと剣を交えていた敵に頭から切りつけて追い払い、グランビーとともに急いで退却した。光沢のある石の床はすでに血まみれで、ブーツが滑った。誰かが水のしたたった水差しを手に押しつけてきた。ローレンスは二度口をつけてからつぎに回し、袖で口とひたいをぬぐった。ライフルが一斉に火を噴いた。それから二度、一斉射撃が繰り返されると、ふたたび肉弾戦がはじまった。

敵は一斉射撃を警戒し、門扉には近づかなくなった。たいまつに照らされて、門扉から距離をおいてようすをうかがう敵の姿が見えた。いまや敵はドラゴン舎の前庭を埋め尽くしている。スン・カイの見積もった敵の数は誇張ではなかったのだ。ローレンスは扉の近くにいた賊を撃ち、ピストルを手のなかで返して銃身を握った。そしてふたたび襲いかかってきた敵のこめかみを銃床で殴った。さらに剣で敵の刃を押し返していると、一斉射撃を命じるリグズの声が響いた。

「うまいぞ、いい手だ」ローレンスは、大きく息をついた。敵はリグズの叫びを聞いただけで退却し、すぐには門扉まで戻ってこようとしなかった。リグズは敵の動きを呑みこみ、彼らがふたたび前進してくるまで一斉射撃を控えた。「いまのところ、われわれが優勢だ。ミスタ・グランビー、ふた班に分かれよう。つぎの攻撃のときは、後ろで控えてくれ。そのあと、交替だ。セローズ、ウィロビー、ディグビーはわたしのチーム。マーティン、ブライズ、ハモンドはグランビーにつけ」

「ぼくはどっちにも加われます、キャプテン」ディグビーが言った。「ぜんぜん疲れてません。だって、敵と討ち合ってませんから」

「わかった、そうしてくれ。だが、かならず合間に水を飲んで、ときどき後ろで休むんだぞ」ローレンスは言った。「わかっていると思うが、敵は山ほどいる」それはまぎれもない事実だ。「だが、形勢は悪くない。この状態を維持すれば、テメレアが戻るまで、敵を阻止できる」

グランビーがそこに付け足した。「怪我を負った者は、ただちにケインズのところへ行け。出血で命を落とすな。大声で助けを求めれば、誰かが代わりに入る」ローレンスは、グランビーにうなずきを送った。

突如、ドラゴン舎の外から賊たちの雄叫《おたけ》びが聞こえた。敵は一斉射撃を突破する覚悟を固めたようだ。駆けだす足音が聞こえ、ふたたび敵が門口に殺到し、リグズが「撃て！」と叫んだ。

門扉付近の戦いは、防戦に参加する人数が減ったため、熾烈《しれつ》をきわめたが、入口の狭さが、敵の侵入をある程度防いでいた。さらに敵の死体が折り重なって、身の毛もよだつ砦《とりで》となり、一部の敵はそこから身を乗り出して戦うしかなくなった。弾込めに要する時間がやけに長く感じられ、ローレンスは幻《まぼろし》を見ているような錯覚に陥った。ようやくつぎの一斉射撃の準備が整って休憩がとれたときは、心底ありがたく思った。壁にもたれ、壺からまた水を飲んだ。敵の剣を食い止めてきた肩や腕がずきずきと痛み、膝も疼いていた。

「水は足りてますか、キャプテン？」ダイアーが心配そうに尋ねた。ローレンスは空っぽの壺をダイアーに手渡した。ダイアーは立ちこめる硝煙を突っ切って、舎内の小さな池に駆け戻っていった。硝煙はゆっくりと上昇し、高い天井の空間に広がっている。

突撃した仲間がやられると、敵はつぎの一斉射撃を警戒し、すぐには門扉に押し寄せてこなかった。ローレンスは舎内に下がって、前線のさらに向こうにいる賊たちに打撃を与える方法はないものかと、前方を見やったが、たいまつがまぶしく、最前列の賊たちが、戦いの緊張から熱に浮かされたような顔でドラゴン舎の入口を一心に見つめる姿しか見えなかった。汗で光る多くの顔の向こうに、底知れぬ闇が広がっている。時の歩みがやけにのろく感じられ、軍艦の砂時計と、きっちりと時を刻む時鐘が懐かしかった。戦いの開始から一、二時間はたっている。おそらく、もうすぐテメレアが戻ってくるだろう。

突然、外がどよめき、手拍子が聞こえた。ローレンスは反射的に剣のつかに手を伸ばした。一斉射撃の音がとどろいた。「英国万歳！ 国王陛下万歳！」とグランビーが叫び、自分のチームを率いて扉のほうへ走っていく。

だが敵が門口の前でふた手に分かれたため、グランビーと部下たちははっと立ち止まった。やはり敵は大砲のたぐいを持っているのではないか。だが、突如そこにひとりの男があらわれ、グランビーらの剣に身を投じるかのように人垣がつくる小道に踊り出た。グランビーたちは応戦しようと剣を構えたが、男は相まみえる数歩手前で大きく跳躍した。身体を斜めにして門口の柱を蹴り、ふたたび宙を飛んでグランビーらの頭上を越えると、頭から突っこむように降下し、体を小さく丸めてくるりと石の床の上で回転した。

そのみごとな動きは、ヒバリの滑空《かっくう》よりも重力を感じさせなかった。脚力だけで十フィート近くも宙に舞いあがり、みごとに着地し、すぐに立ちあがったのだ。グランビーらがひるんだ隙を突き、敵がなだれこんできた。「セローズ、ウィロビー！」

ローレンスは自分のチームの部下に大声で呼びかけたが、ふたりはすでに男を阻止すべく駆けだしていた。

宙を飛ぶ男は丸腰だったが、その敏捷《びんしょう》さはいかなる武器にも勝り、振りかかる刃《やいば》をひらりひらりとかわした。セローズたちが男の命を狙っているのではなく、男と舞台で共演する脇役かと思われるほど、みごとな動きだった。距離を置いて見ているローレンスには、男がセローズたちをグランビーたちのいるほうへじりじりとおびき寄せているのがわかった。その場所で剣を振りまわし、男に切りかかれば、味方を危険にさらすこともなりかねない。

ローレンスはピストルを引き抜いた。暗闇で、しかも神経が高ぶっているにもかかわらず、両手の指先が訓練で叩きこまれた一連の動きを着実にこなした。頭のなかで、大砲の実弾演習のときの号令が響いていた。大砲もピストルも装塡の手順に大差はない。槊杖《さくじょう》でぼろ布を押しこみ、銃口を二度掃除し、撃鉄を半分起こして、尻の弾薬入れにおさめた紙薬包を手探りした。

突然セローズが叫びをあげ、膝をかかえて倒れこんだ。叫びを聞きつけ、ウィロビーが剣を胸の高さにかかえた防御の姿勢のまま、セローズのほうを見やった。宙を飛ぶ男が、その一瞬の隙を逃さず、超人的な跳躍を行い、両脚でウィロビーの顎を蹴りつけた。ウィロビーの首が気味の悪い音をたてて曲がった。体が一瞬宙に浮き、両腕を大きく開いて地面にくずおれ、頭を真横に向けたまま、力なく地面に落ちた。ウィロビーを仕留めた男は両肩から地面に着地し、軽やかにとんぼを切って立ちあがり、ローレンスを振り返った。

リグズがローレンスの背後で怒鳴った。「急いでください！　間に合わない！」ローレンスの両手はまだ動いていた。黒色火薬の詰まった紙薬包を噛みきり、砂粒のような火薬の苦味を舌に感じながら、火薬を銃口から注ぎ、鉛《なまり》の弾丸を、次《つ》いでおい、くりの紙を入れ、槊杖で強く押しこんだ。あとは火皿の点火薬を点検する余裕もなく銃を構え、目の前に迫ってきた男の頭を吹き飛ばした。

ローレンスとグランビーは、つぎの一斉射撃を恐れて敵が後退しているあいだに、倒れているセローズをケインズのところまで引きずった。片脚がだらりと伸びきった状態で、セローズは声を殺して泣き、「すみません、キャプテン」を繰り返している。「めそめそ泣くな！」ケインズがぴしゃりと言い、ローレンスたちがセローズを横たえると、容赦なく平手打ちにした。セローズがはっと息を呑んで泣きやみ、あわててど腕でごしごしと顔をこすった。「膝の皿が割れている」ケインズが言った。「ま、ひどい割れ方じゃないが、一か月は立てんだろう」

「手当てを受けたら、リグズのそばに行って弾込めを手伝え」ローレンスはセローズに命じると、グランビーとともに門口で待機する仲間のもとに戻った。

「交替で休憩をとろう」ローレンスは味方のそばに膝をついた。「ハモンド、最初に休憩をとれ。リグズのところへ行って、弾込めをしたライフルをつねに一丁確保しておき、さっきのような男が送りこまれてきた場合に備えろと伝えてくれ」

ハモンドは息があがり、両頬には血が点々と散っていた。ローレンスにうなずくと、かすれた声で「あなたのピストルをください。弾を込めておきます」と言った。

そのとき、壺からがぶがぶと水を飲んでいたブライズが、いきなり咽《む》せて水を吐き出した。「なんだこりゃあ!」と叫ぶ。一同がびっくりして、ブライズを見やると、指二本分ほどもある大きなオレンジ色の金魚が石の床で跳ねていた。「失礼」ブライズがなおも咳きこみながら言った。「そいつが、口のなかでのたくったもんで」

ローレンスは驚いてブライズを見つめた。横でマーティンが笑いだす。束《つか》の間、みながが笑みを交わした。だがそのあとすぐに一斉射撃を行い、それが終わると全員、急いで門扉に向かった。

たいまつは充分にあったし、島には木々が茂っていた。しかし意外にも敵はドラゴン舎に火を放とうとはせず、ドラゴン舎の両側の軒下で火を焚いて、なかにいる者を燻《いぶ》り出そうとした。しかし、ドラゴン舎の構造ゆえか、あるいは風の勢いが勝っていたためなのか、煙は天井にのぼり、黄色い屋根瓦の隙間から外に逃げていった。煙は不快だったが命を脅《おびや》かすこともなく、舎内の池のあたりの空気は新鮮なままだった。門扉を守る班が交替するたび、休憩をとる者は池に戻って水を飲み、清浄な空気を吸い、増えつづける切り傷に軟膏を塗ったり、出血した傷口に繃帯を巻いたりした。

敵は強行突入を試みようと、切り倒したばかりの枝葉のついた丸太を、大勢でかかえてきた。ローレンスは「賊どもが突入するときは、両脇に退き、剣で脚を狙え」と命令した。丸太をかかえた賊たちは、蛮勇を奮って剣に身をさらし、防衛線を越えようとしたが、ドラゴン舎の門口を突破しきらぬうちに、勢いをくじかれた。先頭の数人が脚を骨まで切りつけられて転がり、銃床の殴打でとどめを刺されたからだ。そのため丸太が前に傾き、前進できなくなった。英国側は数分かけて必死で丸太から枝葉を払い、射撃手の視界を確保した。それが終わるころにはつぎの一斉射撃の準備が整っており、敵は強行突入をあきらめて引き下がった。

ここからの戦いは陰惨なリズムを刻んだ。英国側は一斉射撃の合間の休憩時間を長くとれるようになった。賊は強硬突入に失敗し、味方を大量に殺されて、明らかに気勢を削《そ》がれていた。射撃手たちの弾《たま》は、敵を正確にとらえた。彼らは戦闘時には三十ノットもの高速で飛行するドラゴンの背から射撃する訓練を受けている。ドラゴン舎の門扉まで三十ヤード足らずという距離で、まず標的をはずすことはなかった。のろのろと進行し、神経を消耗させる戦いでは、たった一分が五分もの長さに感じられた。

ローレンスは一斉射撃の回数で時間を測りはじめた。

「一斉射撃一回につき三発だけ撃つことにしましょう、キャプテン」リグズが、銃撃の合間の休憩時間に、ローレンスの問いかけに煙で咳きこみながら答えた。「やつらはもう銃撃の威力を思い知っていますから、三発で充分に侵入を防げます。ここにはありったけの紙薬包を持ちこみましたが、無駄撃ちはしていません。セローズに紙薬包をつくらせていますが、まだ三十回は一斉射撃が可能です」

「それでいくしかないな」ローレンスは言った。「一斉射撃の合間に、もっと長時間、敵を防げるように頑張ってみよう。きみたちも射撃終了ごとに一名ずつ休憩をとれ」

そう言うと、自分の弾薬入れを調べ、グランビーの分と合わせて計七発の紙薬包をリグズに手渡した。これだけあれば少なくとも二回はライフル攻撃ができる。ピストルよりも攻撃力の高いライフルに火薬を使ったほうがいい。

ローレンスは池の水をすくって顔にばしゃっと叩きつけた。逃げてゆく金魚が視界をかすめ、思わずにやりとした。暗闇に目が慣れてきた。汗でぐっしょり濡れたクラヴァットを首からはずし、汗を絞った。素肌を空気にさらす心地よさを味わったあとでは、すぐにまたクラヴァットを結ぶ気にはなれず、池の水ですすいで石の上に広げて、持ち場に戻った。

さらに永遠とも思える時間が流れ、ドラゴン舎の門口にいる敵の顔が霞《かす》んで見えるようになった。ローレンスがグランビーとぴったり並んで、二名の敵を防ごうと組み合っているとき、背後から「キャプテン！　キャプテン！」とダイアーの甲高い声が聞こえた。だがローレンスには振り返る余裕もなかった。

「ここは、ぼくがなんとかします」グランビーが喘ぎながら言い、敵のひとりの股間をブーツで蹴りあげ、もうひとりと一対一で斬り結んだ。ローレンスは剣を引き、急いで後方に駆け戻った。

池のふちに賊ふたりがずぶ濡れで立っており、さらにもうひとりが池から這い出てこようとしていた。敵は戸外の貯水池からドラゴン舎内の池へとつづく給水路を見つけ、その水路を泳いでドラゴン舎の壁をくぐり抜けてきたようだ。ケインズがうつぶせで四肢を伸ばしたまま動かなくなっていた。リグズと射撃手たちが池に向かって駆けながら、まだ必死に弾込めをつづけていた。それまで池のそばで休んでいたハモンドが剣を振りまわし、ふたりの賊に応戦していた。そうやって敵を池のふちまで追い詰めたものの、ハモンドはそれほど剣術に長けているわけではない。短剣を持った敵が盛り返し、ハモンドの守りを突破するのは時間の問題かと思われた。

小柄なダイアーが水がなみなみと入った大きな壷を振りかざし、倒れたケインズに剣を突き立てようとしている敵の頭に叩きつけた。壷が砕け散り、男は石の床に倒れ、水たまりのなかでもがいた。そこへエミリー・ローランドが駆けつけ、ケインズが握っていた特大の鉗子《かんし》をひったくり、敵が起きあがろうとする直前、その喉もとに鉗子の鋭い切っ先をあてがい、真横にぐいっと引いた。一瞬にして、喉もとをつかむ敵の指のあいだから血しぶきが飛んだ。

池から新たな敵が這いあがってきた。「撃て！」とリグズが叫び、三人が倒れた。うちひとりは池から頭を出した瞬間に撃たれ、水面を血で染めながらふたたび沈んでいった。ローレンスはハモンドのそばに行き、彼が池まで追いこんだふたりの敵に襲いかかった。ハモンドが剣を振りまわしているあいだに、ひとりを剣で刺し、もうひとりを剣のつかで殴った。敵は気絶して口をあけたまま池に落ち、ぶくぶくと泡を噴いた。

「敵を池に落とせ」ローレンスは叫んだ。「死体で水路をふさげ」みずから池に入り、水流に逆らって敵の死体を押した。すると水路の反対側から強く押し返す力があり、さらなる敵が水路を通り抜けようとしているのがわかった。「リグズ、射撃手を定位置に戻して、グランビーを援護しろ。ここはハモンドとわたしが守る」

「ぼくも手伝います！」セローズが片足を引きずりながらやってきた。セローズは長身で脚が長いため、池のふちにすわって、負傷していないほうの足で死体の山を押すことができた。

「ローランド、ダイアー！　ケインズに息はあるか？」ローレンスは肩越しに尋ねた。が、すぐに返事がないので振り返ると、ふたりともドラゴン舎の隅で吐いていた。

エミリーが口もとをぬぐい、生まれたてのラバのようにおぼつかない脚で立ちあがった。「見てきます」とだけ応え、ダイアーとともによろよろとケインズに近づいた。そうして、ふたりがかりでケインズの体を仰向けにすると、竜医はうめきをあげた。眉間にべっとりと血糊《ちのり》がついていたが、頭に繃帯を巻かれると、うっすら目をあけた。

ローレンスはなおも死体を押しつづけたが、折り重なった死体の向こうから押し返す力はしだいに弱まっていった。背後で、銃撃の間隔が短くなった。リグズと射撃手たちが、一小隊がそこにいるかと疑うほどの勢いでライフルを撃っている。肩越しにようすを見ようとしたが、硝煙が立ちこめてなにも見えなかった。

「ここはセローズとわたしがなんとかします。行ってください!」ハモンドが荒い息をつきながら言った。ローレンスはうなずいて池から出たが、ブーツが石のように重たく、前線に戻る前に立ち止まって、ブーツから水を捨てなければならなかった。

ローレンスが門口に向かって駆けているうちに銃声がやんだ。白い硝煙が立ちこめているせいで、行く手が見えない。死体の山が崩れて、足もとまで押し寄せていることだけはわかった。ローレンスらは立ったままようすをうかがい、リグズと射撃手たちは弾込めの手を止めた。射撃手たちの指は疲労で震えていた。ローレンスは柱に片手を添えて体を支えながら足を踏みだした。死体の上を歩くよりほかに進む道がなかった。

　こうしてようやくドラゴン舎から出て、煙に目をしばたたかせ、明け方の光のなかに踏みだした。カラスの大群が、前庭の死体からいきなり舞いあがり、ローレンスをぎょっとさせた。カラスたちがしわがれた声で鳴きながら飛び去ると、あたりに動くものはなにもなくなった。生き残った賊は逃走していた。マーティンが膝を突いて倒れ、手からこぼれた剣が石畳の上で耳障《ざわ》りな音をたてた。グランビーが助け起こそうとしたが、彼もまた力尽きてへたりこんだ。ローレンスは小さな木の長椅子を見つけて、どさりと腰をおろした。同じ長椅子に死体があろうが、どうでもよかった。まだひげも生えそろわぬ若者の死体で、口もとに乾いた血がこびりつき、胸をずたずたに裂いた銃創のまわりが紫色になっていた。

　テメレアの気配はまったくなかった。戦いの終結まで、テメレアは島に戻ってこなかったのだ。

15 インペリアル種の雌ドラゴン

一時間後、窮地から脱した英国人たちを、武装兵を引き連れて島に戻ってきたスン・カイが発見した。スン・カイの一団は桟橋から上陸し、ドラゴン棟の中庭に慎重に足を踏み入れた。兵士は十名ほど。全員が衛兵の制服に身を固め、みすぼらしくだらしない賊たちとは大違いだった。燻っていた焚き火は、木をくべる者もなく、自然に消えていた。ローレンスたちは腐敗を少しでも遅らせようと、死体をできるかぎり日陰に移しているところだった。

英国人たちはみな疲れきって朦朧《もうろう》としており、ローレンスはテメレアの不在の理由を説明することも、抵抗することもできず、おとなしくボートまで連行され、輿《こし》に押しこまれた。輿は覆いによって視界をさえぎられていた。それからあと、ローレンスは刺繍のほどこされたクッションに頭をうずめて眠りこみ、輿の揺れや運び手の掛け声に目覚めることもなく、輿が地面におろされて体を揺さぶられるまで意識をなくしていた。

「建物のなかにお入りください」ローレンスの体を揺さぶっていたのはスン・カイだった。ハモンドとグランビーとほかのクルーたちが、あとにつづく輿から同じように疲れはて、ぼうっとした顔でおりてきた。ローレンスはなにも考えずに建物につづく階段をのぼり、天国のように涼しい屋内に入った。そこには香《こう》が焚きしめられていた。そこから狭い廊下を抜けると、中庭に臨む部屋があり、ローレンスはその部屋に入るなり、足を速めて露台の低い手すりを越え、庭に跳びおりた。庭の敷石の上で、テメレアが体を丸めて眠っていた。

「テメレア！」ローレンスは呼びかけながら近寄った。スン・カイが中国語でなにか叫んでローレンスのあとを追い、ローレンスはテメレアの脇腹に触れる直前に腕をつかまれた。ドラゴンの頭が持ちあがり、いぶかしげな眼がふたりに向けられる。ローレンスはまじまじとドラゴンを見つめ返した。テメレアではなかった。

スン・カイが無理やりローレンスを地面にすわらせようとし、スン・カイ自身も地面にひざまずいた。ローレンスはスン・カイの腕を振り払い、かろうじて体の平衡を保った。そうしてやっと、二十歳ぐらいの若者が、竜の刺繡のある橙色《だいだい》の優美な絹の長衣をまとい、庭の長椅子にすわっているのに気づいた。

今度は、ローレンスを追ってきたハモンドが、ローレンスの袖を引っ張った。「お願いですから、ひざまずいてください。ミエンニン皇太子にちがいありません」ハモンドはそうささやくと、自分もひざまずき、スン・カイと同じようにひたいを地面にすりつけた。

ローレンスは地面にひれ伏すふたりをぼうっと見おろし、また若者に視線を戻し、しばし逡巡《しゅんじゅん》したのち、腰を折って深く頭をさげた。正式な作法どおりに片膝だけ曲げようものなら、両膝とも崩れてしまうか、さらにみっともなく顔から倒れこんでしまうか、おそらくはそのどちらかだった。それに皇帝に〝叩頭《こうとう》の礼〟をする覚悟もできていないというのに、相手が皇太子だと、なおさら抵抗があった。

皇太子は機嫌を損ねたようすもなく、スン・カイに中国語で話しかけた。するとスン・カイが立ちあがり、ハモンドもゆっくりと立ちあがった。「皇太子は、ここなら安全に休養できるだろうとおっしゃっています」ハモンドがローレンスに言った。「皇太子のお言葉を信じてください、キャプテン。彼にわれわれを欺く理由はありません」

ローレンスは「テメレアの行方《ゆくえ》を訊いてもらえませんか」と頼んだ。するとハモンドがそこにいるドラゴンをぽかんと見つめるので、「これはテメレアではなく、別のセレスチャル種です」と言い足した。

さらに、スン・カイが言った。「ロン・ティエン・シエンは永春舎《えいしゅんしゃ》の離れにいます。そこから出てきたら知らせるために使者が待機しています」

「無事なのですね?」ローレンスはそう尋ねるだけで、細かなことまで尋ねなかった。気がかりなのは、その〝永春舎〟なる場所にテメレアが引き留められている理由のほうだ。

「心配いりません」スン・カイは曖昧な答えしか返さなかったが、ローレンスはこれ以上この問題にどう踏みこめばいいのかわからなかった。疲労感が心身に重くのしかかっていた。スン・カイは困惑しているローレンスを気の毒に思ったのか、口調をやわらげて言い足した。「テメレアは元気です。引きこもっている場所に立ち入ることはできませんが、そのうち出てくるでしょう。きょうじゅうにあなたのもとへお連れします」

ローレンスにはまだ事情が呑みこめなかったが、なすすべもなく、とりあえず「ありがとうございます」と返した。「温かくお迎えいただき、心より感謝申しあげると、皇太子殿下にお伝えください。また、われわれに不適切なふるまいがあったとしたら、お許し願いたい、と」

皇太子は通訳された言葉にうなずき、手を振って三人をさがらせた。スン・カイが、ローレンスとハモンドを露台から部屋のなかに導いた。ふたりが硬い木製の寝台に倒れこむまで、彼は目を離さなかった。おそらく、ふたりがまた起きあがって、うろつきまわるのを警戒したのだろう。ローレンスはこの疲れた体ではありえないことだと思って笑いたくなったが、笑うよりも先に睡魔《すいま》に降伏した。


「ローレンス、ローレンス」ひどく心配そうなテメレアの声が聞こえた。目をあけると、テメレアが露台側の扉から室内に頭を突っこんでおり、その背後の空はすでに夕暮れていた。「ローレンス、怪我はない？」

「うわあ！」目を覚ましたハモンドが、テメレアの鼻づらが目と鼻の先にあることに気づき、驚いて寝台から転がり落ちた。「これはひどい……」ハモンドはやっとのことで立ちあがり、寝台に腰をおろして言った。「両脚に痛風をかかえた八十歳の老人になったような気分です」

ローレンスもハモンドと大差ない状態で、立ちあがるのにも苦労した。眠っているうちに体じゅうの筋肉が固まりきっていた。「ああ、たいした怪我はない」とテメレアに答え、無事を喜びながら竜の鼻づらに手を置くと、その感触に心が安らいだ。

「具合が悪かったわけじゃないんだね？」

咎《とが》めるつもりはなかったが、テメレアの明らかな軍務放棄に対して、病気のほかには正当な理由が見つからないため、つい本音がにじんだ。テメレアは、冠翼を一気にしおれさせ、「ちがうよ」と、しょんぼり言った。「ちがうよ。ぜんぜんどこも悪くない」

それ以上はなにも言わないので、ローレンスはハモンドの存在を意識して質問を控えた。テメレアの恥じ入った態度からすると、島のドラゴン舎に戻らなかったのにはなにか言いにくい事情があるようで、ハモンドの面前で、それを問いただすのは気が進まなかった。テメレアは、ローレンスとハモンドが庭に出られるように、扉から頭を引っこめた。ローレンスは、今回は手すりを身軽に越えられるような状態ではなく、そろそろと露台に出て、慎重に手すりをまたいだ。あとにつづくハモンドは、またぎ越えるのにも苦戦するほど、脚があがらなくなっていた。

皇太子は立ち去っていたが、あのセレスチャル種のドラゴンはまだ中庭にいて、テメレアが、こちらはロン・ティエン・チュワンだと紹介した。チュワンは礼儀正しく一礼したが、ローレンスたちにはさほど興味がないらしく、湿った砂を敷きつめた大きな盆に視線を戻した。そこにかぎ爪で漢字を刻んで、詩を書いているのだと、テメレアが説明した。

ハモンドはチュワンに頭をさげると、庭の椅子にすわろうとしてうめき、どうやらアリージャンス号で聞きかじったらしい、水兵が口にしそうな悪態をつぶやいた。とても行儀のいいふるまいとは言えなかったが、ローレンスはそれも受け入れた。きのうのハモンドの奮闘ぶりはたいしたものだった。軍事訓練を受けておらず、実戦の経験もなく、しかも島に残って戦うことに反対していたハモンドが、あれほど活躍しようとは想像もしていなかった。

「すわるより、庭を歩きまわったほうがいい」ローレンスは言った。「経験から言って、よく効くと思いますよ」

「そのほうが、よさそうですね」ハモンドはそう答えると、差し出されたローレンスの手を受け入れ、何度か深呼吸してから、手で引かれて起きあがった。それからふたり並んでゆっくりと歩いた。それでも若いだけのことはあり、庭を半周もすると、ハモンドはずいぶん楽に歩けるようになった。ひどい痛みがやわらぐと、持ち前の好奇心が復活したのか、庭をめぐりながら二頭のドラゴンをじっくりと観察し、つぎは歩調をゆるめて二頭のあいだを行き来した。中庭は長方形だった。竹林があり、それより低い松の木が庭の両端に幾本か植えられ、中央は大部分が開けた空間になっていた。

二頭はそこに向かい合ってすわっていたので、比較するのは簡単だった。

二頭のドラゴンは、身につけた装飾品は別として、まるで鏡像のようにそっくりだった。チュワンは真珠をちりばめた網状の黄金の飾りを、冠翼から首の付け根まで垂らしていた。豪華な飾りだが、激しい動きには不向きのように思われる。テメレアのほうにだけ、戦いで負った傷痕がある。胸のうろこがこぶ状に盛りあがったところは、数か月前、棘《とげ》付きの弾丸にえぐられた傷で、それ以外にもそんなに目立つわけではないが、戦いでつくった小さな傷痕がいくつかあった。そして、宝石でも傷痕でもない二頭のちがいとなると、いわく言いがたい立ち居ふるまいにしかないのだが、ローレンスにも的確に表現することはむずかしかった。

「こんなことがあるんでしょうか？」ハモンドが言った。「セレスチャル種はみな血縁だそうですが、これほど酷似《こくじ》するものですか？　わたしには見分けがつきません」

「ぼくらは、双子だったんだ」テメレアがハモンドの言葉を聞きつけ、頭を持ちあげた。「チュワンの卵がぼくより先に生まれたんだって」

「なんと、わたしは救いようのない間抜けだった」ハモンドは茫然とベンチにすわりこんだ。「ローレンス、ローレンス……」顔を輝かせて手を突き出し、ローレンスの手を取って握りしめた。「なるほど、これで納得できました。もうひとりの皇子を皇帝の座を争うライバルとしたくないがために、ふたつめの卵を国外に出したんです。ああ、ありがたい、これでひと安心だ！」

「お説ごもっともだが、それがわれわれのいまの状況にどう影響するんです？」ローレンスは、ハモンドの興奮ぶりが理解できずに尋ねた。

「おわかりになりませんか？　ナポレオンは、口実にすぎなかったんです。地球の反対側にいる皇帝で、中国の宮廷からうまく利用しやすい立場にあっただけです。このわたしがほとんど門前払いだったというのに、あのド・ギーニュめ、いったいどうやって宮廷に取り入ったのか、と不思議に思っていましたよ。はっ！　なるほどね。

フランスは中国と同盟を結ぶどころか、なんの取り決めもしていなかった」

「それは確かに安心材料ですね」ローレンスは答えた。「しかし、フランスが中国と同盟を結んでいないからといって、われわれの立場がよくなるとは思えない。いまや中国側は明らかに方針を変えて、テメレアを取り戻そうとしているわけだから」

「いいえ、おわかりになりませんか？　テメレアがほかの皇子に皇位継承権を与える存在である以上、ミエンニン皇太子はテメレアが国外にいつづけることを望むでしょう」ハモンドが答えた。「ああ、これで世界の状況が一変します。これまでのわたしは、暗闇で手探りをしているようなものでした。ですが、これで中国側の動機がいくらかつかめたし、多くのことが明確になりました。アリージャンス号の到着まで、あとどれくらいかかりますか？」ローレンスをさっと見あげて訊いた。

「青島《チンタオ》湾の潮の流れや風向きに詳しくないので、正確な計算はできないんだが」ローレンスはその問いかけに驚きながら答えた。「少なくとも、あと一週間」

「ストーントン殿が、いまここにおられるといいのですが。まだ疑問がいくつもあるというのに、充分な答えが得られません」ハモンドが言った。「ですが、スン・カイからもう少し情報を引き出せると思います。そろそろ本音でしゃべってくれるといいんですがね……。とにかく、スン・カイをさがしにいきます。これにて失礼」

ハモンドはそう言って背を向けると、屋内に急いで戻ろうとした。「ハモンド！その服装では――」と、ローレンスは声をかけた。が、すでに遅かった。ハモンドの半ズボンは膝の留め金がはずれ、半ズボンにもシャツにもおぞましい血の染みがつき、長靴下は穴だらけになっている。その姿は人をぎょっとさせずにはおかないのだが、ハモンドはその恰好のまま出ていってしまった。

ローレンスは、誰も自分たちの恰好に文句は言うまい、荷物も持たずに連れてこられたのだから、と思い直し、テメレアに話しかけた。「さて、とりあえずハモンドは成果をあげたわけだ。中仏同盟が成立していないという話にはほっとしたね」

「そうだね」と、テメレアは答えたが、さほど関心はなさそうに黙りこくったまま、浮かない顔で体を丸めた。しっぽの先が池のへりでせわしなく揺れていた。庭の敷石に日差しが照りつけ、しっぽで跳ねた水滴が敷石に散って黒々とした点となり、たちまち乾いていく。

ローレンスはハモンドが立ち去っても、すぐにはテメレアに言い訳を求めず、竜の頭のそばに腰をおろし、帰ってこなかった理由を話し出すのを待った。尋問のようなことはしたくなかった。

「クルーも、みんなだいじょうぶだった?」テメレアはやや間をおいて尋ねた。

「とても残念だが、ウィロビーが殺された。ほかにも数名が負傷したが、命に別状はない」

テメレアは身を震わせ、喉の奥で低く嘆きの声を響かせた。「島に戻るべきだったね。ぼくがいたら、そんなことにはならなかった」

ローレンスは黙したまま、哀れなウィロビーの失われた命を思った。そして、とうとう言った。「伝言を寄こさなかったのは、きみの落ち度だ。ただし、ウィロビーが死んだのは、きみのせいじゃない。きみが戻ってくるはずの時間よりも前に殺されていたし、きみが戻らないと知っていたところで、なにができたわけでもないだろう。ただ、きみが外出時の規則を破ったことは確かだな」

テメレアはまたも小さく悲しげなうめきを洩らし、低い声で言った。「ぼくは任務を怠った。そうでしょう? ウィロビーが死んだのはぼくのせいだよ、間違いなく」

「いや、きみが伝言を寄こしたとしても、わたしは外出の延長を認めていただろう。賊が攻め入ってくる直前まで、自分たちの身は安全だと考えていた。それに、きみは、隊を離れる際の軍規について正式に教えられたわけじゃない。ドラゴンには必要のないものだったからね。きみに規則を理解させておかなかったのは、わたしの落ち度だ」

それでもテメレアが首を横に振るので、ローレンスはさらに言った。「慰めようとして言ったんじゃないよ。ただし、自分のしたことについては反省してもらいたい。でも、どうにもならなかったことについて、間違った罪悪感をいだいて悩んでほしくはない」

「ローレンス、あなたはわかってない」テメレアが言った。「ぼくは軍規をちゃんと理解してた。伝言を寄こさなかったのは、規則を知らなかったからじゃないんだ。あんなに長居するつもりはなかったのに、時間がたつのを忘れたんだ……」

ローレンスは返す言葉に詰まった。丸一昼夜が過ぎたのに気づかなかったと言われても、にわかには信じがたい。テメレアはいつもは日が落ちる前にかならず帰ってきた。もし部下がこれと同じような言い訳をしたら、ただちに嘘だと断言しただろう。

ローレンスの沈黙は、はからずもその思いを表してしまった。

テメレアが肩を落とし、地面を少し引っ搔いた。かぎ爪が敷石をこすって耳障りな音をたてる。チュワンが視線をあげ、冠翼を寝かせて、非難の声を短く発した。テメレアは引っ掻くのをやめて、出し抜けに言った。「メイといっしょにいたんだ」

「誰だって?」ローレンスはぽかんとして尋ねた。

「ロン・チン・メイ。インペリアル種の雌ドラゴン」

それがなにを意味するかをようやく呑みこむと、ローレンスはぶん殴られたような衝撃を受けた。テメレアの声に入り交じる決まりの悪さと罪の意識と複雑な自尊心がすべてを物語っている。

「そうか」ローレンスは人生最大の自制心を働かせ、やっとのことで答えた。「そうだな――」言葉がつづかず、乱れる心を抑えるためにしばし沈黙する。「きみは若いし、そのうえ……その、〝求愛行動〟の経験がない。どんなに夢中にさせられるものか、知らなくて当然だ。理由がわかってよかった。ちゃんとした理由だ」ローレンスは自分の言葉を信じたかった。いや、信じてはいた。ただ、できるものなら、こんな理由でテメレアの留守を許したくなかった。少年を使ってローレンスの立場を奪おうとしたヨンシン皇子のたくらみをめぐってハモンドと対立したときも、テメレアの愛情を失うのではないかと本気で恐れていたわけではなかった。だがここへきて予想もしなかった方向から、激しい嫉妬を掻き立てる相手があらわれたのだ。考えるだけで胸が苦しくなった。

ローレンスたちはまだ薄暗い早朝に、スン・カイの案内で、ウィロビーの亡骸《なきがら》を北京の城壁の外にある広大な墓地の一角に葬った。墓地という場所に似合わず、また広い場所であるのに、そこにはかなり人がいた。みな、小さな集団で墓参りをしている。彼らはテメレアと西洋人の一行に目を奪われ、物見高い人々はそばまで近づいてきた。そのたびに衛兵が追い払っても、すぐにまた一行の後ろに人だかりができた。

とうとう、見物人が数百人にもふくれあがった。しかし、みな敬意ある態度を保ち、ローレンスが死者に捧げる言葉を厳粛《げんしゅく》に述べ、部下とともに主の祈りを唱えるあいだ、話し声ひとつ、物音ひとつたてなかった。ウィロビーの墓は白い石材でつくられ、中国式家屋にそっくりな、四隅が反《そ》り返った屋根がついていた。周囲の墓と比較しても、みごとなつくりだった。「ローレンス、もし不作法にあたらなければ、この墓を絵にできないでしょうか。ウィロビーの母君に、せめて墓の絵だけでも渡すことができれば」グランビーが声をひそめて言った。

「そうだな、そういうことは、わたしが先に考えておくべきだった」ローレンスは言った。「ディグビー、いまここで、さっと描けないか？」

「どうか、こちらで画家を手配させてください」スン・カイが口をはさんだ。「前もって頼んでおかず、お恥ずかしいかぎりです。故人の母君には、しかるべき供養が執《と》り行われることもお伝えください。ミエンニン皇太子より指名された良家のご子息が、すべての儀式を監督されることになっております」ローレンスは儀式の内容については細かく問うことなく、スン・カイの申し出を受け入れた。記憶が確かなら、ミセス・ウィロビーは敬虔《けいけん》なメソジスト教徒だ。息子が優美な墓に眠り、手厚く管理されているということ以外は、知らないほうが幸せというものだろう。

埋葬のあと、ローレンスはテメレアと数名の部下を引き連れ、自分たちの所持品を引き取るためにもう一度、島に戻った。あわただしく島から連れ去られたので、所持品すべてが宿舎に残っていた。すでに死体は片づけられていたが、ローレンスたちの立てこもったドラゴン舎の外壁は黒いすすで汚れ、石畳には血の染みが広がっていた。テメレアは沈黙したまま、しばらくそれを見つめ、顔をそむけた。宿舎のなかは家具がひっくり返され、屏風《びょうぶ》が引き裂かれ、抽斗《ひきだし》の大半があけられて、床に散乱した衣類が踏み荒らされていた。

ローレンスは各部屋を見てまわり、ブライズとマーティンになんとか使えそうな所持品を回収させた。ローレンスの寝室は荒らし尽くされており、寝台も片側だけ持ちあげ、壁に立てかけてあった。おそらく賊たちは部屋の主が寝台の下に隠れているのではないかと怪しんだのだろう。街で買った品々の包みも床に撒き散らされていた。割れた磁器のかけらが包みのあとを追って航跡のように床にこぼれ、引き裂かれてぼろぼろになった絹が、部屋を飾ろうとしたかのように、そこらじゅうに垂れさがっている。ローレンスはひざまずき、部屋の隅に転がっていた、深紅の壺をおさめた箱を持ちあげ、そのつぶれた箱の包装をゆっくりとほどいた。ところが、あきらめの境地でぼんやりと見ていた箱から、あの深紅の壺が、完全に無疵《むきず》の状態であらわれた。壺はローレンスの両手のあいだで、午後の日差しを受けて、つややかに豊かに、深紅の輝きを放っていた。

北京の街に真夏の日差しが照りつけるようになった。通りの敷石が鍛冶屋《かじや》の金床《かなとこ》のように熱を持ち、広大なゴビ砂漠から吹く西風が、塵《ちり》のように細かな黄砂《こうさ》を運びつづけていた。ハモンドはミエンニン皇太子の宮殿内にある宿舎にこもって、遅々として進まぬ複雑な交渉にかかりきりだったが、ローレンスの見るかぎり、いまのところ堂々巡りで、ほとんど進展はなかった。書状が宿舎から送られ、返事が届き、ちょっとした贈り物がやりとりされるが、取り交わされるのはあてのない曖昧な約束ばかりだった。そんな状態がつづくと、誰もがいらいらし、怒りっぽくなった。ただし、テメレアだけは例外で、漢字の勉強と恋とで頭がいっぱいだった。メイが毎日、テメレアの教師として、銀と真珠のみごとな首飾りを付けた優美な姿で、ミエンニン皇太子の宮殿にやってきた。体表は濃いブルー、翼に紫と黄色の斑紋が散り、かぎ爪には金の指輪が並んでいた。

「メイはとても魅力的なドラゴンだね」ローレンスはメイがはじめて島にやってきた日、メイが帰ったあとで、テメレアに言った。徹底的に自分の心を痛めつけておくほうが今後のためだと思ったのだ。メイがとても愛らしいことは、よくわかっている。少なくともドラゴンの美しさに関しては目が肥えているからだ。

「あなたもそう思ってくれるなんて、うれしいな」テメレアは顔を輝かせて答えた。冠翼がつんと立ちあがり、震えている。「まだ三歳なのに、科挙の第一次試験を優等で通ったんだって。中国語の読み書きを教えてくれるし、とても思いやりがある。ものを知らないからって、ぼくをばかにしないし」

メイがテメレアの学習成果に不満をいだくはずがなかった。テメレアはすでに脚付き盆の砂にかぎ爪で漢字が書けるようになり、メイはテメレアの書く字を称賛し、柔らかい木片に文字を刻みつけるときに用いる楷書体《かいしょたい》も教えると約束した。ローレンスは、テメレアが日暮れまで書道の稽古《けいこ》に打ちこむようすを見守り、メイが帰ってしまうと、朗読の聞き役を務めた。漢詩を暗誦《あんしょう》するテメレアの朗々とした声は耳に心地よかったが、テメレアがお気に入りの一節を英訳してくれるとき以外は、詩の内容についてはなにひとつわからなかった。

ほかのクルーには暇つぶしの種がほとんどなかった。時折り、ミエンニン皇太子が一同を夕食に招いてくれた。一度は、西洋人の耳には調子っぱずれにも聞こえる音楽の演奏と、カモシカのように敏捷な子どもたちが演じるアクロバットから成る余興《よきょう》に招待された。宮殿の裏手で射撃訓練を行うこともたまにあったが、猛暑のなかでは士気もあがらず、訓練が終わって宮殿のひんやりした通路や中庭に戻ると誰もがほっとした。

ミエンニン皇太子の宮殿に移ってからおよそ二週間が過ぎたある日、ローレンスが中庭に臨む露台で読書し、テメレアが中庭で昼寝し、ハモンドが室内の書き物机で書類をつくっているとき、召使いが手紙を運んできた。ハモンドが封を切り、中身をざっと読んで、ローレンスに話しかけた。「リウ・バオから招待がありました。自宅に招いてくれるそうですよ」

ローレンスは即答するのを控え、やや間を置いてから言った。「ハモンド、ひとつお尋ねしたい。リウ・バオが、われわれを陥れる謀《はかりごと》に関わっている可能性はないだろうか？　こんなことを言いたくはないが、リウ・バオは、スン・カイのようにミエンニン皇太子に近しい家臣ではない。つまり、リウ・バオがヨンシン皇子とつながっている可能性もあるのでは？」

「確かに、リウ・バオが謀に関わっている可能性は否定できません」ハモンドが答えた。「リウ・バオは韃靼《だったん》族の出身ですから、彼が島への襲撃をくわだてたのではないかとも考えました。ですが、その後調べてみると、リウ・バオは皇帝の母君の親類で、満州八旗《まんしゅうはっき》のひとつである正白旗《せいはくき》の要人です。彼が味方につけば、たいへんな強みになるでしょう。それに、なにか秘密裏《ひみつり》に画策しているのなら、公然とわれわれを招いたりはしないと思いますよ」

ローレンスたちは疑心暗鬼《ぎしんあんき》でリウ・バオの招きに応じたが、屋敷の門をくぐったとたん、漂ってきたローストビーフのうまそうな匂いに緊張をとかれた。リウ・バオは、英国訪問で経験を積んだ料理人たちに伝統的な英国料理を用意するように命じており、フライドポテトに大量のカレー粉がまぶしてあったり、干しぶどう入りプディングがいくぶん柔らかすぎたりはしたものの、骨つき肉を王冠形にまとめて玉ねぎの丸焼きを飾った、巨大なクラウンローストには文句のつけようがなく、ヨークシャー・プディングに至っては究極の逸品と呼んで差しつかえない出来映《できば》えだった。

一同は料理をたいらげることに集中したが、今回もまた、最後の料理はほとんど手をつけられないまま下げられることになった。テメレアも含めて、招かれた客たちはとことん満腹し、料理と同様ワゴンに載せて送り届けられなければならないかと危ぶまれるほどだった。テメレアには、英国式に新鮮な生肉がふるまわれたが、料理人たちは客をもてなす情熱をほとばしらせて、牛と羊を二頭ずつ、さらには豚、山羊、鶏、ロブスターまで用意した。テメレアは出されたものをことごとく腹におさめると、家の主人に断りもなく庭に這って出て、小さなうめきとともに恍惚《こうこつ》の表情で倒れこんだ。

「かまいませんよ、寝かせておきなさい！」リウ・バオが手を振ってローレンスの謝罪を退けた。「われわれは月見の宴台で、酒を飲みましょう」

ローレンスは、酒と聞いて一瞬身構えたものの、今回のリウ・バオはあのアリージャンス号での宴ほどには、酒をしつこく勧めようとしなかった。ほろ酔い加減で戸外にいるのは心地よかった。青みがかった灰色の山々の向こうに日が沈んでいき、目の前ではテメレアが黄金色の夕日を浴びて、うとうとしていた。理性に基づいた判断ではないのかもしれないが、ローレンスは、リウ・バオが謀に関わっているのではないかという疑念をいつしか捨てていた。彼の屋敷の庭にいて、心尽くしのもてなしと料理で満ち足りたいま、彼に疑いをいだくのは無理というものだ。ハモンドさえも気をゆるめ、目をしばたたかせ睡魔と闘っていた。

リウ・バオは、ローレンスたちがミエンニン皇太子の宮殿に居留するようになった経緯《いきさつ》を、それとなく探ろうとした。そこでローレンスが襲撃事件について語ると、彼はたいそう驚き、そのようすから、ローレンスはリウ・バオの潔白がさらに証明されたような気がした。リウ・バオは同情を示し、首を振って言った。「あの盗賊混混《ホウンホウン》団にはほとほと手を焼いておるのです。なにか対策を立てねばならん。わたしの甥が数年前、あの集団に加わり、母親は哀れにも死ぬほど心配しました。ですが、その母親が観音菩薩にすがり、巨額の富を投じて、庭の南のいちばん美しい場所に、それは立派な祠《ほこら》を建てた。そのご利益で、いま甥は身を固めて勉学に励んでおります」リウ・バオはローレンスの脇腹を小突いた。「あなたも精進なさるべきですな！　連れのドラゴンが科挙に通って、自分が通っていないんじゃ、示しがつきませんからね」

ローレンスは驚いて姿勢を正し、横にいるハモンドに尋ねた。「科挙に通っているかどうかが、中国ではそれほど重要なのかな」努力したものの、ローレンスにとって中国語は厳重に守られた暗号に等しく、その言語で七歳から勉学を積み重ねてきた者たちと机を並べて試験を受けることなど、考えただけで気が遠くなった。

「からかっただけですよ」リウ・バオが上機嫌で言ったため、ローレンスは心底ほっとした。「ご心配なく。ロン・ティエン・シエンが、無学な野蛮人を守り人《もりびと》に選んだとしても、誰も文句は言えません」

「もちろんこれも冗談だと思いますよ」ハモンドが通訳する際に言い添えたが、真意かどうかはわからない。

「わたしは、中国の教育水準からすると、無学な野蛮人かもしれません。しかし、そうでないふりをするほど愚かでもありません」ローレンスは言った。「ただ、交渉に関わる方々も、あなたと同じように考えてくだされればいいのですが……。セレスチャル種の守り人は皇帝とその一族だけに限られると厳格に定められているそうですね？」

「まあ、ドラゴンがその人物でないとだめだと言うのなら、自由にさせるよりしかたありませんな」リウ・バオはいたって暢気《のんき》に言った。「ですが、皇帝があなたを養子にすればよろしい。それなら全員の面目が立ちます」

ローレンスはこの発言を一笑に付《ふ》したが、ハモンドは真顔でリウ・バオを見つめ返して言った。「なんと！　そのご提案を本気で受けとめてもよろしいのですか？」

リウ・バオは肩をすくめ、三人の杯をふたたび酒で満たした。「いけませんか？　皇帝には儀式を執り行うご子息が三人おられますから、養子をとる必要はありません。ですが、養子がいても問題はないでしょう」

「ハモンド、養子作戦に打って出るつもりですか？」ローレンスは輿に向かって千鳥足で進みながら、まさかという思いでハモンドに尋ねた。ふたりはその輿でミエンニン皇太子の宮殿まで送り届けられることになっていた。

「もちろん、あなたの了承を得てからの話ですよ」ハモンドが言った。「奇策にはちがいありませんが、形式上は、全員が納得する方法です。それどころか」さらに熱をこめて先をつづける。「今後、予想されうる問題をすべて解決してくれます。中国は親密な関係を築いた国家に、そうそうなことでは戦争を仕掛けないでしょう。中国との強力な結びつきが、わが国の交易にどれほど有利か、想像してみてください」

ローレンスには、父の反応のほうが、よりたやすく想像できた。「やってみる価値があるとあなたが考えるなら、じゃまはしません」いたしかたなくそう答えたが、父との和解がまた遠のいたと内心では考えた。あの深紅の壷を父との和解交渉に使えたらと思っていたのだが、もはや、あの壷で父をなだめることはぜったいに不可能だろう。立派な両親がありながら異国人の養子となる息子を、たとえその相手が中国皇帝だとしても、父のアレンデール卿はけっして許さないにちがいない。

16 金と極彩色の舞台

「アリージャンス号が通りかかるまでは、勝負のつかない戦いがつづいていたようです」と、ライリー艦長が言い、中国式の粥の朝食のときよりもありがたそうに、テーブル越しに紅茶のカップを受け取った。「あんな大規模な海賊船団は見たことがありません。二十隻の船に護衛ドラゴンが二頭。もちろん船は平底船で、フリゲート艦の半分もない大きさですが、中国艦隊のほうだって、艦じたいは海賊船と大差ありません。中国海軍はどういうつもりでしょうね、あんなにたくさんの海賊船を野放しにしておくとは」

「しかしながら、中国艦隊の司令官にはいたく感心しましたよ。良識ある人物とお見受けしました」英国商館長のストーントンが言う。「器《うつわ》の小さい人間なら、われわれの助太刀《すけだち》を断っていたかもしれない」

「いや、よほどの阿呆《あほ》でなきゃ、助太刀を断って沈没するほうを選ぶなんてことはしないでしょう」ライリーが遠慮なく返した。

その朝、ライリーとストーントンは、アリージャンス号から部下の一部だけを引き連れ、陸路でローレンスのもとに到着した。そしてすぐに、ローレンス一行が凶悪な盗賊団に襲われたことを知って衝撃を受けた。だがその驚きから覚めると、今度は自分たちがマカオを出航して一週間後、東シナ海で中国艦隊と海賊団が戦っている現場に出くわした話を披露した。その海賊団は、舟山《ジョウシャン》群島をねじろに中国内の輸送船やヨーロッパと交易する船を狙う一味であるらしかった。

「当たり前ですが、われわれが加勢して、戦いの形勢は一気に逆転しました」ライリーが話をつづけた。「海賊のドラゴンは銃器を備えていなかったんです。信じがたい話でしょうが、海賊たちはドラゴンの背から火のついた矢を放って攻撃してきました。おまけに、そのドラゴンたちが銃に慣れておらず、射程を警戒することなく、アリージャンス号にぐんぐん近づいてくるんです。あれなら、マスケット銃ではずすことはまずありませんし、胡椒砲《こしょうほう》なら百発百中です。案の定《じょう》、胡椒弾をお見舞いしてやったら、二頭とも、すぐに逃げ出してしまいました。あとは片舷斉射《かたげんせいしゃ》一回で海賊船を三隻沈めました」

「中国艦隊の司令官がこの事件を政府にどのように報告するのか、それに関してなにか聞いておられますか？」ハモンドがストーントンに尋ねた。

「いや、われわれは、司令官から丁重に礼を言われただけです。まあ、司令官みずからアリージャンス号に乗り移ってきたことじたい、彼なりの敬意と思われますが」

「いや、そうやって、英国艦の戦闘装備を観察していたんでしょう」と、ライリーが言った。「礼を言うより、銃砲類を見るほうに熱心だったようですから。ともあれ、われわれは司令官を港まで送り、そのあとは陸路でここまで来ました。アリージャンス号は、いま天津港に停泊しています。ひょっとして、すぐに出発なんてことはないでしょうね？」

「不本意ながら、先の見通しが立たないのです。すぐに出発ということはありえません」ハモンドが答えた。「皇帝はまだ北方で夏の狩猟を楽しんでおられます。夏の離宮のある円明園《えんめいえん》に戻るまであと数週間はかかるでしょう。すべては北京に皇帝が戻ってきてからです」ストーントンのほうに向き直ってつづける。「前にもお話しした養子の件ですが、かなり進展が見られます。すでにミエンニン皇太子ほか数名の方々から賛同を得ていますし、アリージャンス号が中国艦隊を助けた一件で、われわれを支持する意見が固まるのではないかと非常に期待しています」

「停泊中のアリージャンス号への物資の補給に問題はないだろうか」ローレンスは、かねてから危惧《きぐ》していたことを尋ねた。

「いまのところ、だいじょうぶですが、予想していたよりも物価が高いですね」ライリーが答えた。「塩漬け肉のたぐいは売っていませんし、家畜類を買おうとすると法外な値段をふっかけられる。おかげで食事が魚や鶏ばかりになって」

「資金が底をついたのか？」ローレンスは街での買い物に散財したことをいまになって悔やんだ。「少し無駄遣いをしてしまったが、わたしのもとにまだ金貨はいくらか残っている。中国人も金貨が本物とわかれば受け取ってくれるだろう」

「ありがとう、ローレンス。しかし、まだ、あなたに金の無心をする必要はありません。底をついたというわけじゃないんです」ライリーが言った。「むしろ心配なのは帰路ですね――きっとドラゴンを一頭養いながらの航海になりますからね」

ローレンスはどう答えてよいかわからなかった。はたしてテメレアを連れ戻せるのかどうか……。答えをはぐらかして口をつぐみ、食卓での会話をハモンドにまかせた。

朝食後にスン・カイがやってきて、その晩、宴会と余興が催されることを告げられた。ライリーたちの到着を歓迎するために、すばらしい演目が用意されているということだった。

ローレンスが宴席に着ていく服を部屋で選んでいると、テメレアが露台側の扉から頭を突っこんで尋ねた。「ローレンス、ぼくはこれから母君に会いにいくけど、外出しないよね?」

盗賊団の襲撃以来、テメレアはいっそう警戒心が強くなり、護衛がつかない状態でローレンスをひとりきりにしようとしなかった。召使いたちは何週間も、テメレアの厳しい人物査定のまなざしにさらされていた。テメレアはローレンスを守る作戦を提案するため、常時五人の護衛がつく当番制を工夫したり、十字軍の時代でも敬遠されそうなものものしい甲冑《かっちゅう》の設計を砂を盛った卓に描いたりした。

「出かけないよ。とにかく、人前に出られる服装を整えるために、やるべきことが山ほどあるんだ。心配しなくていい」ローレンスは答えた。「チエンによろしく伝えてくれ。長くかかりそうかい? 今晩は、われわれが主賓の宴席だから、遅刻はできないよ」

「すぐ帰ってくるよ」その言葉は嘘ではなく、テメレアは一時間もしないうちに、大事そうに細長い包みをつかんで、興奮を隠しきれず冠翼を震わせながら、母竜のもとから戻ってきた。

テメレアは、ローレンスを中庭まで呼び出すと、どぎまぎしたようすで細長い包みを贈り物だと言って押しつけた。ローレンスは驚いてそれをしばし見つめたのち、慎重に包みを解いて、なかから出てきた漆塗《うるし》りの箱の蓋《ふた》を持ちあげた。なかには黄色の絹地のクッションが敷かれ、堂々たる中国刀とその鞘《さや》がおさまっていた。箱から取り出して調べると、刀は均整のとれた美しい形で、刀身は根元が広く、わずかに反《そ》った切っ先だけが両刃に研いである。刀身の表面には、良質のダマスカス鋼のような美しい紋様があった。両面に一本ずつ〝樋《ひ》〟〔刀身に彫る細長い溝〕を掻いているのは、少しでも軽くして扱いやすくするためなのだろう。

つかには黒いエイ革が巻かれ、金メッキをほどこした鉄の台座に、黄金と真珠の飾りが付いていた。つか頭《がしら》にはドラゴンの頭をかたどった黄金の装飾があり、その眼は象嵌《ぞうがん》された小さなサファイアでできている。鞘は黒い漆塗りで、そこにも金の装飾がほどこされ、頑丈そうな絹の吊り紐が付いていた。ローレンスは、実用的だがかなりみすぼらしくなった自分の剣をベルトからはずし、この新しい刀を身に付けてみた。

「あなたの体に合ってる？」テメレアが心配そうに尋ねた。

「いい感じだ」ローレンスは試しに刀を抜いた。刀身の長さが身長とみごとに釣り合っていた。「テメレア、すばらしい刀だ。どうやって手に入れたんだい？」

「いや、ぼくだけの考えじゃないんだ。先週チエンがぼくの首飾りを褒《ほ》めてくれた。だから、あなたからもらったこと、そして、ぼくもあなたになにか贈り物をしたいと思ってることをチエンに打ち明けた。そうしたら、チエンが、ドラゴンが守り人を選んだら、その親が守り人になにか贈るのが習わしだからって、チエンの持ち物のなかから、あなたへの贈り物をひとつ選ばせてくれることになった。それで、ぼくがこれを選んだというわけなんだ」テメレアは頭を左右に傾げ、心から満足そうにローレンスを観察した。

「きみの選択は正しかった。これ以上のものは考えられないよ」ローレンスは興奮を抑えて言った。心の底からうれしく、心の底から満たされ、身支度《みじたく》をすませるために室内に戻ってからも、鏡の前に立ち、ほれぼれと刀を眺めずにはいられなかった。

ハモンドとストーントンは中国の学者がよく着る長衣をまとい、ローレンスの部下たちは暗緑色の上衣とズボンの軍服に、磨きあげたブーツをはいていた。クラヴァットも洗濯し、アイロンがかけてある。エミリーとダイアーまでしゃれこんでいた。ふたりの見習い生は風呂に入って着替えをすませると、とにかく動くなと脅され、みなの用意ができるまで椅子にすわらされていた。ライリー艦長も海軍の青い上衣にひざ丈のズボンに室内専用の靴をはき、上品に装っている。ライリーがアリージャンス号から連れてきた海兵隊員四名は真っ赤な軍服を着て、一行が出発するときには堂々たるしんがりを務めた。

出し物が上演される広場中央には、極彩色《ごくさいしき》と黄金で飾られた、小さいながらも三段構造になった風変わりな舞台がしつらえてあった。テメレアの母竜チエンが広場の北側中央に、広場の西側にミエンニン皇太子とその竜チュワンがすわり、東側にテメレアと英国からの一行のための席が用意されていた。セレスチャル種のほかに数頭のインペリアル種の姿もあり、メイが翡翠《ひすい》をあしらった金の飾りで優雅に装って、かなり後方の席にいた。ローレンスとテメレアが席につくと、メイは軽い会釈をした。純白のドラゴン、リエンもいて、ほかの客から少し離れた場所に、ヨンシン皇子とともにすわっている。その白い体色は、黒っぽいインペリアル種やセレスチャル種のなかでひときわ目を引いた。リエンの誇らしげに立てた冠翼には黄金の繊細なネットがかかり、ひたいには大粒のルビーが輝いていた。

「ミエンカイがいる」エミリーがダイアーに耳打ちし、広場の反対側、すなわちミエンニン皇太子と同じ西側にすわるひとりの少年に向かってすばやく手を振った。ミエンカイ皇子は皇太子と同じ橙色の長衣を着て、みごとな帽子をかぶり、しゃちこばって席についていた。手を振るエミリーに気づくと、手を振り返しかけたが、あわてて引っ込め、下座にいるヨンシン皇子のほうをうかがった。そして、皇子に見られていなかったことを確かめると、安堵したようすで椅子に背中をあずけた。

「いったいどうして、ミエンカイ皇子を知っているのです？　ミエンカイ皇子が、ミエンニン皇太子の宮殿にやってきたのですか？」ハモンドがエミリーに尋ねた。ローレンスもそれを知りたかった。エミリーたち見習い生には宿舎から単独で外出することを禁じ、たとえ子どもであっても勝手に異国人と知り合いになる機会を持ってはならないと命じてあったからだ。

エミリーが驚いたようすでローレンスを見あげた。「だって、あの子を紹介してくれたのはキャプテンですよ、ほら、あの島で」ローレンスはそう聞いて、改めてミエンカイ皇子を見つめた。そう言われれば、ヨンシン皇子が島に連れてきた少年のように見えなくもない。だが、正装したその姿は、あのときとはまったく別人のようにも見えた。

「ミエンカイ皇子？　ミエンニン皇太子の弟の？」ハモンドが言った。「ヨンシン皇子が連れてきた少年がミエンカイ皇子ですって？」ハモンドはさらになにか言ったが、ちょうど太鼓の連打がはじまって、なにも聞こえなくなった。楽隊は舞台のどこかに隠されているらしいが、太鼓が二十四門艦が一斉砲撃したかと思うほど大きな音をとどろかせていた。

当然ながら、出し物はすべて中国語で上演されたので、ローレンスには内容まで酌《く》みとることはできなかったが、舞台装置や演者たちの動きはたいへんすばらしかった。三段になった舞台を人々が昇り降りし、花が咲き、雲が流れ、陽や月が昇っては沈んだ。そのなかで、壮麗な舞踊と剣の立ち回りが披露された。ローレンスは舞台に魅了されたが、音楽がとんでもない大音量であるため、しばらくするとひどい頭痛がはじまった。これほど太鼓がやかましく、楽器がじゃんじゃんと鳴り、時折り爆竹が鳴るなかで、中国人は役者のせりふを聞きとることができるのだろうか。

だがローレンスは、ハモンドにもストーントンにも演目の解説を求めなかった。このふたりは上演中も身振りを交えてなんとか会話をつづけようとし、舞台にはまったく関心を払っていなかった。ハモンドはオペラグラスを持参していたが、それはもっぱら会場の反対側にいるヨンシン皇子を観察するために使われ、第一幕のフィナーレを盛りあげる煙や炎が立ちのぼったときも、ハモンドは視界をさえぎられたと嘆息を洩らす始末だった。

第二幕の準備のために短い休憩があり、ふたりはそのわずかな隙をとらえて話しかけてきた。「ローレンス」ハモンドが言った。「どうか許してください。いまになれば、あなたのお考えが正しかった。ヨンシン皇子が、あなたを退けて、あの少年をテメレアの守り人にしようと考えたのは明らかです。いまようやく、その理由がわかりました。ヨンシン皇子は、あの年若い甥っ子ミエンカイ皇子をどうにかして皇帝にし、自分は摂政《せっしょう》の地位におさまりたいのです」

「現皇帝はご病気でもご高齢でもないはずですが?」ローレンスはとまどって尋ねた。

「もちろん」と、ストーントンが含みを持たせるように言う。「ご病気でもご高齢でもありません」

ローレンスは、ストーントンとハモンドをまじまじと見つめた。「それでは、ヨンシン皇子が皇帝暗殺を、つまるところ弟殺しをたくらんでいると？　まさか、そんなことが――」

「ないように祈りますが……」ストーントンが言う。「もし、ヨンシン皇子がそれをたくらんでいるのなら、われわれは皇位継承争いの内戦に巻きこまれて一巻の終わりです。どっちが勝利するかなど、問題ではない」

「もちろん、いますぐではありませんよ」ハモンドがきっぱりと言った。「ミエンニン皇太子も、そう愚かではないでしょう。皇帝にしてもそうです。ヨンシン皇子は腹黒いたくらみを持ち、少年の身分を伏せて、われわれのもとに連れてきた。そのことをミエンニン皇太子に明かせば、皇太子はけっしてヨンシン皇子の真の狙いを見過ごすことはないでしょう。いずれはヨンシン皇子の計略の全貌が暴かれるにちがいありません。ヨンシン皇子は最初、あなたを賄賂《わいろ》で釣ろうとした。彼に決定権があるかどうかも怪しい条件を提示し、たぶらかそうとした。そして、艦上で従者に命じてあなたを襲撃させた。さらに言うなら、盗賊混混《ホウンホウン》団の襲来は、あなたが、テメレアと少年が親しく交わることを拒否した直後でした。これらはどれも、巧妙に仕組まれた一連の策謀《さくぼう》であるとしか思えません」

ハモンドは得意になって声を潜めるのを忘れていた。そのために一部始終を聞いてしまったテメレアが、怒りをふつふつとたぎらせて言った。「そうか。つまり、しっぽをつかんだってわけだね？　なにもかも、ヨンシンが後ろで糸を引いてたんだな。ローレンスを襲ったのも、賊にウィロビーを殺させたのもあいつなのか」テメレアの大きな頭が持ちあがり、ぐるりとヨンシン皇子のほうを向いた。竜の細長い瞳孔がさらに狭《せば》まって、黒く細い線になった。

「よせ、テメレア」ローレンスはあわててテメレアの脇腹に手を添えた。「いまは動くんじゃない」

「だめです、だめですよ！」ハモンドもあわてて言った。「まだ確証は得ていません。まだ仮説の段階です。わたしたちが行動を起こすのではなく、ここは中国側に委《ゆだ》ねて——」

演者たちが舞台に登場し、会話はここで打ち切られた。が、ローレンスの手のひらにはテメレアの胸底の怒りが伝わってきた。それはまだ声にならない、だがいまにも口を突いて出そうな、振動にも似た低いうなりだった。かぎ爪が敷石のふちをつかみ、尖《とが》った冠翼が半開きになり、鼻孔が炎を発しそうなほど赤らんでいる。テメレアは舞台には目もくれず、ヨンシン皇子をにらみつけていた。

ローレンスはもう一度テメレアの脇腹を撫で、なだめようとした。広場はびっしりと観客で埋まっている。ローレンス自身もあの男への怒りを解き放てたらどんなにいいかと思ったが、テメレアがここで攻撃に打って出たら……それが引き起こす惨状については想像したくもない。テメレアがヨンシン皇子をどんなひどい目に遭わせるかを思うだけで背筋が凍った。ヨンシンは皇帝の兄だ。そのうえ、ハモンドとストーントンが推測するヨンシン皇子の策謀はあまりにも非道で悪辣《あくらつ》で、ローレンスとしてはいまだ信じがたいところがあった。

舞台の奥からシンバルと重々しい銅鑼《どら》の音が響き、みごとな張り子のドラゴンが二頭降下して、鼻から火花を散らした。その張り子のドラゴンの下、舞台の最下段に役者たちが走り出て、剣や模造宝石のついた短刀を振りまわし、激しい戦闘を演じはじめた。そして、ふたたび銅鑼の音が響く。その音のあまりの大きさに、ローレンスは一瞬、突風が吹きつけてきたのかと思った。音と同時に息苦しくなり、空気を求めて喘いだ。自分の体がおかしい。どうにか片手をあげて肩にやると、指先が短剣のつかに触れた。鎖骨《さこつ》の下に、短剣が突き立っていた。

「ローレンス！」ハモンドが叫んで、手を差し伸べた。グランビーがクルーを大声で召集しながら、椅子を掻き分けて走ってきて、ブライズとともにローレンスの前に立ちはだかった。テメレアが振り返り、ローレンスを見おろした。

「だいじょうぶ……」ローレンスは、すぐには事態を呑みこめずに言った。最初こそ痛みはなかったが、立ちあがろうと腕をあげかけたとき激痛が走った。短刀が突き立った部分から生温かい血が噴き出てきた。

テメレアの甲高い叫びが、会場のざわめきと音楽の調べを切り裂いた。ドラゴンたちが何事が起きたのかを確かめようとして上体を伸ばし、後ろへそらした。銅鑼の音がやみ、突然訪れた沈黙のなかで、エミリーが「あそこだ。あいつだ。あいつが投げたんだ！」と叫び、ひとりの役者を指さした。

ほかの役者たちが模造の剣を手にしているなか、その男だけがなにも持たず、ひとりだけ服装がみすぼらしかった。男は見つかったと悟り、きびすを返して逃げ出そうとした。が、手遅れだった。役者たちが叫びをあげて四方八方へ逃げ出す舞台に向かって、テメレアが後先考えず体当たりで突っこんだ。

男の悲鳴があがった。テメレアはかぎ爪で男をとらえ、引き裂き、致命傷を与えた。血まみれの男を地面に投げつけ、踏みつぶした。そのまま身を屈めてのしかかり、男が死んだのを確かめると、頭を持ちあげ、ヨンシン皇子のほうを振り向いた。牙を剝き出し、シュ～ッと凶暴なうなりを発し、皇子に近づいた。リエンが飛び出し、ヨンシン皇子を守ろうとテメレアの行く手をふさいだ。リエンは、テメレアが伸ばしたかぎ爪を払いのけ、うなりをあげた。

それに対抗するように、テメレアが胸をふくらませ、冠翼を奇妙な形に立ちあげた。それはローレンスがいままで見たことのない逆立て方で、冠翼を構成する細い骨が扇のように大きく開き、骨と骨とをつなぐ薄い皮膚がぴんと張りきった。しかしリエンはひるむようすもなく、むしろ小馬鹿にしたように自分の薄い灰黄色の冠翼をぐんと広げ、牙を剝き出してうなりをあげた。両眼を血走らせ、リエンはさらに前に進み出て、テメレアと真正面から向き合った。

人々は大あわてで会場から逃げ出そうとした。演者たちが衣装や楽器を引きずって逃げ、太鼓や銅鑼や琴《こと》がすさまじい音をたてた。観客たちが長衣の裾《すそ》をつまんで走る姿は、舞台の役者たちよりいくぶん上品ではあったが、逃げ足の速さはけっして負けていなかった。

「テメレア、やめろ！」ローレンスは叫んだ。が、もう手遅れだと観念した。いかなるドラゴン伝説においても、怒り狂ったドラゴンどうしが決闘をはじめてしまったら、どちらかが死ぬまで戦うのをやめないことになっている。しかも今回、相手のリエンはテメレアよりも明らかに年上で、体も大きい。「ジョン、こいつを抜いてくれ」ローレンスは動くほうの手でクラヴァットをゆるめながら、グランビーに言った。

「ブライズ、マーティン！　キャプテンの肩を押さえてろ」グランビーは部下に命ずると、短剣をつかみ、ぐっと引き抜いた。短剣が骨に当たる感触があり、血が噴き出した。ローレンスは一瞬、気を失いそうになったが、もちこたえた。すぐさまグランビーたちがクラヴァットで傷口を覆い、きっちりと縛りあげた。

テメレアとリエンはなおもにらみ合っていた。どちらも体を小さく揺すって頭を動かす程度で、大きな動きには出ずに、牽制《けんせい》し合っている。戦いに使える空間はけっして広くない。広場の中央を舞台が占め、それを囲むように座席が並んでいる。二頭は一瞬たりとも相手から目を逸らそうとしなかった。

「もうだめだ、間に合わない」グランビーがローレンスの腕をつかんで、助け起こしながらささやいた。「ドラゴンがあんなふうに戦いはじめたら、人間が仲裁《ちゅうさい》しようとしたって、殺されるのが落ちです」

「それは百も承知だ」ローレンスはぴしゃりと言い、グランビーや部下の手を払った。胃が鉛《なまり》を呑んだように重苦しいが、歩くことはできるし、傷の痛みもなんとか我慢できる。「わたしにかまうな」部下たちを振り返って、命じた。「グランビー、宿舎に戻れ。あいつは自分の衛兵を使って、テメレアを攻撃するかもしれない。それに備えて、武器を取ってくるんだ」

グランビーがマーティンとリグズを従えて走り去り、ほかの部下たちは座席を乗り越えながら二頭のドラゴンから遠ざかった。広場から人の波が引き、残っているのは数人の大胆かつ無謀な野次馬と、この戦いのなりゆきを本気で案じる者たちだけだった。チエンは不安と非難の入り交じる眼で息子を見つめ、メイはいったんは観客たちと逃げたものの、また戻ってきて、チエンのやや後ろに控えてようすをうかがった。

ミエンニン皇太子も広場にとどまっていたが、二頭のドラゴンとは慎重に距離をあけていた。そのそばに控えたチュワンが、双子の弟竜であるテメレアの身を案じて、苛立っている。皇太子がチュワンをなだめようと竜の脇腹に手を添えて、衛兵たちになにか命令を発した。衛兵たちはすぐに幼いミエンカイ皇子をかかえあげ、大声で抵抗されても動じずに、安全な場所まで連れ去った。ヨンシン皇子が連れ去られるミエンカイ皇子を見つめ、つぎにミエンニン皇太子のほうを見て、同意を示すように冷ややかにうなずいた。ヨンシン皇子はその場から動こうとはしなかった。

リエンがいきなりシューッとうなりをあげて、攻撃に打って出た。ローレンスははっと身をこわばらせたが、テメレアは間一髪《かんいっぱつ》で後ろによけて、リエンの前足をかわした。テメレアの喉のすぐ横を、リエンのルビーを飾ったかぎ爪がかすめていった。テメレアはたくましい後ろ足で立ち、いったん身をかがめてから、前足のかぎ爪を開き、リエンに襲いかかった。リエンはバランスを崩しながら後ろによけ、翼をいくぶん広げて体勢を立て直す。テメレアがふたたび襲いかかると、今度は宙に舞いあがり、上昇した。テメレアはすぐにあとを追った。

ローレンスはハモンドからオペラグラスをひったくり、夜空の二頭の動きを追った。体も翼も大きいリエンがたちまちテメレアを引き離し、しなやかに宙で旋回する。リエンの狙いは明らかだった。上空からの急降下でテメレアを仕留めるつもりなのだろう。だが序盤戦の興奮がおさまると、テメレアはリエンが有利な位置にいると気づいて、実戦経験を生かした行動に出た。リエンを追跡せずに方向転換し、ランタンの明かりの届かないところまで飛んで、闇にまぎれたのだ。

「おお、うまいぞ！」ローレンスは思わず声をあげた。リエンは空中で不安そうにホバリングし、首をあちこちに向けて、不気味な赤い眼で闇を見つめた。すると、テメレアが突然、闇から雄叫びとともにあらわれ、リエン目がけて急降下した。リエンはそれを信じがたいほど機敏にかわした。上空からの攻撃に弱い多くのドラゴンとはちがって、リエンは一瞬たりとも迷うことなく飛びのき、その際、テメレアにかぎ爪で一撃を加えた。テメレアの黒い体に赤い三本の傷がぱっくりとあいて、血がぼたぼたと広場に落ち、ランタンに照らされて黒々と光った。メイが悲しげな声を小さく発して、地面を這いはじめた。チエンが振り向いてシュッと威嚇しても、メイは目立たないように木立まで這っていき、空の戦いをもっとよく見ようと樹木に体を巻きつけた。

リエンは飛行速度が勝るという利点を生かし、テメレアとの距離を自在に詰めたりあけたりしながら、テメレアが無駄な攻撃を繰り返し、体力を消耗するのを待っていた。しかし、テメレアも知恵を働かせ、切りつけるスピードを本来のスピードよりもほんの一瞬遅らせているようだった。いや、そうではないかもしれない。だがローレンスとしては、怪我のせいで攻撃のスピードが鈍っているのではなく、テメレアがわざとそうしているのだと思いたかった。リエンは、テメレアが傷で弱ったと見たのか、とどめを刺そうと近づいた。テメレアがその機を逃さず、かぎ爪を一閃《いっせん》させて、リエンの腹と胸とに襲いかかった。リエンが苦悶《くもん》の叫びをあげ、逃げようとした。ヨンシン皇子がいきなり立ちあがり、椅子をガタンと後ろに倒した。これまでの冷静さをかなぐり捨てて、皇子は腰の両脇でこぶしを握り、戦いを見あげていた。傷はそれほど深くはないはずだが、リエンは自分が怪我を負ったことに動転し、泣き叫びながらホバリングし、傷口を舐めていた。宮廷にいるドラゴンのなかに、戦いの傷痕を持つものは一頭もいない。おそらくは、実戦に臨んだ経験がないのだろう。

テメレアは宙にとどまり、かぎ爪をぐっと曲げて、新たな攻撃に備えた。しかしリエンが近づいてこないので、今度は、真の敵であるヨンシン皇子を目がけて急降下した。リエンがはっと頭を持ちあげ、ふたたび甲高い叫びをあげながら力のかぎり羽ばたき、痛手も忘れてテメレアを追いかけた。地面すれすれでテメレアに追いつき、飛びかかり、翼と体をからみつかせて、テメレアの進路を阻《はば》んだ。獰猛《どうもう》なうなりをあげ、二頭の竜二頭はからみ合ったまま地面に激突して転がった。二頭の竜がからまり合うさまは、八本の足を持つけものがもがいているかのようだ。いまやどちらも痛手を負うのもおかまいなしに戦っており、〝神の風《ディヴァインズ・ウィンド》〟を相手に見舞うために息を深く吸いこむことさえできない状態だった。二頭の尾があらゆるものをなぎ払い、木々が吹っ飛び、竹林がなぎ倒された。ローレンスはハモンドの腕をつかんで引き寄せ、間一髪で、ふたりいっしょに倒木の下敷きになるのをまぬがれた。大きなうろを持つ大木は太鼓の連打のような音をたて、客席の椅子をつぎつぎにつぶしていった。

ローレンスは髪や上着の襟から木の葉を払い、使えるほうの腕を使って、やっとのことで枝葉の下から半身を起こした。戦いに没入したテメレアとリエンが、舞台の支柱を傾かせていた。贅《ぜい》を凝らした巨大な舞台が前に傾き、少しずつ地面に近づいていく。それは荘厳な美しささえ漂う光景だった。舞台が崩壊に向かっているのは明らかだったが、ミエンニン皇太子は避難しようとしなかった。それどころかローレンスに歩み寄って、助け起こそうとした。危険が迫っていることを察していないのかもしれなかった。皇太子のドラゴンのチュワンも、皇太子が二頭のドラゴンの戦いの巻き添えにならないように壁となるのに必死で、舞台の崩壊には気づいていないようだ。

ローレンスは力を振り絞って立ちあがり、ミエンニン皇太子の体をかばうように押し倒した。その瞬間、黄金と極彩色の舞台が広場の敷石に叩きつけられ、無数の木っ端《こば》を飛び散らせて倒壊した。ローレンスは皇太子の背中に覆いかぶさり、動くほうの腕で自分の首の後ろをかばった。飛び散った木片が詰め綿をしたブロード生地の厚い上着さえ貫いて皮膚を破り、ズボンにしか覆われていないふとももにも突き刺さり、カミソリのように鋭利な破片がこめかみをかすめていった。

しばらく木っ端が雨あられと降り注ぎ、やがて静まった。ローレンスは、頬をつたう血をぬぐいながら起きあがった。真っ先に目に飛びこんできたのは、少し離れた地面に、驚愕の表情のまま、仰向けになって倒れたヨンシン皇子の姿だった。片目に大きな木片がぐっさりと突き刺さっていた。

テメレアとリエンが互いから身をもぎ離し、距離をあけ、地面に身を伏せて向き合った。どちらもうなりをあげ、尾を鞭《むち》のようにしなわせた。先にヨンシン皇子のほうを振り返ったのは、テメレアだった。テメレアは皇子にふたたび襲いかかろうとし、次の瞬間、はっとして、かぎ爪を開いた片足を宙でぴたっと止めた。その隙をとらえて、リエンが牙を剝いてうなりとともに飛びかかったが、テメレアは応戦せずに飛びのいた。リエンもその瞬間、皇子の異変に気づいた。

リエンは、しばらくのあいだ、微動だにしなかった。巻きひげだけが微風を受けてかすかに揺れ、赤黒い血が細い流れとなって竜の足をつたい落ちていく。やがて、倒れている皇子にゆっくりと近づき、頭をおろして皇子をそっと鼻先で押した。すでにわかっていながらも、そうやって確かめずにはいられなかったのだろう。

皇子はぴくりとも動かなかった。ローレンスがこれまで何度か見た、あの臨終間際の痙攣《けいれん》すらなかった。背筋をまっすぐにして倒れており、筋肉の弛緩《しかん》とともに、顔に浮かんだ驚きの表情が消えていった。笑みこそなかったが、その顔はおだやかで、片手がやや開いて投げ出され、もう片方の手が胸の上に置かれていた。宝石をちりばめた長衣が、まだ燃え盛っているたいまつに照らされ、きらめいている。誰ひとり、遺体に近づこうとしなかった。広場から逃げ出さなかったひと握りの従者や衛兵たちが、隅のほうから身を寄せ合って皇子の遺体を見つめており、ドラゴンたちはみな沈黙を守っていた。

ローレンスが恐れたことは起こらなかった。リエンは泣き叫ばなかった。それどころか、ひと言も発しなかった。ヨンシン皇子を見つめたきり、もはやテメレアを振り返ろうともせず、皇子の長衣に散った木っ端や竹の葉を、かぎ爪でひとつひとつ丁寧に払いのけていった。そして最後に遺体を両の前足で抱きかかえ、闇の彼方《かなた》へ、静かに飛び去った。

17 月を見あげて

ローレンスは、体の上をせわしなく這いまわる何人もの手から逃れようと、右に左に体をねじった。だが這いまわる手からも、肩にかかる長衣の重みからも逃れることはできなかった。金と緑の糸で織りあげられた長衣の布地はかっちりと堅く、刺繍の何頭ものドラゴンの眼として縫いつけられた貴石のせいでずっしりと重かった。負傷してから一週間たったが、この長衣のせいで、ふたたび肩に痛みが戻ってきた。にもかかわらず、お針子たちは袖の調整のために、ローレンスの腕をあっちこっちに動かそうとする。

「まだ終わらないんですか?」部屋の扉から顔をのぞかせたハモンドが心配そうに尋ね、急《せ》かすようなしぐさとともに、お針子たちに中国語でまくしたてた。あわてたお針子が手もとを狂わせ、ローレンスに縫い針を刺した。ローレンスは歯を食いしばって痛みに耐えた。

「まだ時間はあるでしょう。二時の約束だと聞いているが……」そう言って時計を見ようとうっかり体をひねり、またもやお針子たちから非難を浴びた。

「皇帝に謁見《えっけん》するときは何時間も前から待機するのが常識です。ましてや今回は、いつも以上に細心の注意を払わねばなりません」ハモンドは自分の長衣の裾をばさりと払った拍子に、スツールをひっくり返した。「儀式の口上《こうじょう》と手順はしっかり覚えておられますね？」

ローレンスはしぶしぶ、それをもう一度おさらいした。少なくともそうすれば、不快な状況で気をまぎらわすことができた。そしてようやく、お針子たちから解放されたが、お針子のひとりは廊下まで追ってきて、長衣の肩に最後の調整をした。そのあいだも、ハモンドはローレンスを急かしつづけていた。

ヨンシン皇子の陰謀が明らかになったのは、まだ少年のミエンカイ皇子が無邪気にもぺらぺらと事の顚末《てんまつ》を語り尽くしたからだった。ミエンカイ皇子は、ヨンシン皇子から天の使い種《セレスチャル》のドラゴンを与えると約束され、皇帝になりたくはないかと誘惑されていた。ただし、年若い皇子はどうやってそれを実現させるのか、具体的な方法については聞かされていなかった。こうしてヨーロッパとの交易断絶を主張するヨンシン皇子の一派が失脚し、ミエンニン皇太子の一派がふたたび宮廷内で勢力を回復した。ハモンドからの養子縁組の申し出に異議を唱える者はもはやひとりもいなかった。皇帝がローレンスを養子として迎え入れることを了承し、その旨を布告すると、臣下たちはこれまでの、のらくらした仕事ぶりを返上し、粛々《しゅくしゅく》と手続きを進めた。ミエンニン皇太子の宮殿内にある、ローレンスたちの居室に召使いが押し寄せ、そこにある一切合財《いっさいがっさい》を箱に放りこんで、引っ越しの荷造りをすませた。

皇帝は夏場だけ、北京からドラゴンに乗って半日ほどの円明園の離宮で過ごしており、ローレンスたちも急遽、そこに移されることになった。紫禁城のみかげ石敷きの広大な広場が真夏の日差しで鍛冶屋の金床《かなとこ》なみに赤らんでいるのに対し、円明園には緑が生い茂り、湖が美しい水をたたえ、樹木と水辺が夏の暑さをやわらげていた。皇帝がこの宮殿を避暑地として選ぶのも無理はないと、ローレンスはこの地を訪れて大いに納得した。

今回の縁組みの儀式に招かれた英国人は、ローレンスとハモンドのほかには、マカオの英国商館長ストーントンしかいなかった。しかし、ライリーとグランビーとその部下たちは、お供として同行することを許された。そのうえ、ミエンニン皇太子がローレンスの地位にふさわしいと考える相当数の衛兵やら上級官吏やらの貸し出しを申し出たものだから、結局、お供は膨大な数にふくれあがった。

こうして一行は、円明園内の瀟洒《しょうしゃ》な宿舎を出て、皇帝に拝謁するための〝謁見《えっけん》の宮《みや》〟に歩いて向かった。小川と池を六つほど渡るあいだに、案内役がときどき立ち止まっては、美しい庭園の見どころを指さした。そんなふうにして一時間近くが過ぎてしまい、ローレンスもさすがに宿舎を出るのが遅すぎたのではないかと心配になってきた。それでもようやく謁見の宮にたどり着き、壁で囲まれた中庭に案内されて、皇帝があらわれるのを待つことになった。

一行はここでうんざりするほど長く待たされた。暑くて風通しのよくない中庭にすわっていると、長衣に汗がにじんできた。氷を入れた碗がふるまわれ、同時に温かい料理も供された。ローレンスはそれらを覚悟して賞味した。牛乳と茶の碗もあった。そして贈り物がつづいた。大粒の真珠をあしらった金の鎖、古い物語を書で記した巻物。テメレアには、母のチエンがときどきかぎ爪に付けているものに似た、金銀の爪飾りが贈られた。一行のなかでテメレアだけが暑さにまいっていなかった。テメレアは顔を輝かせ、爪飾りを全部つけて日光にかざし、きらめきに見入った。だが人は全員、暑さのために頭がくらくらしてきた。

ようやく上級官吏たちが出てきて、深々と一礼し、ローレンスをなかに通した。ハモンド、ストーントン、テメレアもあとにつづいた。そこは柱と屋根だけの大きな広間で、優雅な薄地の帳《とばり》で囲われていた。大鉢に盛った黄金色の果実の山から桃のような芳香が漂ってくる。広々とした空間の奥にドラゴン用の長椅子があり、雄のセレスチャル種が身を横たえていた。その隣には簡素だが美しく磨きあげられた紫檀《したん》の玉座があり、皇帝がすわっていた。

ずんぐりした体軀《たいく》に力強い顎をもつ皇帝は、色白で細面《ほそおもて》のミエンニン皇太子とは似ていなかった。五十代に近いはずだが、口の両端に細くまっすぐに垂れた口ひげに、白いものはいっさい交じっていない。皇帝は絢爛豪華《けんらんごうか》な衣装をさらりと着こなしていた。そのまばゆいほど鮮やかな黄色は、宮殿の外で皇帝の警護にあたる侍衛《じえい》の制服にしか見たことのない色合いだった。ローレンスはこれまで数回、英国の宮廷に参内《さんだい》して国王陛下に拝謁したが、英国王もこれほど自然体には見えなかった。

皇帝は眉根を寄せていたが、機嫌が悪いわけではなく、ただ物思いにふけっていたようだった。ローレンスたちが謁見の宮に入ると、待っていたと言うようにうなずいた。玉座の両側にずらりと並ぶ貴人たちのなかにミエンニン皇太子の姿があり、皇太子はローレンスに小さく会釈した。ローレンスは深呼吸してから、上級官吏が発する〝叩頭《こうとう》の礼〟の号令に合わせ、慎重に膝を床につけた。磨きあげられた木製の床には厚い織物が敷かれていたので、叩頭の礼の動きそのものに苦痛はなかった。床に頭をすりつけるたび、後ろにいるハモンドとストーントンが同じ動きをしているのが見えた。

それでも、この行為じたいがローレンスにとっては不本意なものだったため、ようやく儀式を終えて立ちあがれたときはほっとした。皇帝はひれ伏した相手に尊大な態度をとるでもなく、中央に寄っていた眉根も先刻より開いたように見えた。部屋全体の緊張が解けて、安堵の空気が漂った。皇帝が立ちあがり、ローレンスを謁見の宮の東側にある小さな祭壇に導いた。ローレンスは祭壇に置かれた線香に火をつけ、ハモンドから教えられた文言《もんごん》を唱え、ハモンドが小さくうなずくのをちらりと確かめて胸を撫でおろした。おそらく、うまくいったのだろう。少なくとも、許しがたい間違いは犯さなかったということだ。

ここでふたたび〝叩頭の礼〟を行わなければならなかった。今回は祭壇の前で行うのだが、前回よりも抵抗を感じない自分に気づき、ローレンスは恥ずかしくなった。これは自分の信仰する神に対する冒瀆《ぼうとく》にはあたらないだろうか。そんな疑念が生じたため、あわてて心のなかで〝主の祈り〟を唱え、本気で十戒を破るつもりはないのですと天に向かって訴えた。こうして養子縁組の儀式においてもっとも耐えがたい部分を乗り切った。テメレアが前に呼ばれ、ローレンスを正式に〝守り人《もりびと》〟とする儀式がはじまり、ローレンスは求められた誓いの言葉を晴ればれとした気持ちで唱えることができた。

玉座に戻って儀式の進行を見守っていた皇帝は、是認《ぜにん》のうなずきを送り、従者のひとりに軽く身振りでなにかを命じた。すぐに謁見の宮にテーブルが運びこまれたが、椅子はついてこなかった。氷が一同にふるまわれ、皇帝がハモンドの通訳でローレンスの家族について質問した。皇帝はローレンスが結婚しておらず、子もいないと知って驚き、ローレンスはこの問題について長々と説教されるはめになり、家族の一員としての務めを怠っていることを認めさせられた。だが、ローレンスはさほど気にしなかった。儀式の口上を間違えなかったことだけでも幸いだったし、長い苦難がそろそろ終わりに近づいていることも予感できた。

ハモンドはといえば、謁見の宮を出たとたん、安堵の表情を見せたが、顔色は蒼ざめており、宿舎まで戻る途中、ベンチで休まねばならないほどだった。ふたりの召使いが水を運んできてハモンドに飲ませ、顔に血の気が戻るまで扇《おうぎ》であおぎつづけた。こうして、ハモンドはふらつきながらも歩けるようになったが、居室にたどり着くと、寝台に寝かされた。寝台の上で仰向けになったハモンドの手を、ストーントンが握って言った。「おめでとう。正直言って、こんなことが可能だとは思いませんでしたよ」

「ありがとうございます。ありがとうございます」感激しきりで同じ言葉を繰り返すハモンドは、いまにも気を失いそうだった。

ハモンドはローレンスを正式に皇族にするだけでなく、北京に住居を構える権利も中国側に認めさせていた。それは公的な大使館ではないが、事実上、大使館と同じ機能を果たすことになるだろう。そしてハモンド自身も、ローレンスの招きという名目で、無期限にその屋敷に滞在することを許された。問題だった叩頭の礼も、全員が満足できるところに落ちついた。英国側からすれば、ローレンスは王室の代表としてではなく皇帝の養子として叩頭の礼を行ったということで面目が保たれ、一方、中国側は自分たちの礼式が守られたことに満足していた。

「すでにドラゴン便で、広東の高級官吏たちから、きわめて友好的なメッセージが届いています。ハモンドは、もうその話をあなたにしましたか？」ストーントンがローレンスに尋ねた。それぞれの居室の扉の前まで来ていた。「皇帝は、英国の貿易船が一年ごとに支払っている税金を免除する意向を示しておられます。東インド会社に途方もない利益がもたらされるのはもちろんのこと、中国のこの新たな方針が英国にとってどれほど価値あるものかは、長い歳月を通して証明されることでしょう。あなたはおそらく――」ストーントンはそこでためらった。すでに片手を扉にかけて、自分の居室に入ろうとしている。「あなたはおそらく、中国にとどまることと軍務とは両立できないとお考えなのでしょうね。ただわたくしとしては、あなたが中国にいらっしゃると非常にありがたいということだけは申しあげておきたいのです。もちろん、英国がどれほどドラゴンを必要としているかも承知しておりますが」

ようやく自由の身となったローレンスは、いそいそと簡素な木綿の長衣に着替え、戸外に出て、芳《かぐわ》しい蜜柑《みかん》の林の木陰にいるテメレアに近づいた。テメレアは書見台に巻物を広げていたが、それを読むでもなく、池の遠く離れた岸辺をじっと見つめていた。池には九つのアーチを持つ優美な橋がかかり、夕日で橙色に染まった水面に影を落としていた。夜の訪れも間近で、蓮の花が閉じようとしている。

テメレアはローレンスを振り返ると、挨拶代わりに鼻をそっと押しつけたあと、その鼻で池の遠い岸辺を示して言った。「ずっと見てたんだ――あそこに、リエンがいる」遠い岸辺で、純白のドラゴンが池にかかる橋を渡ろうとしていた。学者がよく着る青い長衣をまとった、上背のある黒髪の男だけが付き添っていた。その男がふつうとはどこかちがうと感じて、ローレンスは目を凝らした。男が頭を剃りあげておらず、ふつうなら頭頂から垂れているはずの辮髪《べんぱつ》がない。リエンは橋の途中で立ち止まり、ローレンスとテメレアのほうに首をめぐらした。ローレンスはリエンのまばたきもしない、射抜くような赤い眼で見つめられて、反射的にテメレアの首に片手を添えた。テメレアが鼻息を荒くし、冠翼を少し立ちあげたが、リエンは長くそこにとどまろうとはしなかった。首を誇り高くまっすぐに持ちあげて前に戻すと、また歩きだし、橋を渡りきって木立のなかに消えた。

「リエンはこれからどうするのかな」テメレアが言った。

ローレンスもそれが気にかかっていた。あの不幸な事件の前から、純白のドラゴンは不吉な存在と見なされていたのだから、新たな守り人になりたがる者は、たやすくは見つからないだろう。リエンがヨンシン皇子の死に責任があると発言する廷臣たちさえいると聞いている。リエンがそれを耳にしたら、どんなに心を引き裂かれることだろう。また、リエンを国外に永久追放すべきだという、いっそう非情な意見もあるようだ。「おそらくは、どこか人目につかない繁殖場に行くのかもしれないな」ローレンスは答えた。

「この国では、交配のための場所をとくに設けていないんじゃないかな」テメレアが言った。「メイとぼくにはぜんぜん必要なか――」テメレアははっと口をつぐんだ。ドラゴンが赤面できるとしたら、確実にテメレアの顔は赤くなっていた。あわてて付け足すように言った。「いや、あるかもしれないね」

ローレンスは込みあげる思いをぐっと呑みこんで言った。「きみはメイのことが大好きなんだね」

「ふふん、そうだよ」テメレアが思い悩むような表情で答える。

ローレンスは黙りこみ、熟さないまま地面に落ちた黄色い蜜柑を拾いあげ、その小さく堅い実を手のなかで転がした。そしてついに声を落としてささやきかけた。「アリージャンス号はいつでも出航できる。航海にふさわしい潮の流れに変わり、風向きさえよければ。きみは、ぼくとここに残りたいかい?」それを聞いて驚くテメレアを見て、ローレンスは付け加えた。「ハモンドとストーントンは、わたしたちがここに残れば、英国に多大な貢献ができるだろうと言うんだ。もしきみがとどまりたいのなら、レントン空将に手紙を書いて、われわれをここに配置したほうがいいと伝えることにするよ」

「ふふん」テメレアが書見台に頭を近づけた。巻物に気をとられたのではなく、身をかがめて考えこんでいるのだ。「でも、あなたは英国に帰りたいんでしょう?」

「そうじゃないと言ったら、嘘になるな」重苦しい気分で答えた。「だけどわたしは、きみが幸せに暮らしているのを見ているほうがいい。イングランドで、ここと同じようにきみを幸せにする自信がない。きみは、中国でのドラゴンの待遇を知ってしまったからね」祖国への背信とも言われかねない発言をして喉が絞めつけられるように苦しくなり、それ以上つづけられなくなった。

「中国のドラゴンだからって、みんな英国のドラゴンより頭がいいわけじゃないよ」テメレアが言った。「マクシムスやリリーが、読み書きを覚えられないとは思えない。

戦闘以外にもできることがいろいろあるはずだ。ぼくらが動物のように飼われて、戦うことしか教えられないのはおかしいと思う」

「そうだね」ローレンスは答えた。「確かにおかしい」異を唱えられるわけがなかった。英国式のドラゴン飼育法を弁護しようにも、中国のあちこちで目撃してきた事実がそれを打ち消してしまう。飼うのをやめれば、飢えるドラゴンが出てくるなどというのは、ドラゴンの自由を阻むためのつまらない言い訳だ。自分だって自由を失うくらいなら喜んで飢えるほうを選ぶ。詭弁《きべん》を弄《ろう》して丸めこもうとするのは、テメレアに対する侮辱になる。

ローレンスもテメレアも、しばらく黙りこくっていた。そのあいだに召使いがやってきて、ランプに火を灯していった。いつしか上弦の月が池の水面で銀色に輝いている。ローレンスは物思いに沈みながら小石を投げこみ、池に映った月を金のさざなみに変えた。自分は中国でなにをして生きるのだろう、と考えてみた。想像もつかず、宮廷のお飾りとして存在するしかないように思えた。ゆくゆくはなんとかして中国語を覚え、漢字は無理だとしても、せめて中国語で会話できるぐらいになって……。

「だめだ、残りたくないよ、ローレンス、それはだめだ。ここに残って楽しく暮らすことなんてできない。英国の仲間が戦っていて、ぼくを必要としてるのに……」テメレアがついに口を開いた。「それだけじゃない。英国のドラゴンたちは、いまとはちがうやり方があることさえ知らないんだ。メイやチエンと会えなくなるのはつらいけど、マクシムスやリリーがドラゴンにふさわしくない扱いを受けているのを知りながら、自分だけ幸せになるなんて、そんなことはできない。英国に戻って、いまの状況をもっとよくするのが、ぼくの務めじゃないかって思うんだ」

ローレンスは返答に窮《きゅう》した。これまでもテメレアの革命論者のような思考や、反政府主義者のような発言をたしなめたことはよくあった。しかし、それはあくまでもテメレアとだけで交わす冗談のうちだった。まさかテメレアが断固とした決意をもって、そんな計画を胸に秘めていようとは夢にも思わなかった。英国政府がどんな反応を示すか見当もつかないが、政府がやすやすと受け入れるような話でないことは確かだろう。「テメレア、そりゃとうてい無理な——」と言いかけてやめた。だが、テメレアの大きなブルーの眼がつづきを話してくれと訴えている。

「愛《いと》しいテメレア……」ローレンスはしばらく間を置いてから、静かに語りかけた。

「きみの話を聞いて、自分が恥ずかしくなった。きみの言うとおりだ。わたしたちは、もっといいやり方があることを知った。知ったからには、現状に甘んじるべきではないな」

「あなたなら、そう言ってくれると思ってた」テメレアがうれしげに言った。「それに……」と、打って変わり不満そうに付け加えた。「母君は、天の使い種《セレスチャル》は断じて戦いに参加してはなりません、なんて言うんだ。だけど、ずっと勉強ばっかりなんてつまらないよ、ぜったいに。それなら英国に戻るほうがいい」自分の言葉に自分でうなずき、巻物に視線を戻した。「ローレンス、アリージャンス号の船匠は、ぼくに書見台をつくってくれるだろうか」

「愛しいテメレア……。きみが喜ぶならいくらでも」ローレンスはそう答えると、テメレアにもたれかかった。もろもろの心配が消え去り、心は感謝の気持ちで満たされていた。いまの月齢からすると、潮の流れが変わり、アリージャンス号が自分とテメレアを祖国へ運んでくれるのはいつごろになるのだろうか。ローレンスは月を見あげ、それについて考えはじめた。

付録

『オリエンタル種に関する解説とドラゴン飼養法についての省察』（講演録より一部を抜粋）

一八一〇年六月　ロンドン王立協会にて
講師　エドワード・ハウ卿　ロンドン王立協会会員

『不羈奔放《ふきほんぽう》なる竜の大群』――東洋のドラゴンに関する、この著名な研究書の題名そのものが、いまやヨーロッパ人にとっては畏怖《いふ》と同時に憧憬《しょうけい》の対象でもある、オリエンタル種を語る際の常套句《じょうとうく》となっております。しかるに、この研究書の内容は、人々がたやすくものを信じた時代の旅人たちの伝聞に拠《よ》るところが多く、刊行当初は暗闇同然であったオリエンタル種の研究に光を当てたという点では大きな役割を果たしたものの、今日の学者にとっては、ほとんど用をなさなくなってしまったと言わざるをえません。同研究書が刊行された当時は珍しいことではなかったにせよ、とにかく、ここには誇張が多い。それは著者が素直に信じこんで書いた結果なのでしょうか。はたまた、東洋よりもたらされる幾多の物語に息づく怪物や楽しげな逸話を期待する一般読者の要望に応えようという、著者のあざとくはあるが理解しえなくもない願望によってなされたものでありましょうか。

悲しむべきは、これと同類の書物があまた今日まで読みつがれている点でしょう。純然たる作り話にすぎないものもあれば、事実を歪曲《わいきょく》して伝えているものも多々あり、読者はそのような書物に記されたいかなる話も信じてはならず、いや、端《はな》から無視してしまったほうがよろしいのではないかとわたくしは考えます。ひとつ例を挙げましょう。日本に棲息する〝水竜〟は、一六一三年、彼《か》の地を訪れたジョン・セーリス船長によって報告されて以来、ドラゴン学の学徒なら知らぬ者はいない竜となりました。船長によれば、水竜は晴れわたった青空に雷雨を呼ぶ能力を備えているということです。船長の書簡には、それがまぎれもない事実であると堂々と記されております。現世の生き物が神と同じ力を有するというこの驚くべき主張を、わたくしはみずからの学問的見識から疑わざるをえませんでした。実際、わたくしはこの目で水竜を見たことがあり、水竜が大量の水を飲み、猛烈な勢いで口から吐き出すところを観察しております。水竜はこの能力によって戦闘のみならず、日本の木造家屋を火災から守るという防災面においても非常に有用とされているのであります。水竜が雷鳴を呼んだという俗説は、おそらく、水竜が噴き出す奔流《ほんりゅう》に巻きこまれた不注意な旅人が、頭上の空が突然割れて雷雨がはじまったと勘違いしたのではないかと推察いたします。しかし、こういった水竜が起こす豪雨のような現象は、稲光も雨雲も伴わず、長さも数秒間に限られ、もちろん、超自然的な側面は一切ありません。

かような間違いを他山の石とし、わたくし自身も同類の過ちを犯さぬように努めてまいります。きょう、ご参集くださいました博識なるみなさまにも納得いただけますように、無用な演出を排し、明らかな事実のみを信頼し、研究を進めてまいろうという所存であります………

中国には人間十人に対して一頭のドラゴンがいると一般的には言われておりますが、これは根拠なき数値として、躊躇《ちゅうちょ》なく退けうるものです。もしこの人間十にドラゴン一という比率がほぼ真実で、同時にわれわれの中国の人口に対する認識がそれほど誤っていないとすれば、あの大国じゅうにドラゴンが犇《ひし》めき合っていることになり、この情報をもたらした旅人などは、自分の居場所すら確保できないありさまだったにちがいありません。寺院の庭におびただしいドラゴンがうねうねと折り重なるさまを描いた、イエズス会宣教師マテオ・リッチの手になる絵は、長きにわたってヨーロッパ人の中国観を支配してきました。この絵が完全に想像の産物であるとは申しません。しかし、中国においてドラゴンは都市部に多く棲息するため、その存在がヨーロッパ以上に目立つのです。そのうえ、行動に関してもはるかに自由を与えられており、ドラゴンたちはあちこちに出没します。つまり、朝、寺院で沐浴《もくよく》するところを見たドラゴンと、午後に市場で見かけたドラゴンが同一個体である場合も珍しくないということです。そして、その同じドラゴンが、数時間後には、街のはずれの放牧地で牛を食べていることもありうるというわけです。

それでは、いったい中国には何頭のドラゴンがいるのか。残念ながら、信頼するに足る情報は得られておりません。しかしながら、イエズス会士で天文学者であった、いまは亡きミシェル・ブノワ師は、乾隆帝の宮廷に迎え入れられた時代、皇帝の誕生日に中国空軍のドラゴン編隊二個隊が円明園上空にて曲芸飛行を行なったことを簡潔に記しています。これは、イエズス会士他二名とともに、ブノワ師自身が実際に目で確かめた事実であります。

その二個隊はそれぞれ十二頭のドラゴンから成り、ヨーロッパにおける最大級のドラゴン編隊とほぼ同等の規模に相当するものでした。そして、それぞれの編隊が、三百の兵から成る一中隊《ニル》の援護を担当していた。中国の軍事組織、満州八旗はそれぞれの旗《き》が二十五ニルで構成されておりますから、つまり中国には六万の兵士とともに軍事行動に参加できる空軍所属のドラゴンが約二千四百頭いるという計算になります。これだけでもすでに相当な数と言えますが、中隊の数は清朝初期と比べてかなり増加し、現在は当初のほぼ倍近い数になったと言われております。したがって、目下、中国で軍務に就くドラゴンは約五千頭と見積もって差しつかえないでしょう。この桁外《けたはず》れな数字からも、中国全土に棲息するドラゴンの総数がとてつもないものであることが見えてくるはずです。

ヨーロッパにおいては、軍事行動が長期化する場合、多数のドラゴンを維持するためには、あるひとつの重大問題と向き合わざるをえません。食糧問題であります。それが、わが英国航空隊の規模に、著しい制約を与えてもいるのです。食糧となる家畜の群れをドラゴンと同じ速さで移動させることは不可能ですし、食欲旺盛なるドラゴンに家畜を生きたまま運ばせることもまた不可能でしょう。おびただしい数のドラゴンを養う糧食を継続的に確保するためには、綿密に練りあげられた大がかりな仕組みと制度が要求されるのです。中国では、こうした目的のためにドラゴン総務省が設けられており………

……硬貨を紐に通すという古代中国の慣習は、ドラゴンにも金銭を扱えるようにするための工夫であったのかもしれません。しかし、やがてこのやり方はすたれ、唐代までには現行の制度が整ったと言われております。中国においてドラゴンは、成年に達すると、そのドラゴンの身分と父母が誰であるかを示す世襲の印を与えられます。その印はドラゴン総務省に保管され、ドラゴンの財産を国家がまとめて管理します。ドラゴンは、牧夫や商人の客となる場合には証書に印をしるし、それによって国家が買い物の代金を支払うというわけです。

そんな制度が有効に機能するのか、と疑われる向きもあるでしょう。もし政府がこのような制度を国民に適用したらいったいどうなるのか、その結果は想像にかたくありません。ところが、たいへん興味深いことに、ドラゴンは自分が買い物をする際に印をごまかすことなど、まったく思いつきもしないのです。そそのかされても、ドラゴンは驚き、強い侮蔑をあらわして一蹴《いっしゅう》することでしょう。たとえ飢えており、国に預けた金が底を尽きそうな場合でも、反応は同じです。これをドラゴンに道義心がある、少なくとも種族の誇りがある証拠だとお考えになる方もおられるかもしれない。ですが、ドラゴンたちは一方で、見張りのいない放牧地や畜舎から家畜を失敬する機会があれば、ためらうことなく、恥とも思わず、その機会を利用します。そこに代金を残しておくことなど頭の隅にも浮かばないようです。なぜなら、牛を奪うことをドラゴンたちは窃盗行為だとは見なしていないからです。ドラゴンが奪った家畜を、畜舎のすぐそばでむさぼり食っていることもめずらしくありません。家畜を奪われた不運な牧夫がいくら文句を垂れようが、ドラゴンはどこ吹く風です。

　ドラゴンたちは自分の印を実直に使用します。また、偽造した印をドラゴン総務省に提出して金を払いこませようとする不徳な輩《やから》の犠牲になることもめったにありません。一般にドラゴンは自らの財産に強い執着心を抱いており、居住地に戻るとすぐに自分の預金残高を調べ、すべての支出を細かく確認しますので、不当な代金の請求に、あるいは支払いの怠《おこた》りにも、すぐに気づきます。そしてあまたの報告によれば、窃盗の被害に遭ったドラゴンの報復は、間接的に自分の目の届かないところで盗みを働かれた場合ですら、すさまじいものであるそうです。そのような盗みが明るみに出た場合、被害にあったドラゴンは犯人を殺害したとしても、いかなる罪にも問われない、と中国の法律に定められております。それどころか、通常は犯人を被害者のドラゴンに突き出すという判決が下されます。必ずや残酷な死をもたらすであろうこのような判決は、ヨーロッパ人の目には野蛮な刑罰と映るかもしれません。ですが、それが人間に裏切られたドラゴンの心を癒《いや》し、落ち着かせる唯一の方法なのだと、わたくしは一度ならず、ドラゴンの保護者とドラゴンの双方から断言されたことがあります。

このようにドラゴンに歩みよる姿勢を保ちつづけることが、結果的に、この制度を千年以上もの長きにわたって維持してきたとも言えるでしょう。中国を統一した王朝は、ドラゴンの財貨の流れを安定させることを優先課題としてきました。それは、怒れるドラゴンが暴動を起こした場合の影響力を容易に想像しうるからであり……。

中国の土壌はヨーロッパほど耕作に適していませんが、この国が大量に必要とする家畜は、古来みごとに築かれてきた農業体系に支えられています。牧夫は所有する家畜の一部を都市部に持ちこみ、飢えたドラゴンに与えて腹を満たさせます。一方、街ではドラゴンの糞を集めておき、牧夫はそこから充分に発酵した良質の下肥《しもごえ》を持ち帰り、地元の農夫に売るのです。牛糞とともに、ドラゴンの下肥を肥料として使用する農法は、ヨーロッパではほとんど知られておりません。それは、彼《か》の国に比べて、ヨーロッパではドラゴンの数が少なく、なおかつ、ドラゴンが人里離れた場所に棲《す》んでいるためと思われます。ですが、ドラゴンの下肥は土壌の回復にも著しい効果を発揮し、今日の科学ではその理由まで解明できないものの、効果のほどは、中国の農地の生産性の高さを見れば明白であります。信頼しうる筋から得た情報によれば、中国の農場は、その収穫高において、つねにヨーロッパを大幅に上回り………

謝辞

シリーズ二作目の執筆にあたって新たな難題にぶつかったとき、〈デルレイ〉のベッツィー・ミッチェル、〈ハーパーコリンズUK〉のジェーン・ジョンソンとエマ・クード、この三人の編集者が明察と的確な助言を与えてくれた。格別に感謝している。また草稿に目を通し、励ましと助言をくれたホリー・ベントン、フランチェスカ・コッパ、ダナ・デュポン、ドリス・イーガン、ダイアナ・フォックス、ヴァネッサ・レン、シェリー・ミッチェル、ジョージーナ・パターソン、セーラ・ローゼンバーム、L・サロム、ミコール・サドバーグ、レベッカ・タシュネット、チョ・ウェ・ゼンにも心からありがとうを。

わが優秀なるエージェント、シンシア・マンソンの力添えと導きにも感謝を捧げる。つねに助言し、支援し、情熱を注いでくれた家族にも感謝する。最高のおかかえ読者、夫のチャールズがそばにいてくれて、わたしはなんという幸せ者だろう。

米国版と英国版のために、今回もすばらしい表紙を描いてくれたドミニク・ハーマンに特別な感謝を捧げたい。わたしのドラゴンたちが彼の手で命を吹きこまれるのを見るのは、たとえようも心をわくわくさせる経験だった。

文庫新版　訳者あとがき

中国がテメレアを取り返しにやってきた。皇帝の長男ヨンシン皇子《おうじ》が大規模な使節団を率いて、英国に乗りこんできた。卵としてナポレオンに贈ったはずの高貴なる天の使い種《セレスチャル》のドラゴンが、英国艦に奪いとられて孵化《ふか》し、あろうことか英国航空隊の戦闘竜となっていることに怒りをたぎらせて——。

「テメレア戦記」（The Temeraire）シリーズの第二話『翡翠《ひすい》の玉座《ぎょくざ》』（Throne of Jade）は、こんな一大事の勃発《ぼっぱつ》からはじまっている。第一話『気高き王家の翼』（His Magesty's Dragon）の展開からすれば、いずれはテメレアの所有権をめぐって、国家間の争いが起きるのではないかという懸念はあった。だが、第二話にしていきなりの中国行きは、予測をはるかに超えた早い流れだったのではないだろうか。

シリーズ第一話は、テメレアの月齢で言うと、生後十か月までのお話だった。英国艦リライアント号艦長のウィリアム・ローレンスが、洋上で卵から孵《かえ》った幼竜から、はからずも〝担《にな》い手《て》〟として選ばれてしまう。それが、この長い壮大な物語全体の出発点だ。ローレンスは、軍人としての責任感ゆえに航空隊への転属を決意する。しかし、国家への忠誠心から引き受けたはずの竜の子テメレアに、しだいに深い愛情と信頼を寄せるようになっていく。こうして、ローレンスとテメレアは強い絆で結ばれ、厳しい訓練期間を乗り切って、実戦を経験する。〈トラファルガーの海戦〉のあと、今度は空からの英国本土侵攻を狙うナポレオン軍を阻止するための戦いにも参加した。

中国の使節団が英国を訪れたのは、その〈ドーヴァーの戦い〉の勝利からわずか一か月後のことだ。中国との関係をこじらせたくない英国政府は、担い手のローレンスをくっつけてテメレアを中国に送り返すことにした。彼らを乗せた巨大輸送艦アリージャンス号は、アフリカ大陸の西海岸沿いに南下し、大陸南端のケープタウンからインド洋へ、南シナ海へと針路をとる。長い航路には、さまざまな苦難が待ち受けている。嵐や海の怪物や敵軍の襲来など、手に汗握る場面もあれば、赤道越えの儀式や虫のわいた乾パンなど、十九世紀の帆船の旅ならでは興味深いエピソードもちりばめられている。子ども時代からファンタジーと同じくらい、海洋冒険小説を読みふけってきた著者ナオミ・ノヴィクが、まさに本領を発揮した展開と言えるだろう。

そして、およそ半年をかけての旅のあいだには、シリーズ全体のストーリーのうねりを生み出すような、いくつかの種子《たね》が、さりげなく蒔《ま》かれている。いまはどれも小さな種子だが、シリーズが進むにつれて、枝葉を伸ばし、大きく茂っていくはずだ。登場するキャラクターたちも、第一話からのおなじみのメンバーに加えて、今後の展開に欠かせない竜や人がそろい踏みしている。そういう意味でも、この第二話は、シリーズ全体の車輪の軸のような重要な役割を果たしている。

また、主人公のテメレアの成長もこの第二話において著《いちじる》しい。独立心がいっそう強くなり、世界各地で自分が見聞きしたものについて自分の頭で考え、束縛や不平等に関する率直な疑問を投げて、ローレンスをあわてさせるようになった。テメレアという名は、英国が拿捕《だほ》したフランス艦テメレール号（英国艦となってからは英語読みでテメレア号）にちなんでローレンスが与えたものだった。フランス語の temeraire には「向こう見ずな、無鉄砲な」という意味がある。フランス語が苦手なローレンスは知らなかったかもしれないが、もちろん著者は、このドラゴンの際立った個性や生き方をこの名前にこめているにちがいない。

この作品の時代の英中関係にも少しだけ触れておこう。一七九二年、英国はマッカートニー卿《きょう》率いる使節団を清朝第六代皇帝、乾隆帝《けんりゅうてい》（在位一七三五〜九五）に送り、特定の商人組合に独占されない自由な貿易と貿易港の拡大を求めた。しかし、皇帝はこれを拒絶した。当時、英国との交易は広州（本書では広東と呼んでいる）一港に制限されていた。英国は茶、絹、陶磁器などを清国から輸入していたが、その量に見合うだけの輸出品がなく、買い取った品物の代価として大量の銀が英国から清に流出した。窮地に立った英国は、銀の流出を抑える策として、インドで栽培したアヘンを清国に売りこんだ。第七代皇帝、嘉慶帝《かけいてい》（在位一七九六〜一八二〇）の時代には、何度目かの「アヘン輸入禁止令」が出されるものの、効果はなく、かえってアヘンの密輸が促進された。こうして貿易赤字は逆転し、清の国内では社会不安が高まり、反乱が相継いだ。中国史上最大の領土を確立した清朝の栄華はすたれ、一八四〇年にはアヘン戦争が起こって、清は歴史的大敗を喫した。

一八四二年、清にとっては屈辱的な南京条約を結ばされるのが、第八代道光帝《どうこうてい》（在位一八二〇〜五〇）であり、『翡翠の玉座』にはミエンニン（綿寧）皇太子として登場するあの人物なのだ。つまり、この物語のなかでローレンスたちが中国を訪れた一八〇六年は、現実世界の史実に則して言うなら、英国が清国をアヘン漬けにしようと画策していた時代のさなかだったのだ。ファンタジーである以上、すべてを史実と結びつけることはできないけれども、白いセレスチャル種のドラゴン、リエンの守り人《もりびと》となることで皇位を放棄したヨンシン皇子が、西洋との交易断絶を訴えていたのも、そのような背景があってのことだと読めるだろう。なお、原著はこの物語の時代の王朝を指す「清」を用いていないため、通史的にこの地域を呼ぶ原著のChinaに相当する訳語として「中国」を採用したことをお断りしておきたい。

また旧版では、第二話から第六話まで、海事および英国海軍に関わる事柄について海洋冒険小説と帆船軍艦に造詣の深い葉山逗子氏、只野四十郎氏にチェックをお願いし、多くの貴重な教えをいただいた。本シリーズの戦闘場面や軍艦の構造の描写にリアリティが付与されているとしたら、両氏のおかげである。改訂版においても、数々のご教示を引きついでいる。おふたかたに心より感謝いたします。ただし、最終的な訳文の責任が訳者にあることも付記しておきたい。

第三話『黒雲の彼方へ』(Black Powder War)では、オスマン帝国へ、プロイセン王国へ、テメレアたちがふたたび長い旅に出る。イスキエルカという名の、テメレアの妹分のような愛らしいドラゴンも加わって、にぎやかでテンポのよい、血湧き肉躍る冒険活劇が展開される。どうか楽しみにお待ちください。

那波かおり

二〇二一年十二月

本書は二〇〇八年十二月　ヴィレッジブックスから刊行された「テメレア戦記2　翡翠の玉座」を改訳し、二分冊にした下巻です。

テメレア戦記2
翡翠の玉座　下

2022年2月8日　第1刷

作者　ナオミ・ノヴィク
訳者　那波かおり

発行者　松岡佑子
発行所　株式会社静山社
〒102-0073 東京都千代田区九段北1-15-15
電話・営業 03-5210-7221
https://www.sayzansha.com

ブックデザイン　藤田知子
組版　アジュール
印刷・製本　中央精版印刷株式会社

ISBN978-4-86389-643-7